作者简介

王崇任　男，生于1983年，河南林州人。山西省运城学院教师，古代文学博士，主要从事先秦两汉文学研究。先后在各类刊物发表多篇学术论文。

山西省高等学校人文社科学重点研究基地——运城学院河东文化研究中心资助

本书由山西省高等学校哲学社会科学研究一般项目资助编号2013258

中国社科 大学经典文库

春秋时期的贵族文化与文学

王崇任／著

光明日报出版社

图书在版编目（CIP）数据

春秋时期的贵族文化与文学 / 王崇任著. -- 北京：光明日报出版社，2016.11

ISBN 978-7-5194-2542-5

Ⅰ.①春… Ⅱ.①王… Ⅲ.①贵族—文化史—中国—春秋时代②中国文学—古代文学史—研究—春秋时代 Ⅳ.①D691.7②I209.25

中国版本图书馆 CIP 数据核字（2017）第 020531 号

春秋时期的贵族文化与文学

著　　者：王崇任

责任编辑：曹美娜　　责任校对：赵鸣鸣

封面设计：中联学林　　责任印制：曹　净

出版发行：光明日报出版社

地　　址：北京市东城区珠市口东大街 5 号，100062

电　　话：010-67078251（咨询），67078870（发行），67019571（邮购）

传　　真：010-67078227，67078255

网　　址：http://book.gmw.cn

E-mail：gmcbs@gmw.cn　caomeina@gmw.cn

法律顾问：北京德恒律师事务所龚柳方律师

印　　刷：北京天正元印务有限公司

装　　订：北京天正元印务有限公司

本书如有破损、缺页、装订错误，请与本社联系调换

开　　本：710×1000　1/16

字　　数：221 千字　　印　　张：14

版　　次：2017 年 3 月第 1 版　　印　　次：2017 年 3 月第 1 次印刷

书　　号：ISBN 978-7-5194-2542-5

定　　价：68.00 元

目　录
CONTENTS

引 言

如果从一个大的历史视野的角度来看,春秋时代可以说是中国历史上较为特殊的一个时代。春秋和战国时代常常被并列在一起,作为大变革时代的典型。事实上,春秋和战国时代的经济体制、政治制度和文化形态均有着极大的差别。顾炎武在评论春秋、战国时代的风俗、文化时说:“春秋时犹遵礼重信,而七国则绝不言礼与信矣;春秋时犹宗周王,而七国时绝不言王矣;春秋时犹严祭祀、重聘享,而七国时则无其事矣;春秋时犹论宗姓氏族,而七国则无一言及之矣;春秋时犹宴会赋诗,而七国则不闻矣;春秋时犹有赴告策书,而七国则无有矣。”①从顾炎武的这段话也可以看出,春秋时代在中国历史上自有其独特之处。

王国维在《殷周制度论》一文中提出:“中国政治与文化之变革,莫剧于殷、周之际。”他所指出的殷周制度的“大异”,主要有“立子立嫡之制”“庙数之制”“同姓不婚之制”等三点②。周人在政治、文化上的创新,其实也就是开创了一套对中国历史产生深远影响的体系严密的分封宗法制度。这样一种分封宗法制,其实也就是一种贵族世袭制度。在这套贵族世袭制度的框架之下,周人发展出了一种以礼乐制度为核心的精致的贵族文化。经过了两百多年的发展,到了春秋时期,虽然宗周的王权依然衰落,但封建宗法式的贵族政治依然顽强地存在着。周代的礼乐文化如百足之虫,僵而未倒、衰而未绝。新的思想文化虽然正在酝酿滋长,但直至这一时代将要终结时,孔子及弟子所代表的儒家学派方破土而出,新崛起的中下层士人才冲破了贵族士大夫对政治、文化的垄断。钱穆先生认为:“春秋时代,实

① 顾炎武著、黄汝成集释:《日知录集释》,上海:上海古籍出版社,2006年,第749页。

② 王国维:《观堂集林》,北京:中华书局,1961年,第451—454页。

可以说是中国古代贵族文化已发展到一种极优美、极高尚、极细腻雅致的时代。"①从《左传》《国语》等先秦文献的记述来看，他的这一评价是很有道理的。开创于西周时期的礼乐文化，经过了两三百年的积淀，到了春秋时代变得越来越细腻、精致。这一时代中，不少优秀的贵族士大夫像季札、士会、叔向、子产等人身上所体现出来的优雅从容、文质彬彬的精神气度，令人赞叹不已。

在贵族文化走向成熟的同时，春秋时期的文学也有了长足了发展。《左传》《国语》等典籍中，保存了大量的春秋时期的诗文，也记述了不少那一时期的文学活动，这些文献比较集中地反映了春秋时期繁荣的文学创作情况。春秋时期的文学所取得的成就，是非常丰硕和骄人的。首先，相比于西周时代佶屈聱牙的《尚书》、金文，这一时期的书面语言总体上已经变得较为顺畅、流利，富有表现力。傅道彬认为："《尚书》诰誓、甲骨卜辞、商周早期青铜铭文等都属于旧体文言，而'新文言'和新体文言文学是春秋时代成熟和完成的。"②《左传》和《国语》等书中保存的春秋时代文章，词汇、语法上已经没有太大的差别。其次，诗歌创作和赋诗活动，逐渐变成一种社会风尚，对诗歌内涵的理解也渐渐加深。《诗经》中不少诗篇，即出自西周末期、春秋初期的贵族之手，生动地反映了贵族生活和思想观念。到了春秋中期，贵族们又将《诗经》中诗篇运用到社会交往中，开始进行一种高雅、有趣的赋诗活动。第三，这一时期文章的文体类型，开始变得更为繁复多样，盟誓、箴铭、书信、檄文、诔等各种各样在后世广泛使用的文体，此时都已出现了。第四，不少文章已经十分注重表达技巧的运用，特别是不少谏言和外交辞令艺术成就极高，使后世许多读者赞叹不已。许多篇章的文章技法运用之高超，已到了令人叹为观止的地步。

春秋时期的文学，是开在春秋贵族文化土壤中的一朵鲜花。想要地深入地理解和把握春秋时代的文学，就必须对春秋时代的贵族文化有较为全面的认识，也必须理清春秋贵族文化和贵族文学的复杂关系。春秋时期贵族文化与文学有着千丝万缕的关系，并非三言两语所能说明，但有几点值得十分关注。

第一，在那一文明草创、资源稀缺的时代里，贵族阶层高高在上，掌控着政局，并垄断着教育和文化。那一时代是一个是等级森严的贵族社会，就像《左传》中所

① 钱穆：《国史大纲》，北京：商务印书馆，2002 年，第 71 页。

② 傅道彬：《诗可以观——礼乐文化与周代诗学精神》，北京：中华书局，第 128 页。

载:“天子建国,诸侯立家,卿置侧室,大夫有贰宗,士有隶子弟,庶人工商,各有分亲,皆有等衰,是以民服事其上,而下无觊觎”①,整个社会分成了天子、诸侯、卿大夫、士、庶人等几个阶层。在这一社会中,“学在王官”,只有贵族子弟才有接受教育的特权。如此一来,贵族几乎成了社会中唯一的知识阶层。粗略地统计一下《左传》《国语》中高雅的赋诗活动的参与者、高超的外交辞令的创作者,几乎清一色都是贵族。可以这样说,贵族士大夫,是春秋时期文学创作的主力军。同时,高深的文化、文学修养,对于这些贵族来说,也是一种身份的象征,这些高雅的东西,将他们与普通的庶民隔离开来,造就了他们在精神上的一种优越感。这样一种局面,直到春秋末期伟大的平民教育家孔子出现时,才发生了重大的转变。

第二,春秋时代的贵族,大都是以家族形式存在的,特别是春秋中后期,各个诸侯国都出现了许多地位显赫的贵族世家。这些贵族世家,如著名的鲁国的“三桓”、郑国的“七穆”、晋国的六卿等,都掌控着各国政局,垄断着各种社会资源,对春秋时代的历史走向产生了至为深远的影响。晋国的韩、赵、魏三家到了战国初期,甚至取代了晋国国君,三家分晋,成为独立的诸侯国。这些世家大族,族中很多子弟都有着极高的文化修养,当时活跃在政界、文化界的著名贵族,如士会、臧文仲、子产、叔向等,大多都出自这些世家大族。同时,这些贵族世家,往往十分注重家族教育,经过了几代人的传承积累之后,许多家族还形成了较为独特的家风,如鲁国的臧氏、叔孙氏,晋国的范氏、赵氏等,这些都是文化修养十分深厚的世家,各位引人注目。如果要深入的探讨春秋时期文学创作的发展状况,就不得不对这些家族进行深入的研究剖析。

第三,春秋时代的贵族,大都在政坛上扮演着非常重要的角色。这一时代里的各种文化活动、文学创作活动,往往都与贵族政治有着极为密切的关系。如春秋时期十分繁荣的辞令、赋诗活动,实际上都是在各诸侯国进行外交活动时使用的一种高雅的外交手段。当周天子威权衰落之后,各诸侯之间矛盾冲突日益严重,而国与国之间的外交活动也日益频繁,所以才带动这样一种特殊的文学活动日渐繁荣起来。又如这一时期出现的各种文体、语体,如盟誓、箴铭、书信、檄文、劝谏文、问答文等,也都诞生于贵族政治的大环境中,与贵族政治血脉相连。要探

① 杨伯峻:《春秋左传注》,北京:中华书局,1990 年,第 94 页。

寻这些文体的来源、全面把握这些文体的特点，必须仔细地分析这些文体与春秋贵族政治的内在联系。

第四，西周至春秋时期的礼乐文化，对后世产生了极大的影响。但事实上，这样一种礼乐文化，实质上就是一种贵族文化。创制于西周初期的礼乐制度，是维护周代分封宗法制度的有力工具，但是同时也塑造了贵族们的人格，影响了他们的观念。礼乐文化深入到了贵族社会生活的方方面面，与春秋时期的文学有着密切的关系。《诗经》的不少贵族诗篇，描绘了贵族礼仪活动的场景，宣传了礼乐文化的观念。《左传》《国语》中保存的大量春秋时代的文章，都涉及礼乐问题的。那一时代的文章在风格上，大都优雅从容、不急不躁，也是受到了礼乐文化的熏染。

最后，更为值得注意的是，春秋时代文学活动、文学创作的内容，较为全面地记录了贵族生活的各个方面，反映了贵族阶层的思想观念。不论是《左传》《国语》中的各种文体、语体、辞令、赋诗活动，还是《诗经》中许多诗篇，对贵族的祭祀、外交、宴饮等社会生活的各种场景，都有十分细致生动的描绘。贵族们对宗教、政治、礼乐、伦理等各方面问题的看法，在这些文献中，也都有所涉及。春秋文学的这一酒瓶中，说到底所装的还是一种贵族文化之酒。对贵族社会生活、思想观念的方方面面没有一些了解，恐怕很难把握这一时代文学的内涵。

关于春秋时代的贵族文化及春秋时代的文学，目前学界的学者已作了不少探讨。一些著作和文章对笔者颇有启发。如何怀宏的《世袭社会——西周至春秋社会形态研究》一书，从社会学的角度比较全面地分析了从西周到春秋的整个社会形态。特别书中的"春秋社会的世族"一章，对春秋时代的贵族和贵族文化作了较为全面的介绍。李春青的《趣味的历史——从两周贵族到汉魏文人》一书，梳理了从西周至汉魏以来一千多年间知识阶层"趣味"变迁的历史。其中"贵族趣味与中国古代'尚文'传统之形成"一章，对贵族"趣味"的探讨，对我们理解贵族阶层的思想观念颇有帮助。张树国的《春秋贵族社会衰亡期的历史叙事——以〈左传〉为例》，探讨了周代贵族社会的形成、采邑制度与社会分层、贵族社会的宗教与礼俗，并考察了衰亡时代中贵族心态等，对我们全面认识《左传》所记叙的贵族时代有很大的帮助。黄鸣的《左传与春秋时代的文学》，利用《左传》《国语》等相关著作，将春秋时代的文学分为"沉潜期""发展期"和"繁荣期"三个阶段，勾勒出了春秋时代文学活动的基本面貌。他还试图用地域文化视角来分析春秋列国文学风貌的差异，颇有新意。李山的《诗经的文化精神》，从文化的角度对《诗经》中不少诗篇作出了深入的分析，尤其是他结合周代的贵族文化对《诗经》宴饮诗的分析，十分精彩。傅道彬的《诗可以观——礼乐文化与周代诗学精神》，主要探讨西周至春秋时期的诗学理论，书中"城邦社会与春秋时代的文化精神"和"'文言'变革与春秋时代的文学繁荣"两章，对春秋时期的文学有不少独到的见解，发人深省。陈彦辉的《春秋辞令研究》以春秋时代文化为背景，全面考察了春秋时代的行人制度和外交辞令的艺术成就。陈致宏的两部著作《语用学与〈左传〉外交赋诗》和《语用学与〈左传〉外交辞令》则将现代语用学理论引入到了《左传》外交辞令和外交赋诗中来，详细地考察了外交辞令、赋诗表达和接受的具体过程，作出了新的探索。

总之，春秋时代的文学，实质上主要是一种贵族社会中贵族群体所创造的、反映贵族生活、贵族思想观念的一种文学。假如我们将目光放宽一些，即可以发现，贵族制度、贵族阶层并不仅仅在中国出现过，世界各地都曾有过各式的贵族制度，欧洲的英国、法国、德国等地都有着悠久贵族传统。西周及春秋时代的贵族制度，与西欧中世纪的贵族领主制也颇有相似之处，只是因为文化环境的差异，各自呈现出迥然不同的面貌。将春秋时代的贵族们作为一个特殊时代里的特别的群体来关注，探究贵族政治、文化与文学的关联是非常有必要的。目前学术界对春秋贵族阶层、贵族文化较为关注，作出了一些深入的研究。一些学者也从社会文化的视角对春秋外交辞令、外交赋诗进行一些细致的分析解读。但真正将春秋贵族文化和文学结合起来，进行全面、深入探讨的著作，相对而较少，这一领域无疑还有较大的挖掘空间。本书试图就这一问题做一些尝试和努力，希望能对春秋文学的研究稍有帮助。

第一章

春秋时代的贵族政治与文化

西周至春秋的中国社会，是一种等级森严的贵族社会，贵族阶层主导着社会生活的方方面面，影响极为深远。开创于西周初期的分封宗法制度，到了春秋时期，虽然开始面临解体的危机，但却依然有着强大的生命力，左右着这两百多年的中国历史。梁启超对春秋时代有这样一个看法："彼时代之社会组织纯为阶级的，一切文化皆贵族阶级之产物。"①虽然"一切文化皆贵族阶级之产物"的提法有些夸大其词，但我们却不能否认这样一个事实，贵族政治、文化确实在春秋时代占据着举足轻重的地位。贵族文化对当时社会生活的方方面面都发挥着广泛而深刻的影响，深入地了解一下春秋时代的贵族政治与文化，对我们把握春秋文学的内涵与特点，是大有裨益的。

第一节　春秋时代的贵族政治与贵族阶层

春秋时代不同于后世的一个独特之处，是世袭的贵族阶层在经济、政治和文化等诸多方面仍然占据绝对的统治地位。贵族阶层的产生开始于西周初期，那时周天子仍然有着强大的威权，比较有效地控制着政治体制的运作。但是，到了春秋时期，随着周王室的衰落，各地的诸侯势力逐渐崛起，各国的贵族阶层成为了历史舞台上最为活跃的一个群体，他们深刻地影响了春秋时代两百年的历史走向。

① 梁启超：《梁启超国学讲录两种 · 要籍解题及其读法》，北京：中国社会科学出版社，1997年，第57页。

从《左传》《国语》等文献来看，活跃在春秋时代政治舞台上的政治家及文化领域的学者大多数都是贵族，出身于贵族世家。据许倬云对《左传》中出现的516个人物的统计，出身于寒微的仅有135人，占总人数的26%①。方朝晖《春秋左传人物谱》一书所选取的150多位重要的政治人物，除孔子及弟子外，基本上都是贵族卿大夫②。从陈致宏所整理的236则外交辞令来看，其作者绝大多数都是上层人物③。这一时代存世的文献有限，所以这些统计并不能反映出当日的真实情况，但仅从这些有限的资料也可以看出贵族群体在春秋时代所占有的显要地位。

一、周代分封宗法制与贵族阶层的形成

贵族阶层，有广义和狭义之分，广义的贵族指的包括天子、诸侯、卿大夫、士在内的统治阶级，狭义的贵族则主要指卿大夫和士。本文所研究的贵族，指的主要是卿大夫和士。春秋时期的贵族阶层，诞生于西周时期。殷周之际，崛起于渭水流域的周部族，经过周文王、武王几代人的努力，伐灭了商王朝，建立了西周王朝。西周初期推行的分封制和宗法制，使得整个国家逐渐变成了一个贵族社会，并催生出了周代最早的一批贵族阶层，对后世影响深远。

春秋时期的贵族阶层，产生于周代的分封宗法制度当中。周王朝建立之时，政治局势并不稳固，殷周的残余势力仍然十分强大。所以，周武王和周公，陆续地将许多同姓亲属、王室功臣，通过授民、授疆土的方式，分封到了一些地理位置很重要的战略要地，建立诸侯邦国。这样一种“封疆祚土”的做法，也就是对中国历史产生深远影响的“分封制”。春秋时期活跃的许多诸侯国，如齐、晋、鲁、卫、宋等，其国家雏形都是在此时奠定的。事实上，这样一种分封制度，在夏商时代，也早已存在了，并不是周人的创新，但周人对这一制度作了较大的改造。周人对分封制的一大改造是，确立了天子和诸侯之间的确定的名分。正如王国维在《殷周制度论》中所说，“自殷以前，天子诸侯君臣之分未定也”，但是，到了西周时，“天

---

① 许倬云：《中国古代社会史论——春秋战国时期的社会流动》，桂林：广西师范大学出版社，2006年，第44页。

② 方朝晖：《春秋左传人物谱·编纂说明》，济南：齐鲁书社，2001年，第3页。

③ 陈致宏：《语用学与〈左传〉外交赋诗·〈左传〉外交辞令表》，台北：万卷楼图书有限公司，2001年，第251页。

子之尊,非复诸侯之长而为诸侯之君”①。在周王朝的分封制度中,周王室和诸侯之间是一种主从关系,诸侯对王室有各种各样的朝贡义务。稳固严密的等级制度,通过这种分封、朝贡体系建立起来,这在周朝之前是没有存在过的。

周人对分封制度的另一改造是,他们创造出了一种新的宗法制度,将分封和宗法融为一体。宗法制度,就是根据氏族血缘关系的亲疏远近,造就一种等级层次分明的关系网络。王国在《殷周制度论》中提出的殷周制度的“大异”,其中周代的“立子立嫡之制”,其实也就是一种宗法制度。周初所分封诸侯,要么是与周王室有血缘关系,要么有亲戚关系,要么是王室的功臣。在周代的政治框架中,周天子既是诸侯的共同的君主,同时在宗法体系中,周天子又是当时所有诸侯的大宗。如《诗经·大雅·板》中所说:“大邦维屏,大宗维翰,怀德维宁,宗子维城”,毛传解释“大宗”为:“王者,天下之大宗”②。又如《左传》中所说:“昔周公吊二叔之不咸,故封建亲戚以蕃屏周。管、蔡、郕、霍、鲁、卫、毛、聃、郜、雍、曹、滕、毕、原、酆、郇,文之昭也。邘、晋、应、韩,武之穆也。凡、蒋、邢、茅、胙、祭,周公之胤也。”(定公四年)周公在周初之所以如此大量地分封姬姓子弟,实质也是借助亲密的血缘关系,维系动荡的政治局势。而宗法制又是安排氏族血缘关系的有效工具。周人的这种分封宗法制,正如葛志毅所说,其实是“封建亲戚对氏族血缘的利用与改造”③,这一看法无疑是很有道理的。

周王朝的分封宗法制度,是一种等级分明的金字塔式的分层分封制度。周天子分封诸侯之后,在诸侯邦国之内也开始进一步的分封。诸侯把土地又分封给了自己的亲属和臣子,这些人形成了一个卿大夫阶层,卿大夫则进一步把土地分给自己的子孙。士阶层是分封制的最底端,也是最后一层。正如《左传》中所说:“故天子建国,诸侯立家,卿置侧室,大夫有贰宗,士有隶子弟,庶人、工、商各有分亲,皆有等衰。是以民服事其上,而下无觊觎。”(桓公二年)又如《国语·晋语》中说:“公食贡,大夫食邑,士食田,庶人食力,工商食官,皂隶食职,官宰食加。”有封邑、有土地的卿大夫和士,在各诸侯国都属于贵族阶层,要高于庶民工商等下层民众。在这样一种层层分封当中,宗法制作为一条主线贯穿始终。各诸侯国的国君,是

① 王国维:《观堂集林》,北京:中华书局,1961 年,第 466—467 页。
② [唐]孔颖达:《毛诗注疏》,上海:上海古籍出版社,2013 年,第 1667 页。
③ 葛志毅:《周代分封制度研究》,哈尔滨:黑龙江人民出版社,1992 年,第 61 页。

国内所有同姓卿大夫所尊奉的“宗子”；而卿大夫本人，又是家族中的“宗子”。“宗子”这一称谓，大致类似于后世家族的“族长”，在家族中享有崇高的地位。正是这样一种等级森严、体系严密的分封宗法制度，造就了西周至春秋时期的贵族阶层。

二、春秋时代贵族政治的变迁

与之前的西周时代相比，春秋时代的政治形势已经发生了很大的变化。诸侯各国间的争霸战争日益加剧外，各国国内政局的变迁也引人注目。孔子评论春秋的时局时说：“天下有道，则礼乐征伐自天子出；天下无道，则礼乐征伐自诸侯出。自诸侯，盖十世希不失矣；自大夫出，五世希不失矣；陪臣执国命，三世希不失矣。”①冯李骅也说：“春秋之局凡三变。隐桓以下，政在诸侯；僖文以下，政在大夫；定哀以下，政在陪臣。”②封建宗法制体系在王权衰落之后，又面临着新一轮的政治危机。

春秋时期总体上来说是一个动荡不安的时代，贵族阶层的政治地位也随着发生了较大的变化。春秋初期，周王室刚刚衰落不久，周王朝的政治局势出现了一种失控的局面，诸侯各国中的大国、强国纷纷活跃起来，争着做中原霸主。这时，各国国内左右国内政局的，主要是一些比较有才干、比较强势的君主，如郑庄公、齐桓公、晋文公、秦穆公等，都是当时的风云人物。如郑庄公是春秋五霸出现之前的一个著名政治家，他开始公然的挑战周天子的权威。周平王为了取得他的信任和支持，情愿同郑国相互交换人质。当周王室和郑国的矛盾加剧之后，周平王带领诸侯讨伐郑国却大败而回，以至于平王本人还被郑国人射中了肩膀。如此一来，周王室真正是威严扫地了。后来霸主如齐桓公、晋文公，公开打着周天子的旗号号令诸侯、叱咤风云。僖公二十八年，晋文公在践土会盟诸侯，竟然“召”周天子来参与，以至于后来孔子修《春秋》时感叹道：“以臣召君，不可以训。故书‘天王狩于河阳’，言非其地也，且明德也。”但一句“天王狩于河阳”，实在无法掩盖周王室的威权已衰落至无关紧要的地步了。这些逐步崛起的诸侯大国，如楚国、齐国、晋国等，他们开始兼并弱小的邻国，扩张领土。这种兼并战争，进一步加剧了分封

① 刘宝楠：《论语正义》，北京：中华书局，2009 年，第 651—652 页。

② 冯李骅：《左绣》，台北：文海出版社，1967 年，第 82 页。

制度瓦解的危机。这一时期,各国国内开始渐渐形成一些比较有权势的世家大族,这些贵族卿大夫这时也较为活跃。他们在辅佐君主的同时,也走到了历史的前台,开始崭露头角,不过还远没有做到完全掌控朝局。相对而言,这时各国的文学、文化活动,还不太活跃,有学者将之称为"沉潜期"①,是有一定道理的。

大致到了春秋中期,整个时代的政治局势已经有了较大的变化。经过了百余年的争斗,诸侯各国之间的摩擦冲突依然接连不断,但是,总体上已经不像之前那样各国混战不休,而是形成了一种南北两大国晋、楚之间势均力敌、相持不下的局面。在争霸战争呈胶着态势之时,诸侯各国国内的贵族阶层势力,却得到了空前的扩展。本来血缘关系是辨别贵族身份最重要的条件,"春秋时代是一个'血而优则仕'的时代"②。随着新旧君主交替,新君主的子嗣及亲属将成为新的贵族,而旧贵族家族则慢慢地沦落下去,这是一个较为自然地更新换代的过程。但是不管是像晋、齐等大国,还是像鲁、卫、宋等小国,都出现了一些实力雄厚、地位显赫的世家大族。这些世家大族往往几代人都在国内担任重要职务,垄断、操控着各国的朝政。据顾栋高《春秋列国卿大夫世系表》的统计,春秋时知名的世族约有 210 多家③。童书业先生指出:"自西周晚期以来,诸侯国出现卿大夫之大族,大致迄初期中叶,是'诸侯立家'之时矣。(如鲁之展氏、臧氏出自孝公,三桓出自桓公,东门氏出自庄公,郑之七穆出自穆公,宋之戴、庄、桓三大族出自戴公、庄公、桓公。晋之强宗曲沃出自穆侯,而受封昭侯时。栾氏出自靖侯。韩、赵、魏、范,中行、知、郤、先等大族亦皆形成于西周末至春秋中叶。卫之石氏,初见于春秋初年,宁氏出自武公,而发展于春秋前期,孙氏出自武公,主要活动于春秋中期。齐世族国、高、管、鲍、崔、庆、栾、高、陈等氏,亦在齐桓称霸前后形成及发展。)春秋初期卿大夫尚罕闻置'侧室'、'贰室';至春秋中叶,卿大夫之族强大,乃多置'侧室'与'贰室'焉。"④童先生所提到的一些家族,如鲁国号称"三桓"的孟孙氏、叔孙氏和季孙氏,晋国的赵氏、韩氏、魏氏、智氏、中行氏和范氏,郑国被称为"七穆"的良氏、游氏、国

---

① 黄鸣:《左传与春秋时代的文学》,北京:中央民族大学出版社,2009 年,第 109 页。

② 何怀宏:《世袭社会——西周至春秋社会形态研究》,北京:北京大学出版社,2011 年,第 102 页。

③ 顾栋高:《春秋大事表 · 春秋列国卿大夫世系表》,北京:中华书局,1993 年,第 1205 页。

④ 童书业:《春秋左传研究》,北京:中华书局,2006 年,第 110—111 页。

氏、罕氏、驷氏、印氏和丰氏，都是当时盛极一时的大家族。这些大家族的出现，与春秋时期分封制度的危机有着密切关系。赵鼎新认为春秋时期存在着一种“二级封建化”的明显趋势：“西周时期大部分诸侯国只是些军事据点而已，领土范围很小，很少有可能将其进一步划分为领地来分封给宗室成员或家臣。二级（以及三级）封建化现象很可能是到春秋——战国时代这些封建国家扩充了自身的领土之后才出现的。”①也就是说，正是因为春秋初期的争霸战争，使得各大诸侯国领土得以扩张。而各国君主进行二级分封，将夺得的领土分封给了国内贵族，导致各国世族势力的崛起。

这时，活跃在各国政坛、国际政治舞台上，大都是出身于这些世家大族的卿大夫们，各国的君主倒显得有些寂寂无闻了。而且，值得注意的，在许多诸侯国内，由于出现了多个世家大族并存的情况，家族之间矛盾冲突不断，为了平衡各方势力，所以形成了世家大族轮流执政的局面。如从春秋中后期开始，不少诸侯国都出现了世族轮流执政的局面，如鲁国的执政从鲁宣公九年起依次为：季文子——孟献子——叔孙豹——季武子——叔孙昭子——季桓子——季平子，晋国执政从晋灵公元年起依次为：赵盾——郤缺——士会——郤克——栾书——韩厥——智罃——荀偃——范匄——赵武——韩起——魏舒——范鞅——赵鞅。这种政治局面的出现，实质上也就是势均力敌的世家大族在政治博弈中彼此制衡、共享政治权力。这一局面与东晋时代的门阀政治也颇有相似之处，司马氏政权偏安江左时，王庾桓谢等大家族也是交替掌控政局。但这样一种微妙的平衡中毕竟潜藏着重重危机，时时刻刻都有可能演变成巨大的政治动荡。

随着经济实力和私人武装的不断增长，世家大族的政治势力也得到了空前的发展，各国君主的权利受到了前所未有的挑战和威胁。不少诸侯国公室的土地和军队都被世家大族瓜分，如昭公五年，鲁国的“三桓”四分公室，季孙氏夺取一半，孟孙氏和叔孙氏平分一半。昭公二十八年，晋国的韩、赵、魏等六卿“诛公族祁氏、羊舌氏，分其邑为十县，六卿各令其族为之大夫”。君主与世家大族的斗争日趋激烈，不少国君沦为世族大家的傀儡，逐君事件层出不穷，至于被世家大族杀死的君主也不在少数。从鲁国来看，孟孙、叔孙和季孙等“三桓”，从鲁僖公时就已经开始

① 赵鼎新：《东周战争与儒法国家的诞生》，上海：华东师范大学出版社、上海三联书店，2006年，第73页。

垄断鲁国政局,到了春秋后期甚至出现了史墨所说的“政在季氏”、“民不知君”(昭公三十二年)的局面。昭公二十六年,鲁昭公为了夺回君权,联合国内失势的贵族进攻季氏,却被季平子逐出了国都,四处流亡,最后凄凉地死在鲁国小城乾侯。哀公二十七年,鲁哀公不甘心作三桓的傀儡,也逃亡到越国。卫国的情况与鲁国也有相似处,卫国的孙、宁两家极有势力。襄公十四年,卫献公就被孙林父和宁殖逐出卫国,在外漂泊十余年后才侥幸回国。大国晋国也不例外,晋国在晋文公、襄公时代一度是诸侯的霸主,但是随着赵、韩、魏、范和中行等大世族的崛起,君权很快就被架空了。赵鼎新分析晋国后期的政局说:“晋国世卿贵族的权势如此之强,以至于一国之君在本国政治的角斗场上反而成了一个跑龙套的角色。”①成公十七年,晋厉公企图打击晋国的世家大族,被栾书和荀偃派人杀死,“葬之于翼东门之外,以车一乘”。春秋中后期各国间的会盟活动日益增多,许多会盟活动是在贵族大夫主持下完成的。公元前546年(襄公二十七年),著名的弭兵之盟就是在各国大夫商谈之下达成协议的。世家大族势力增强、诸侯君主权力的衰落,是封建宗法制进一步解体的必然结果。

世家大族在挖空公室墙角、架空君主权力的同时,为了谋取更多的利益,相互之间也大打出手,许多名噪一时的大家族在争斗中落败。如晋国的栾氏家族的覆灭是轰动一时的事件。栾氏是晋国历史悠久的大家族之一,连续时代人在晋国担任重要职位。尤其是在栾书任晋国执政时,栾氏一族一度权势灼人。鄢陵之战,正是他指挥晋军击败了楚国,栾书之子栾黡,曾被人批评为“汰虐已甚”,与秦国人交战时,他公开违抗统帅荀偃的命令。晋国不少大族忌惮栾氏的势力时日已久,到栾黡过世,他的儿子栾盈当家时,终被执政范宣子逐出了晋国。栾盈一度曾借助齐国人的势力逃回晋国,发动政变,率领旧部进攻国都。但因为势单力孤,在范氏、赵氏等大族的联合打击之下,以失败告终,叱咤一时的大族栾氏也就彻底灭亡了。栾盈之乱是世家大族权利争夺进一步激化的标志性事件。在此之后,世族大族的覆灭接踵而至,厮杀争夺也愈演愈烈。晋国的中行氏、范氏之乱,最终演变成了一场“国际”战争。正如晋国大夫叔向所说:“栾、郤、胥、狐、续、庆、伯降在皂隶,政在家门,民无所依”(昭公三年),一番斫杀之后,大批的世族沦为贱民,成了胜出

① 赵鼎新:《东周战争与儒法国家的诞生》,上海:华东师范大学出版社,2006年,第84页。

者的垫脚石。一些世家大族成为了新的统治者，如晋国的赵氏、韩氏和魏氏，齐国的陈氏。随着分封宗法制的逐步解体，诸侯各国、世家大族之间的相互厮杀争夺是在所难免的，新的专制集权体制也正是在一番腥风血雨的斫杀之后慢慢出笼。

权利斗争日趋白热化的同时，这些世家大族的性质也渐渐发生改变。在春秋时代前期和中期，各国世族在操纵政局同时，还往往垄断了文化资源，赋诗、观乐、纵论礼制典章的大都是贵族大夫，精彩的外交辞令也大多出于卿大夫之手。但到了春秋后期，大批贵族世家衰落、覆灭的同时，幸存的一些世族大家已经变得非常的功利，热衷于攫取更多的民众和土地、谋夺更多权利。如齐国的陈氏家族巧妙利用各种经济手段施惠于民，邀买人心，达到谋取齐国政权的目的。为了打击齐国旧有的高、国等大族，陈乞更是运用了两面三刀的挑拨高、国与其他大臣的关系。他先对诸大夫说："高、国得君，必逼我，盍去诸?"然后又跑去对高、国说："彼虎狼也，见我在子之侧，杀我无日矣，请就之位。"（哀公六年）几次搬弄是非之后，他最终联合诸大夫将高、国逐出了齐国。

各国国内古老的分封制政体彻底崩溃了，新的政治体制的萌芽开始出现。同时，贵族们身份、思想观念也开始发生了巨大的转变。像晋国的韩、赵、魏，齐国的陈氏，这些贵族已渐渐开始成为新兴国家的君主。他们已经开始摆脱了周代礼乐文化观念的束缚，变得越来越现实、越来越功利了。当时的不少敏锐的贵族政治家，其实也早已觉察到了整个社会中贵族阶层渐渐没落沉沦这一事实。如齐国大夫晏婴出使晋国时，就曾向晋国大夫哀叹"齐其为陈氏矣"的"季世"境况。而叔向也直言不讳地向晏子道出晋国的情形：

> 虽吾公室，今亦季世也。戎马不驾，卿无军行，公乘无人，卒列无长。庶民罢敝，而宫室滋侈。道殣相望，而女富溢尤。民闻公命，如逃寇仇。栾、郤、胥、原、狐、续、庆、伯降在皂隶，政在家门，民无所依。君日不悛，以乐慆忧。公室之卑，其何日之有？谗鼎之铭曰：'昧旦丕显，后世犹怠。'况日不悛，其能久乎?"

经过长年残酷的政治斗争之后，晋国的公室实力被掏空了，国君成了没有实权的傀儡，大批的贵族世家沉沦湮灭，从西周初期延续了数百年的贵族社会就这样逐渐解体了。

同时，到了春秋末期，礼乐文化的逐步崩坏，贵族们日益沉沦堕落，也是春秋贵族阶层衰亡的重要因素。这时,功利主义日渐成为社会的主流意识,繁缛、精致的礼乐文化渐渐不再适应时代需求。许多贵族在变得日益功利短视的同时,开始沉溺于奢侈和享乐中,渐渐失去了对学术、文化的兴趣。晋国的栾氏家族灭亡之前,国人都认为栾氏"汰虐已甚"(襄公十四年)。据襄公二十八年所载,齐国的庆氏家族更是生活糜烂已极:"庆封好田而耆酒,与庆舍政,则以其内实迁于卢蒲嫳氏,易内而饮酒。"贵族们渐渐地失掉了他们原来的垄断文化、教育的优势,很多人开始变得不学无术。昭公十八年所记,鲁国的一位使者出使时,在曹国遇到了周王室的大夫原伯鲁,"与之语,不语学"。使者归来后将这事告诉了鲁国贵族闵子马,闵感叹说:"周其乱乎?夫必多有是说,而后及其大人,大人患失而惑,又曰:'可以无学,无学不害',不害而不学,则苟而可。于是乎下陵上替,能无乱乎?夫学,殖也,不学将落,原氏其亡乎?"厌弃学问的风气已经在周王室弥漫,贵族还振振有辞地说:"可以无学,无学不害。"鲁国三桓家族之一的孟孙氏的孟僖子,他已经"不能相礼",临终前让自己的子孙向平民出身的孔子学习礼仪之道。贵族的文化优势到这时已经丧失殆尽,孔子的儒家学派也正于崛起于民间,一个新的时代即将来临了。

三、春秋时代贵族阶层的特征

产生于西周初期的贵族阶层,经过了两百多年的发展,到了春秋时期,也有了很大的变化。这时,强大的周王室日渐衰落,稳定的分封宗法制度面临着巨大的挑战。当天子威权不足以震慑诸侯时,各诸侯国之间的矛盾冲突日益加剧,激烈的诸侯争霸战争拉开了序幕。而就在这时,各国的贵族阶层的势力也得以不断壮大,他们开始在国内及国际的政治舞台上活跃起来。相比而言,春秋时期的贵族阶层有了一些不同于以往的特点。

第一,春秋时期的卿大夫大多都有自己的采邑,这使得他们有了雄厚的经济势力。周代实行采邑制度,采邑就是国君封赐给卿大夫贵族作为世禄的封地。《左传》所说的"大夫食邑",《礼记·礼运》所谓的"大夫有采以处其子孙",其中的采和邑,指的就是采邑制度。春秋时期贵族的采邑,有大有小,小一点的采邑,大概类似一种村落。如《左传》襄公二十七年记载:"公与免馀邑六十,辞曰:'唯卿备百邑',臣六十矣,下有上禄,乱也。"这里提到"唯卿备百邑",也就是说卿等级贵族可以有上百封邑,这种封邑的规模应该不会太大。但是也有不少贵族采邑的规模是比较大的,类似于小型城市的规模。如《左传》闵公元年所载:“赵夙御戎,毕万为右,以灭耿、灭霍、灭魏。还,为大子城曲沃。赐赵夙耿,赐毕万魏,以为大夫”,这里晋献公赐给赵夙的耿邑、毕万的魏邑,原先都是周王朝所分封的小诸侯国,规模应该不小。有些采邑的规模较大,人口众多,所以贵族们常常会派家臣去做邑宰,管理这些封邑。如《左传》襄公三十一年所说的“子皮欲使尹何为邑”,就是郑国的执政子皮,要派家臣尹何来替自己管理采邑。孔子的弟子如著名的冉有、子路,都曾经为贵族做过邑宰,《论语》中还曾多次提到“子路使子羔为费宰”①、“季氏使闵子骞为费宰”②。不少贵族的采邑中,都拥有私人武装,春秋中后期,经常出现贵族利用自己在采邑的势力与国君对抗的事件。如卫国的贵族孙林父的戚邑,就是一个很大的封邑。公元前576年,诸侯的会盟活动就在戚地举行。孙林父一度曾借助他在戚邑的庞大势力,将卫献公赶出了卫国。又如鲁国著名的三个贵族世家“三桓”,也都有很强大的采邑势力。季孙氏费邑、叔孙氏的郈邑、孟孙氏的成邑,都达到了大城市“都”的规模,对鲁国国君构成了极大的威胁,以至于孔子在鲁国当政时不得不推行“堕三都”的政治举措。

第二,西周及春秋时代的贵族士大夫,有分封宗法制度保障他们政治的地位,许多贵族的官位、爵位都是世袭的。分封宗法非常强调等级和血缘,它是一种近乎封闭的政治体系,社会层级的上升性流动非常的困难。新生的君主的直系亲属可以成为新的贵族,旧贵族在争斗中要么立住脚跟,要么就沦落为平民。但下层的士人极少有上升的机会。春秋政坛上的贵族们,要么是君主的直系亲属,要么出身于世家大族,很少例外。司马迁曾认为楚国名相孙叔敖是“楚之处士也,虞丘相进之于楚庄王以自代也”③。实则孙叔敖出身楚国公族蔿氏,其父蔿贾即曾担任楚相,根本无须虞丘相得引荐。太史公个性雄放,好搜奇猎怪,对春秋政治多有误读。更值得注意的是,贵族士大夫们身后往往都有着庞大的家族势力,即是使是国君,对他们也非常的忌惮。他们在参与社会和活动时都是家族的代表,这使得他们都有着强烈的家族意识。贵族们都尽力在政治竞争中为家族谋取更多的

① 刘宝楠:《论语正义》,北京:中华书局,2009年,第464页。

② 刘宝楠:《论语正义》,北京:中华书局,2009年,第222页。

③ 司马迁:《史记》,北京:中华书局,1982年,第3099页。

利益,他们最担心是家族的“无后”,即宗族的覆灭。周内史在称赞臧哀伯时说:“臧孙达其有后于鲁乎?”(桓公二年)楚庄王斗越椒之乱后赦免了令尹子文的子孙,“子文无后,何以劝善?”(宣公五年)宗族的覆灭对贵族们来说是最为悲惨的,《左传》即用大量凄凉的文字记叙了春秋时代不少贵族世家的灭亡。到了战国时代,分封宗法制已经彻底崩溃,严密的社会等级制度大大松动,社会层级间的自由流动也相当普遍。许多出身低微的新兴士人都可以凭借才干获得公卿之位,在政治上大有作为。士人们自由地在诸侯各国周游,他们基本上都是以独立的个体参与政治,家族观念远不像西周及春秋时代那么浓重。

第三,春秋时期的贵族在占据各种经济、政治资源的同时,还垄断着教育、文化资源。一般认为,西周时期,学术、文化垄断在贵族阶层为主体的官府手中,出现了一种“学在王官”的局面。《左传·昭公十七年》载孔子向郯子问学后,对人说:“吾闻之,‘天子失官,官学在四夷’”。可见官学确实是存在过的,只是在春秋末期时已衰微了,出现了官学流散四夷的局面。清代学者章学诚推断周代官学的情形应当是:“官守学业皆出于一,而天下以同文为治,故私门无著述。”①周代的教育机构如辟雍、泮宫等,学者也多认为既是教导贵族子弟的地方,又是贵族聚会的场所。杨宽认为:“西周大学不仅是贵族子弟学习之处,同时又是贵族成员集体行礼、集会、聚餐、练武、奏乐之处,兼有礼堂、会议室、俱乐部、运动场和学校的性质,实际上就是当时贵族公共活动的场所。”②

春秋前期和中期的教育、文化制度基本上直承西周而来。《诗经·鲁颂》中的《泮水》一诗作于鲁僖公年间,诗中描写了鲁僖公战胜淮夷之后在泮宫庆功宴客的情形。可见那时泮宫仍然在社会生活中占有很高的地位。从《左传》与《国语》的相关材料来看,春秋时代世家大族在世袭政治职位的同时,很注意对子弟进行有效的教育引导,所以形成了学术、文化在某些家族中世代传承的局面。《国语·晋语六》中记载了晋国贵族赵武行冠礼之后,前来参见前辈栾书、荀庚、范文子等人,他们一一对赵武做了一番教育引导。其中智武子对他介绍了赵氏先辈赵衰、赵盾的功绩,勉励他:“吾子勉之,有宣子之忠,而纳之以成子之文,事君必济。”③这一

---

① 章学诚著、叶瑛校注:《文史通义校注》,北京:中华书局,2005 年,第 951 页

② 杨宽:《西周史》,上海:上海人民出版社,2003 年,第 670 页。

③ 徐元诰:《国语集解》,北京:中华书局,2002 年,第 388 页。

节文字极为生动,很好地还原当日贵族前辈指导后辈子弟的场景。春秋时代许多世家大族能够人才辈出,与前辈的悉心调教必定有很大关系。如《国语·鲁语》中的著名的“敬姜论劳逸”一篇,即是记叙学识渊博的贵族女性敬姜教导其子公父文伯之事。又如《国语·晋语》所载“范文子暮退于朝”一篇:

> 范文子暮退于朝。武子曰:“何暮也?”对曰:“有秦客廋辞于朝,大夫莫之能对也,吾知三焉。”武子怒曰:“大夫非不能也,让父兄也。尔童子,而三掩人于朝。吾不在晋国,亡无日矣。”击之以杖,折委笄①。

范武子、范文子皆是晋国的名臣,这里的一段文字所记叙的正是范武子教导文子的情形。范武子痛骂其子,并用手杖责打他,目的是要传授他谦恭退让、韬光养晦的为人处事之道。这一时代中出现了一些独特的文化世家,文化修养全面、深厚的人物在一些家族接连不断地出现。如鲁国的臧氏、子服氏,晋国的范氏、士贞子族等。鲁国臧氏家族的臧哀伯、臧文仲和臧武仲等都是闻名一时的渊博学人。子服氏的子服惠伯、子服昭伯、子服景伯等都是春秋后期活跃在鲁国政坛上的著名外交家。晋国的士贞子一族则有多人担任刑狱之官,士庄伯、士景伯等人又博学多识,擅长辞令,常代晋侯出使外国。春秋时的文化世族,也与六朝时的王、谢等族颇有相似处,它们均是世家大族垄断政治、文化资源的产物。

从《左传》的记载来看,春秋时代的辞令、赋诗和观乐等高雅文化的活动参与者,大多数基本上都是贵族卿大夫。从《左传》的不少记载中即可以看出,那时的辞令多由贵族构思、创作。如僖公十五年,秦晋韩原之战后,晋惠公被秦人俘虏后带回,他把大夫吕甥从晋国叫到秦国,来帮他应对危难,晋惠公的不少辞令都是吕甥“教之言”。秦穆公询问吕甥“晋国和否”一段文字,尤其是一时的辞令妙品。如鲁僖公二十六年,齐孝公侵略鲁国北方边境,鲁僖公派展喜前往犒齐师,展喜出使之前,先“受命于展禽”,即向展禽请教如何对答辞令。不管是吕甥还是展禽很可能都是当时精通外交辞令的贵族人物。吕甥又被称为瑕吕饴甥、阴饴甥,吕、阴和瑕都是他所的采邑。展禽即是有名贤者柳下惠,出身于鲁国的展氏一族。春秋时代的辞令妙品大多都出于贵族人物之手,如成公十三年所载的“吕相绝齐”一文的作者吕相,出于晋国大族魏氏,其父即是当年鄢陵之战射伤楚共王之目的魏锜。

---

① 徐元诰:《国语集解》,北京:中华书局,2002 年,第 381 页。

鲁昭公五年,谏阻楚灵王扣押晋国使臣叔向、韩宣子的楚国大夫薳启强,来自于楚国大族薳氏家族。春秋后期的辞令圣手子产,出自郑国著名的"七穆"家族中的国氏一族,是郑国公子子国之子,郑穆公之孙。盛行于春秋中期的赋诗活动,从《左传》的记录来看,参与者基本上都是贵族卿大夫,没有发现有下层平民涉足其间。鲁襄公二十九年在鲁国观赏周乐的季札,是吴国的王子,吴王寿梦之子。因为学术、文化体制的缘故,这时下层民众还很难厕身于高级的文化创造活动中来。

第四,春秋时期的贵族与后世士人还有一个重要的区别,就是他们往往文武兼修,在有深厚的文化修养的同时,大多数贵族还有着比较好的军事素养,能亲自征战于疆场之上。顾颉刚先生认为:"吾国古代之士,皆武士也。士为低级之贵族,居于国中(即都城中),有统驭平民之权利,亦有执干戈以卫社稷之义务,故谓之'国士'以示其地位之高。"①贵族阶层中地位较低的"士",固然都是武士,其实地位较高的贵族卿、大夫又何尝不精通武事呢?在春秋时期的分封体制中,君主将土地分封给卿大夫作为封邑,对贵族来说,家国本来就是一体,保国即是卫家,国家面临危难之际他们又如何置身事外?

从《左传》《国语》等史料来看,春秋时期的各类战争中,负责带领军队、指挥战争的,要么是各国君主,要么是贵族亲大夫,几乎没有例外。而且,贵族们不仅是要指挥战争,还要亲自上阵杀敌。春秋时的战争以车战为主,射箭、驾车是当时的贵族人人都必须学习的科目。如成公二年发生的齐晋鞌之战中,晋军主帅郤克带队追击齐君,交战中"伤于矢,流血及屦,未绝鼓音"。另一位贵族军官韩厥亲自驾车追赶齐顷公,差点将其俘获。又如郑国著名的政治家子产,以才干出众、学识渊博、擅长辞令而享誉诸侯各国。其实,子产也有非常杰出的军事才干。襄公二十五年,子产和子展率兵车七百乘讨伐无端挑衅的陈国。战胜归来后,子产又身着戎装,亲自到晋国献捷。

春秋时代的战争,与后世的战争有不少不同之处,还保存着一些上古时期部落战争的遗风,战争双方还讲究一定的礼法、分寸。如僖公二十二年发生的宋楚泓之战,整个战争过程中,宋襄公都遵循古礼,要求将士"君子不重伤,不禽二毛。古之为军也,不以阻隘也。寡人虽亡国之余,不鼓不成列。"宋襄公的迂腐十分可

① 顾颉刚:《史林杂识初编》,北京:中华书局,2005 年,第 85 页。

笑,但是他所遵循的传统并非没有来由的。又如成公十六年的晋楚鄢之战中,晋军将军韩厥追击郑国国君,眼看就要追上,负责驾车的杜溷罗建议:“速从之。其御屡顾,不在马,可及也。”但是韩厥却以“不可以再辱国君”的理由,放走了敌人。晋国的另一位军官郤至也在追赶郑国君主,他的车右茀翰胡建议:“谍辂之,余从之乘而俘以下。”但是郤至却回答道:“伤国君有刑。”他也同样停止了追击。其中,韩厥之所以说“不可再辱国君”,是因为他在数年前的鞌之战中差点俘获了齐顷公。他用了这个“再”字,也是表示他对自己往日行为的懊悔。这种在战场上放走敌人君主的行为,在后人看来简直是大逆不道、不可理喻。但是,他们的做法却得到当时不少贵族的广泛赞誉。春秋时代是一个等级森严的社会,各国的君主在当时人眼中身份都是十分尊贵,不论是本国或他国君主,都是不容亵渎的。尊重君主,其实也就是对这种等级制度的维护与尊重。正是因为这个缘故,才出现了上面的放跑敌人君主的奇特举动。这些事例也充分说明,春秋时期的战争,与后世大为不同,它基本上还是一种贵族主导的贵族式战争。

春秋战国之际,孔子在教授弟子时,仍然继承了春秋贵族文武兼修的传统。孔子本人表面上看起来文质彬彬、儒雅谦和,其实他也是一个文武全才。《吕氏春秋·慎大览》中提到:“孔子之劲,举国门之关,而不肯以力闻。”①《礼记·射义》中也说:“孔子射于矍相之圃,盖观者如堵墙。”②《史记·孔子世家》记载“孔子以诗书礼乐教,弟子盖三千焉,身通六艺者七十有二人。”③“六艺”中的“射”和“御”,就是传统的贵族军事训练的项目。孔子弟子冉有、子路等不少弟子,都以军事才能出众而著称。子路的勇猛,《论语》中多次提到,他最终在卫国内乱中与敌人搏斗时“结缨而死”,这都是为人所熟知的。哀公十一年,齐鲁郊之战中,冉有指挥鲁军作战时,别出心裁地用长矛攻击敌人阵地,击败了齐人。春秋贵族文化对孔门子弟的影响也由此可见一斑。但到了后世,文人和武士渐渐分流了,文武兼修的人才也就变成凤毛麟角了。

---

① 许维遹:《吕氏春秋集释》,北京:中华书局,2009 年,第 362 页。

② 朱彬:《礼记训纂》,北京:中华书局,2007 年,第 895 页。

③ 司马迁:《史记》,北京:中华书局,第 1938 页。

第二节 春秋贵族文化与思想观念

西周以来的贵族文化,经过数百年积累,到了春秋时期达到了很高的水平。钱穆认为:“春秋时代,实可以说是中国古代贵族文化已发展到一种极优美、极高尚、极细腻雅致的时代。”①相比气象恢宏的西周时代,春秋时代的贵族政治、文化更为成熟、更为精致,优雅的赋诗言志、外交答对等文化活动的活跃,一大批贵族贤者如子产、叔向、季札和晏婴等的出现,标志着贵族文化高潮的出现。但就在这一贵族文化成熟的同时,因为诸多方面的原因,它也渐渐走向了衰落。这里对春秋时期的贵族文化及思想观念做一粗略的评说。

一、精致、细腻的礼乐文化

周代的文化是十分繁荣的,孔子曾盛赞周王朝:“周监于二代,郁郁乎文哉!吾从周。”②孔子这里所说的“郁郁乎文哉”,指的主要是周代的礼乐文化。周代的礼乐文化是周人对中华文化的一大贡献,对后世影响至为深远。周代宏大而繁琐,号称“礼仪三百,威仪三千”,涉及了社会生活的方方面面。从《周礼》《礼记》《仪礼》等后世著作来看,周代的礼仪大致可分为五类,即“吉礼”“凶礼”“宾礼”“军礼”和“嘉礼”,合称“五礼”。周代初期草创的礼乐体制经过长期的积累、改造也日益完善,逐渐走向了成熟。到了春秋时代,虽然存在了仅仅两百多年的宗周,因内部纷争、异族入侵等诸多原因而衰落,但散布于各地的诸侯各国却依然顽强地延续着周代的贵族政治和礼乐文化。周代的礼乐文化实质上是一种精致、繁缛的贵族文化。

春秋时代的礼乐文化一种多层次地、立体的文化系统。对于一个成熟的贵族大夫来说,华美的衣食、优雅的举止、得体的言语和渊博的学识都是不可或缺的。何怀宏即认为:“虽然春秋时代的贵族文化,至少在孔子之前的时期,主要并不表现于典籍和艺术品的创造之中,而就表现于他们的言行之中。他们的一言、一行、

① 钱穆:《国史大纲》,北京:商务印书馆,2002 年,第 71 页。

② 刘宝楠:《论语正义》,北京:中华书局,2009 年,第 103 页。

一举手、一投足，揖让进退，歌吟讽咏，俨然就是就像是一种艺术品。”①

春秋时期这样一套严密而复杂的礼仪制度，在周代社会当中发挥着举足轻重的作用。首先，它有效地维护了周代的分封宗法制度，稳定了社会秩序。分封宗法制一种等级森严的制度，而礼仪规范也恰恰是用来作出等级规定的：“君臣、上下、父子、兄弟，非礼不定”②。在繁缛的周代礼仪规定中，不同阶层的人，在衣食住行、言行举止等诸多方面，都有着细致地区分。如同样是削瓜，“为天子削瓜者，副之，巾以絺。为国君者，华之，巾以绤。为大夫累之，士疐之，庶人龁之”。又如同样是捧东西，“执天子之器则上衡，国君则平衡，大夫则绥之，士则提之”。这种种琐碎细微的礼仪规范，主要还是要强化所有人的等级意识，维护等级制度。当这样一种等级制度日渐稳固之后，整个社会秩序也就相对稳定起来。

其次，更为重要的是，这套礼仪制度也使得周代的贵族们无论是外在的表情举止、接人待物，还是内在的道德修养、精神境界，都得到了极大的提升，形成了一种不同社会其他阶层的贵族风度。春秋时期，礼仪制度中对贵族士大夫表现在衣着打扮和言行举止上有着极为严格的要求。春秋时代的贵族衣着极为考究，既要精致华美，又要区分等级身份。当时鲁国大夫臧哀伯曾说：“衮、冕、黻、珽，带、裳、幅、舄，衡、紞、紘、綖，昭其度也。藻、率、鞞、鞛，鞶、厉、游、缨，昭其数也。火、龙、黼、黻，昭其文也。五色比象，昭其物也。”（桓公二年）贵族衣服上有着大量繁琐的装饰品，而每一件装饰品都有着特定象征意义，有区分身份等级的作用。这在《仪礼》和《礼记》等书中有详细地说明。《仪礼》《礼记》等书中的材料虽然可能经过了理想化的渲染，但也在一定程度上反映了春秋时代贵族生活的现实。在春秋那样的贵族时代，衣着并不是一个小问题，稍有不慎将造成不小的麻烦。如闵公二年，晋献公派太子申生前往讨伐东山皋落氏时，“公衣之偏衣，佩之金玦”。申生的手下狐突等人马上就看出晋献公将要废掉申生的太子之位。古人以纯色衣物为贵，献公赐给申生的“偏衣”却是一种杂色衣服，玦又代表别离之意，所以众人很为申生担忧。申生不久之后就遭骊姬谗言中伤，悲愤地自杀身亡。又如《左传·襄公十四年》所载，卫献公邀请孙文子和宁惠子赴宴，两人都穿好朝服赶来，天色已

---

① 何怀宏：《世袭社会——西周至春秋社会形态研究》，北京：北京大学出版社，2011 年，第 131 页。

② 朱彬：《礼记训纂》，北京：中华书局，2007 年，第 6 页。

晚，献公却忙着在园林射雁。两位大夫赶去见献公，献公“不释皮冠而与之言”，二人非常生气。皮冠在周代是田猎之冠，那时有“皮冠以招虞人”的礼制，虞人掌猎的下层官员。即是骄纵如楚灵王，在见臣下时，也懂得“去冠被”（昭公十二年）。献公不脱去皮冠而见两位大臣，在那时确实是很无礼的。也正因为这件事为导火线，君臣之间的怨怼日深，最终孙、宁二人率人将献公逐出了卫国。

对于贵族的言行举止，周代的礼制也有很多细致、严格的要求。前人说周礼是“经礼三百，曲礼三千”①，曲礼大多即是关于言行方面的规定。《礼记》中的《曲礼》《内则》等篇章所收录的就是有关这方面的内容。这些要求很全面，吃饭穿衣、举手投足都有讲究，全部遵行下来绝非易事。如“毋侧听，毋噭应，毋淫视，毋怠荒。游毋倨，立毋跛，坐毋箕，寝毋伏。敛发毋髢，冠毋免，劳毋袒，暑毋褰裳”等等②，这些只是对人举止的一些低级规定，能在遵守规定的同时还能做到自然大方、随心所欲才算是真正的到位。一旦贵族们举止稍有纰漏，就会马上引起他人的非议，甚至从他的异常行为推辞他的前程和命运。如襄公七年，卫国的孙文子到鲁国访问，鲁襄公登上台阶，孙文子马上也往前登。叔孙豹马上出来制止，孙文子没有道歉，也没有丝毫悔意。事后叔孙豹评论说：“孙子必亡。为臣而君，过而不悛，亡之本也。”登台阶时，要“君先升二等，然后臣始升一等”，孙文子丝毫不退让，岂不是“为臣而君”？叔孙豹正是根据他的狂傲无礼，推测出他“必亡”的命运。又如定公十五年春，邾隐公来鲁国出访，子贡前去观礼。访问他国一般要递交玉器作为见面礼。邾子仰着脸，高高地举着玉，而鲁定公则俯着脸，低低地把玉接过去。交接玉器时，动作要恰到好处，不能太高或太低，两人的举动显然不合常规。子贡事后评论说：“夫礼以观之，二君者，皆有死亡焉。夫礼，死生存亡之体也，将左右、周旋，进退、俯仰，于是乎取之；朝、祀、丧、戎，于是乎观之。今正月相朝，而皆不度，心已亡矣。嘉事不体，何以能久？”果然，鲁定公和邾隐公不久之后就相继去世。从这两件事，足可以见出举止得体在那一时代的重要性。

贵族们在言语上也有一套自己话语系统，什么样场合、什么样的事件说什么话都有一定成例。如祝贺他人娶妻时应当这样说：“某子使某，闻子有客，使某

① 朱彬：《礼记训纂》，北京：中华书局，2007 年，第 370 页。

② 朱彬：《礼记训纂》，北京：中华书局，2007 年，第 21 页。

羞。”①主人请客人参加投壶活动要说：“某有枉矢、哨壶，请以乐宾。”宾客要推辞道：“子有旨酒嘉肴，某既赐矣，又重以乐，敢辞。”②矢要称作枉矢，意为弯曲之箭；壶要叫作哨壶，即是不正之壶。出言谦恭而又有风趣幽默之感，可谓十分得体。又如国君逃亡他国时，要阻止说：“奈何去社稷也?”大夫，曰：“奈何去宗庙也?”士，曰：“奈何去坟墓也?”③本来是去“国”的，却不提“国”字，其他字眼替代。选用词汇的又十分谨慎，国君是掌管社稷祭祀，别人不能插手；大夫是有家族宗庙的，士人没有宗庙，只好说坟墓了。这三者又都与祭祀有关，正体现了古人对祖先、祭祀的重视。这样一套语言必定是在长期的人际交往中摸索、总结出来，他体现的是先民们在处理人际关系上的高超的艺术和智慧。

老练的贵族大夫要能随时随地都保持一种优雅从容的气度，即使是在战争这样一种险恶的环境中也不例外。钱穆认为，贵族们“即在战争中，犹能不失他们重人道、讲礼貌、守信让之素养，而有时则成为一种当时独有的幽默”④。成公二年，鞌之战中，晋国大夫追赶齐顷公，即将抓获齐君时，他非常注意礼节，“执絷马前，再拜稽首，奉觞加璧以进”，恭敬地对齐君说：“下臣不幸，属当戎行，无所逃隐。且惧奔辟，而忝两君。臣辱戎士，敢告不敏，摄官承乏。”成公十六年，鄢陵之战中，晋国贵族郤至为了表示对楚王的尊敬，每次在交战中见到楚王，必定下车，“免胄而趋风”。楚国令尹子重曾向晋国大夫栾针讨教晋国人治军的经验，栾针回答说：“好以众整”。子重又问：“又如何?”栾针回答：“好以暇”。在栾针看来，既整齐严密又从容不迫，是晋国人多年来训练军队的经验。鄢陵之战中，为了兑现他对子重所说的“好以暇”的承诺，他派人“执榼承饮”，向子重敬酒。子重也毫无戒心地“受而饮之”，然后双方继续交战。春秋时代的战争在人数、规模上还无法与战国以后的大战相比，在敌我以命相搏之际，大家也不忘保持日常的礼仪与风度，这也使得这一时代的战争有了某些贵族属性，与后世战场残酷的厮杀有不少区别。

二、崇礼、敬德、重文的贵族观念

春秋时期的贵族士大夫生活在周代的分封制社会中，又深受周代礼乐文化的

---

① 朱彬：《礼记训纂》，北京：中华书局，2007 年，第 24 页。
② 朱彬：《礼记训纂》，北京：中华书局，2007 年，第 849 页。
③ 朱彬：《礼记训纂》，北京：中华书局，2007 年，第 59 页。
④ 钱穆：《国史大纲》，北京：商务印书馆，2002 年，第 71 页。

影响，所以他们逐渐形成了一套较为独特、与后世迥然不同的思想观念。这套思想观念，引导着贵族阶层，塑造了他们整体的精神面貌，是春秋时代贵族文化重要的组成部分。了解一下春秋贵族的这一套思想观念，对我们分析探讨那一时代的文学创作、文学作品，是大有裨益的。

1. 崇礼

因为受周代礼乐文化的深刻影响，春秋时期的贵族大都对“礼”极为重视。春秋贵族与礼乐的关系，就像鱼和水一般，他们生活于礼乐文化中，礼乐塑造了他们，而他们也改变了礼乐文化。他们的一言一行都要尽力遵循礼仪规范，逾越礼仪的行为会受到舆论的指责。在不少那一时代的贵族看来，“礼”不仅仅是一种精致文雅的礼仪活动，它已经被提升到了政治的高度，成为一种治国之道。《左传·昭公二十五年》所记载的晋国贵族赵简子和郑国大夫子太叔的一段对话，比较系统地阐述了当时学者对“礼”的看法：

> 子大叔见赵简子，简子问揖让周旋之礼焉。对曰：“是仪也，非礼也。”简子曰：“敢问何谓礼？”对曰：“吉也闻诸先大夫子产曰：‘夫礼，天之经也，地之义也，民之行也。’天地之经，而民实则之。则天之明，因地之性，生其六气，用其五行。气为五味，发为五色，章为五声。淫则昏乱，民失其性。是故为礼以奉之：为六畜、五牲、三牺，以奉五味；为九文、六采、五章、以奉五色；为九歌、八风、七音、六律，以奉五声。为君臣、上下，以则地义；为夫妇、外内，以经二物；为父子、兄弟、姑姊、甥舅、昏媾、姻亚，以象天明；为政事、庸力、行务，以从四时。为刑罚、威狱，使民畏忌，以类其震曜杀戮。为温慈、惠和，以效天之生殖长育。民有好、恶、喜、怒、哀、乐，生于六气。是故审则宜类，以制六志。哀有哭泣，乐有歌舞，喜有施舍，怒有战斗。喜生于好，怒生于恶。是故审行信令，祸福赏罚，以制死生。生，好物也；死，恶物也。好物，乐也；恶物，哀也。哀乐不失，乃能协于天地之性，是以长久。”简子曰：“甚哉，礼之大也。”对曰：“礼，上下之纪，天地之经纬也，民之所以生也，是以先王尚之。故人之能自曲直以赴礼者，谓之成人。大，不亦宜乎？”

在这段文字中，子太叔将“礼”和“仪”进行了区分，他认为那些“揖让周旋”等礼仪活动只是仪式、形式而已。而“礼”是“天地之经纬”，是效法天地的治国理政之道。如此一来，他大大地提升了“礼”的权威地位，将“礼”与天地并列，具有了不容置疑的合法性。同时,他又扩充了“礼”的包容性,使“礼”能覆盖了从上到治国理政、下到平民百姓日常生活的方方面面。这是一种对“礼”的比较新颖也比较深刻的一种解读。它也比较集中地代表了春秋许多贵族对礼的看法。

正因为春秋的贵族已经有意识地将“礼”提升为一种抽象的政治、伦理原则,所以“礼”在他们的观念中也就成为评判是非的标准。在贵族士大夫们眼中,“知礼”、“合于礼”的人和事,是应该得到肯定和赞誉的。如《左传·襄公八年》记载,晋国贵族范宣子出使鲁国,在宴会之上双方赋诗交流。范宣子出言得体,事后鲁国的贵族称赞他“知礼”。至于那些“非礼”的人与事,也受到社会舆论的谴责与批判。《左传》中所记载的“非礼”之事,也多达五十多处。《左传》《国语》中还记载不少奇异的预言故事,一些睿智的贵族士大夫常常从他人的细微的言行举止中推断其命运。某些“非礼”之人,其命运也往往与预言的结果若合符契,终遭厄运。如《左传·文公四年》记载:“逆妇姜于齐,卿不行,非礼也。君子是以知出姜之不允于鲁也。”鲁国派人到齐国迎娶国君夫人,派去的却不是尊贵的上卿。所以鲁国的一些贵族即此推断这位夫人在鲁国恐怕不会有好结果。十余年后,这位夫人的儿子在内乱中被杀,而她本人也被迫回到齐国。揭开这些预言故事的奇异面纱,我们所能看到的,实质上还是春秋时期的贵族们对礼法原则的高度重视。

春秋时期贵族对“礼”极为看重,其实是有着更为深层原因的。李泽厚指出:“《仪礼》各篇中描述规定得那么琐碎的‘礼仪’,既不是后世所能凭空杜撰,也不是毫无意义的繁文缛节,作为原始礼仪,它们的原型,本有着极为重要的社会功能和政治作用。远古氏族成员正是通过这种原始礼仪活动,将其群体组织起来,以维系整个社会的生存和活动。因之这套‘礼仪’对每个氏族成员便具有极大的强制性和约束力,它相当于后世的法律,实际即是一种未成文的习惯法。”①“礼”虽然有相当于法律的功用,但毕竟不是法律,只是“未成文的习惯法”。这种习惯法,它有着比法律更为宽泛、更具弹性的软约束力,它更多的是对民众起到一种表率示范功能,道德、人心才是它关注的重点。

到了春秋后期,社会的动乱局势开始进一步加剧,不少贵族统治者开始以严刑峻法来管理民众,成文法陆续在诸侯各国出现,这是中国政治史、法律史的一大

① 李泽厚:《中国古代思想史论》,天津:天津社会科学院出版社,2003 年,第 3 页。

进步。但是,礼乐制度在整个社会的统治地位却也因此受到了严重的挑战,面临崩坏的危机。当时的不少保守的贵族士大夫,对成文法采取一种强烈的反对态度。如昭公六年,郑国颁布成文法时,晋国大夫叔向就写信给郑国执政子产,批评郑国的这一做法。他在信中说:"始吾有虞于子,今则已矣,昔先王议事以制,不为刑辟,惧民之有争心也。……民知有辟,则不忌于上,并有争心,以征于书,而徼幸以成之,弗可为矣。……民知争端矣,将弃礼而征于书。锥刀之末,将尽争之。乱狱滋丰,贿赂并行,终子之世,郑其败乎。"他非常担心成文法的出现,将会使民众违背旧有的礼仪规范,竞相以法律为工具争夺个人私利,导致整个社会风气的败坏。叔向的思想观念极为保守,没能看到成文法出现的重大历史意义,但他对礼仪制度崩溃的忧虑、对社会风气败坏的担心,还有颇有几分道理。就在此事发生二十几年后的昭公二十九年,晋国的赵鞅、荀寅铸造了一只刑鼎,上面著录了范宣子创作的刑书。孔子知道此事之后,也严厉地批评道:

> 晋其亡乎,失其度矣。夫晋国将守唐叔之所受法度,以经纬其民,卿大夫以序守之。民是以能尊其贵,贵是以能守其业。贵贱不愆,所谓度也。文公是以作执秩之官,为被庐之法,以为盟主。今弃是度也,而为刑鼎,民在鼎矣,何以尊贵?贵何业之守?贵贱无序,何以为国?且夫宣子之刑,夷之搜也,晋国之乱制也,若之何以为法?

孔子的身份虽然不是贵族,但在维护周代礼乐制度这一点上,却是和旧贵族们站在同一立场上。周礼虽然有其保守、落后的一面,但在维护社会秩序、移风易俗教化民众方面所起的作用,是不可替代。对于这一点,孔子孔子恐怕是深有体会的。所以他才终其一生,不遗余力地要"克己复礼"。

2. 敬德

春秋时期的贵族也格外的重视道德,他们认为人的吉凶祸福并不取决于鬼神,而是行为是否合乎道德伦理。西周初期,周人已逐渐从殷商的巫文化传统中摆脱出来,开始提出了敬德、明德的观念,将德政作为评价政治统治成败的一个重要指标。《尚书》中成文于西周初期的《召诰》《无逸》《康诰》等篇中,已经有不少关于"德"的论述,"惟不敬厥德,乃早堕厥命"(《召诰》),"皇自敬德"(《无逸》),"克明德慎罚"(《康诰》),……,这些关于"德"的文字,充分说明了"德"在周人心目中的分量。春秋时期的贵族士大夫们对"德"的重视,虽然是延续了西周以来的传统,但他们对“德”的理解却有了进一步的发展,比前人的看法更为深刻、透彻。这一时代的不少贵族,已经抛开天命、鬼神等宗教观念,非常理性地探讨道德问题。如《左传・僖公五年》所记载的虢国大夫宫之奇的言论就很富有代表性:

> 臣闻之,鬼神非人实亲,惟德是依,故《周书》曰:“皇天无亲,惟德是辅。’又曰:‘黍稷非馨,明德惟馨。’又曰:‘民不易物,惟德緊物。’如是,则非德,民不和,神不享矣,神所凭依,将在德矣。若晋取虞,而明德以荐馨香,神其吐之乎?

宫之奇在这里所提出的“鬼神非人实亲,惟德是依”的观念格外引人注目。鬼神在上古时期的宗教观念中本来占据着统治地位,但是现在却只能依附于道德而存在,这样一种看法无疑是一种革命性的转变。宫之奇对道德的看法,在春秋时代并非是个案,《左传》《国语》中关于“明德”“修德”“耀德”的论述比比皆是。对德行的高度重视,可以说是得到了春秋时期贵族阶层广泛而一致的认同。

《左传》《国语》等历史史料中的“德”,其实有两层含义,一是指“德政”、“德教”,强调国君和贵族要以道德原则来教化、管理民众。如僖公二十四年,周天子要以狄伐郑时,大夫富郑劝谏:“不可。臣闻之,太上以德抚民,其次亲亲,以相及也。”又如哀公十年,楚国贵族子期讨伐陈国时,吴国的延州来季子劝阻道:“二君不务德,而力争诸侯。民何罪焉?我请退,以为子名,务德而安民。”这里的“以德抚民”“务德而安民”,都是强调要以德政来教化、安抚民众。

同时,《左传》等书中的“德”,还有一层含义,指的是“德行”,它更加侧重的是贵族自身的道德修为。在春秋时代的价值体系中,道德修为无疑是评判一个是非对错的最重要的指标。这一时代的德行观念,与后世略有不同。春秋时代的贵族所看重的德行主要是忠、信、敬、勇等。“忠”是强调对君主尽心竭力无二心。如《左传・僖公二十三》记载这样一件事:

> 晋惠公卒。怀公立,命无从亡人。期,期而不至,无赦。狐突之子毛及偃从重耳在秦,弗召。冬,怀公执狐突,曰:“子来则免。”对曰:“子之能仕,父教之忠,古之制也。策名委质,贰乃辟也。今臣之子,名在重耳,有年数矣。若

又召之,教之贰也。父教子贰,何以事君?刑之不滥,君之明也,臣之愿也。淫刑以逞,谁则无罪?臣闻命矣。”乃杀之。

文中狐突的这段话,比较集中反映了当时人贵族们对“忠”的基本看法。狐突认为“忠”是一种古老的传统,臣子和君主之间“策名委质”,已经建立某种不可动摇的契约关系,是绝对不可违背的。在周代的宗法分封制体系中,臣子和君主之间其实形成了某种依附关系,而“忠”的道德原则,是这种依附关系的重要保障。假如这样一种“忠”的原则,被动摇,“父教子贰,何以事君”,整个社会制度都将面临崩溃风险。所以,在那个时代中,忠义的臣子,是受到人们的热烈称赞的。如鲁国著名贵族季文子去世之后,“无衣帛之妾,无食粟之马,无藏金玉,无重器备”,鲁国人认为他“相三君矣,而无私积”,给予了他“季文子之忠于公室”的赞誉。又如楚国的令尹子囊,临终之际仍然不忘修筑郢都城之事,当时的君子对他给予高度评价:“子囊忠,君薨不忘增其名,将死不忘卫社稷,可不谓忠乎?忠,民之望也,《诗》曰:‘行归于周,万民所望。’忠也。”类似事例在先秦史料中屡见不鲜,也足可见当时人对“忠”的重视。

春秋时代的贵族也格外重视“信”,将它摆在一个非常突出的位置。《左传》《国语》中常常把“忠信”连在一起使用。如“口不道忠信之言为嚚”(僖公二十四年)、“忠信笃敬,上下同之,天之道也”(襄公二十二年)、“其言忠信于鬼神”(昭公二十年)等,也可见“信”的重要性不亚于“忠”。《左传·僖公二十五年》记载了晋文公重耳的一则轶事:

晋侯围原,命三日之粮。原不降,命去之。谍出,曰:“原将降矣。”军吏曰:“请待之。”公曰:“信,国之宝也,民之所庇也。得原失信,何以庇之?所亡滋多。”退一舍而原降。

晋文公是城府很深的政治家,孔子曾批评他“谲而不正”,从这一则故事中也可见一斑。他用一种独特的方式来向原地的民众展示他诚信,使民众心悦诚服地归顺了他。他的这番话也颇为精彩,将“信”提升到了“国之宝”的高度,这是从来没有过的。《左传》《国语》中赞美讲信守义的事例比比皆是,而失信违约的国家和个人,则受到舆论的职责唾弃,并为此付出沉重代价。如《左传·僖公十五年》所记载的韩原之战即是明证。流亡在外晋惠公受到秦穆公的支持,才回国取得君主之位。晋国饥荒之时,秦国又借粮给他,帮助晋国渡过难关。但到了秦国遭遇饥荒之后,晋国却背信弃义,坐视不管。晋惠公的做法不但引起秦国的极度不满,甚至是晋国国内的臣民也批评他的这一卑劣行径。所以,在韩原之战中,晋国大败,晋惠公本人也成了秦国的俘虏。这一时代对"信"的这样一种高度的重视,实质还是源自于春秋贵族们的高度的荣誉感。

除了"忠""信"之外,"敬""勇""仁""义"等,也是春秋时期的贵族们很看重的道德规范。如关于"敬",《左传》中这样论述:"礼,国之干也;敬,礼之舆也"(僖公十一年)、"礼,身之干也;敬,身之基也"(成公十三年),把"礼"和"敬"放在一起,强调"礼"的得以实现的基础是"敬"。又如关于"勇",春秋时代的贵族往往文武兼备,所以他们对于"勇"这一德行要远比后世看重得多,《左传》《国语》有不少讴歌勇士的精彩篇章。但春秋时代的贵族所赞赏的勇,绝不仅仅是勇猛、不怕死。《左传》中多次重申"死而不义,非勇"(文公二年)、"勇不作乱"(成公十七年),强调有勇的同时必须合乎道义。

后世极为重视的"仁"和"义"的概念,在这时也开始出现了,但其含义与后人的理解还有较大的差异。《国语》中对"仁"有这样的解释"为仁者,爱亲之谓仁"(《晋语一》)、"杀其弟而立其兄,兄德我而忘其亲,不可谓仁"(《晋语二》)。"仁"的基本含义,还是以"爱"为主。"义"字在春秋时期含义较为复杂,有正义、礼义、信义等多重内涵。如《左传》中的"多行不义必自毙","义"有正义之意。"夫名以制义,义以出礼,礼以体政,政以正民",这个"义",是礼仪之意。儒家学者津津乐道的"义利之辨",在这时也有人已经提出这样的观点了。如《国语》中说"夫义者,利之足也;贪者,怨之本也。"①这里已经明确提出来"义"是"礼"的立足点的观点,很值得注意。不过,总体说来,"仁""义"等概念的内涵在这一时代还较为模糊、粗浅,影响相对较小。

3. 重文

"文"在《左传》《国语》等著作中多次出现,含义非常丰富。如《国语》中的"明利害之乡,以文修之"(《周语上》)、"夫敬,文之恭也;忠文之实也。",韦昭解释

---

① 徐元诰:《国语集解》,北京:中华书局,2002 年,第 290 页。

此处的两个"文"字时,认为前者是"文,礼法也"①、后者则是"文者,德之总名"②。至于《左传・襄公二十五年》中的"言之无文,行而不远",这个"文",指的则是"文采"。李春青认为:"在西周至春秋时期,'文'基本上就是礼乐制度、知识系统与道德观念的统称。"③他对"文"的这一解释,应该说是十分合理的。"文"字本身有修饰之意,不管是礼乐、知识还是道德,其实都是对人的修饰。春秋时期的贵族追求一种与众不同的文质彬彬的气度,所以他们喜欢用礼乐、知识和道德这些高雅的东西来装饰自己。钱穆认为春秋时代的贵族,"他们识解之渊博,人格之完备,嘉言懿行,可资后代敬慕者,到处可见"④,也正是称赞他们对"文"的重视。

春秋时期的贵族对"文"的重视,主要体现在他们精致细腻的礼仪修养、渊博精深的知识涵养和出众的文采修为上。关于贵族们的礼仪修养,前文已探讨,此处不再赘述。这里着重讨论一下他们渊博的知识和出众的文采。春秋时代虽然是一个"血而优则仕"的社会,但是贵族们却非常重视教育,大多数的贵族都有着很高的学术和文化修养。从《左传》《国语》等文献来看,在孔子之前,西周至春秋时期,不少经典的著作如《诗》《书》《易》等,其雏形都已出现。贵族们交谈之时常常征引这些著作,据清代学者顾栋高的统计,《左传》记载赋诗有 28 次,引尚书有 22 次,占筮引易有 17 次。学识渊博、精通经典的贵族,也会格外受人青睐。如僖公二十七年,城濮之战之前,晋国人推选中军主帅时,赵衰没有推荐追随晋文公流亡国外多年的舅犯等功臣,却举荐了郤縠,他提出的理由是:

> 臣亟闻其言矣,说礼乐而敦诗书。诗书,义之府也,礼乐,德之则也,德义,利之本也。《夏书》曰:'赋纳以言,明试以功,车服以庸。'君其试之。

一个贵族,因为精通礼乐、诗书,竟被选为全军当中最重要的中军主帅,这在后世人看来,实在有点不可思议了。但是这也正充分说明了春秋时代的贵族们,对"文"的重视。赵衰之所以如此青睐郤縠,恐怕也正是因为他极为好"文"吧!

---

① 徐元诰:《国语集解》,北京:中华书局,2002 年,第 3 页。
② 徐元诰:《国语集解》,北京:中华书局,2002 年,第 88 页。
③ 李春青:《趣味的历史》,北京:生活・读书・新知三联书店,2014 年,第 69 页。
④ 钱穆:《国史大纲》,北京:商务印务馆,2002 年,第 71 页。

赵衰是跟随晋文公流亡的诸臣中最有“文”的一个。晋文公带领众人在秦国参与宴会之际,双方赋诗交流,舅犯就极力举荐赵衰:“吾不如衰之文也,请使衰从。”从《左传》《国语》中也可以看出,春秋时期贵族群体涌现出了许多知识渊博、人格高尚的知识分子,像鲁国的展禽、臧文仲,晋国的士会、叔向,郑国的子产、子太叔,齐国的晏婴,吴国的季子等等,都是一时之选。甚至还出现像敬姜这样优秀的女学者,得到许多当时君子的高度赞誉。

春秋时代贵族对“文”的重视,还表现在他们对出众的“文采”的追求上。这一时代诸侯各国之间的外交活动十分活跃,在这一形势催逼之下,外交辞令的创作空前繁荣起来。当时的各国贵族进行外交交流时,在语言上有着一个共同的追求,就是要“有辞”。所谓的“有辞”,也就是“有辞采”、“有文采”。何怀宏即认为:“春秋社会早期基本上还是一个‘有辞’、或者说大致守礼、试图说理的社会,许多事情基本上还是由传统的礼仪,而不是由赤裸裸的武力来决定的。”①为了沟通各国之间的关系,卿大夫们不得不频繁地出访,巧妙地化解各种矛盾,这时精致、优美的辞令也就应运而生了。如《左传·襄公三十一年》记载这样一件事:这年冬天,郑国执政子产陪同郑国君主出访晋国,晋国因故没有及时安置他们的车马,子产就损坏客馆外墙,将车马放了进去。晋国人派人质问郑国君臣,子产不卑不亢地将晋国使者训斥了一番,使得晋国人低头谢罪。事后晋国大夫叔向这样评论此事:

> 辞之不可以已也如是夫。子产有辞,诸侯赖之,若之何其释辞也?《诗》曰:‘辞之辑矣,民之协矣。辞之绎矣,民之莫矣。’其知之矣。

从这段文字也可以看出,春秋时代的贵族们对辞令的看法,与后世读者的着眼点还是有很大的不同。后人大多激赏辞令文字之优美、文章技术之高超,但当时的贵族们却主要还是强调它的实用价值,并将之提升到政治高度。

春秋中后期,在优美的外交辞令大量涌现的同时,外交赋诗活动也十分繁荣。赋诗活动就是一种贵族式的语言交际方式,它是一种展现贵族身份的艺术活动,也是春秋时期贵族重“文”观念的突出表现之一。这些都标志着春秋时期

---

① 何怀宏:《世袭社会——西周至春秋社会形态研究》,北京:北京大学出版社,2011 年,第 139 页。

的贵族文化高潮的出现。不管是外交辞令,还是赋诗活动,都是春秋时代重“文”观念的重要体现,而这一观念无疑对春秋时代的文学创作产生了非常深远的影响。关于外交辞令、外交赋诗与春秋贵族文化的关系,本书有专章讨论,此处不再赘述。

第二章

春秋贵族世家与文化、文学之关系

春秋时期是一个贵族世家在政治、经济和文化等多方面都占有统治地位的时代。林纾曾直言:“春秋为世族之天下。”①孙曜说:“吾国春秋时代,各国大夫皆世袭守土,谓之世族,为当时各国实力所寄,时代之重心也。欲知当时之实况,则于世族之组织生长,有不可不加研究者。”②何怀宏也说:“对于春秋历史,我们印象最深刻的与其说是一个个的人,不如说是一个个的家族。离开了世族,一部春秋史几无从说起,而抓住了世族,春秋历史方由纷纭变得分明。”③春秋时期的贵族世家垄断着文化资源,各种文学活动的参与者、各种辞令文章的创作者,也大都出身于贵族世家。要深入了解春秋时期文学的发展情况,就不得不认真探究一下春秋时期贵族世家与文学活动之间的关联。对显赫一时的春秋世家大族,先秦时代的史官们都是十分关注的。《左传》《国语》中即有大量关于贵族世家事迹的记载,为我们提供了大量的研究材料,这里即以这两部书为主,简要探讨一下这一问题。

① 林纾:《左传撷华》(上册),上海:商务印书馆,1935 年,第 26 页。

② 孙曜:《春秋时代之世族》,上海:上海中华书局印行,1931 年,第 1 页。

③ 何怀宏:《世袭社会——西周至春秋社会形态研究》,北京:北京大学出版社,2011 年,第 95 页。

第一节 春秋贵族的世家及其文化

两百多年的春秋史,既是一部各国诸侯争霸的历史,也是一部各国贵族世家兴衰起伏的历史。春秋中后期,齐、晋、楚等曾经风云一时的大国,都逐步衰落下去。他们衰落的重要原因之一,就是这些大国国内的世家大家逐步崛起,家族之间的矛盾冲突日趋激烈,消耗了大量的国力。从这样一个角度来看,春秋时期的贵族世家在一定程度上深刻地影响了历史的走向。同时,这些贵族世家也是社会中的知识阶层,他们也影响着这一时代文化、文学的发展。

一、春秋贵族世家概况

春秋时期的世族,就是一种以血缘为基础的、时代传承的贵族世家,它是伴随着西周时期的分封宗法制度而出现的。《左传・桓公二年》这样记载:"故天子建国,诸侯立家,卿置侧室,大夫有贰室",所以认为"世族者,封建制之产物",是很有道理的。周代的分封制度,保障贵族们能占有大量土地,能够"世袭守土",使得他们有了雄厚的经济实力。周代政治上实行的是"世官制度","就是世袭的贵族用了特殊的地位世世做官,执掌国政"。同时,周代的文化,也是"学在王官",只有贵族子弟才能享有接受教育的特权。在这些经济、政治、文化制度的保障之下,贵族阶层垄断了大量的社会资源。这些贵族们又将这些特权传承给子孙,就形成了地位显赫的贵族世家。

据顾栋高《春秋大事表・春秋列国大夫世系表》统计,春秋各国的世族共有210多家。从《左传》《国语》的记载来看,春秋时期活跃于历史舞台上政治家、学者,绝大多数都出自这些贵族世家春秋时期的各诸侯国都有一些很有影响力的世家大族。这些世家大族,有公族和异姓贵族之分。公族就是与君主有血缘关系的同姓贵族,如鲁国的"三桓",郑国的"七穆",齐国的国、高、崔等都是公族。公族在世族中数量较多,地位也较为稳固。但有些诸侯国,如晋国,从晋献公起,君主对公族势力比较忌惮,所以大力铲除公族,导致赵、魏、范等异姓贵族势力十分强大。

正因为贵族世家是分封宗法制度的产物，所以在西周时期已经有不少世家大族。但是世家大族真正得以蓬勃发展并最终能左右历史走向，是在春秋时期。这一时代各国著名的大世族，如晋国的韩、赵、魏、智等，齐国的陈、栾、高等，鲁国的“三桓”、郑国的“七穆”、宋国的乐、向、华等，都是出现于春秋中期。这些大世族也趁着国际局势动荡之际，在国内不断地积累自身实力，使得家族不断发展壮大。到了春秋后期，各国国内大都不同程度地形成了大世族架空君权、左右国政的局面。如晋国形成了韩、赵、魏三家平分晋国的局势，齐国政权则落到了陈氏一族手中，鲁国的三桓三分公室导致鲁君成为傀儡，郑国则是七穆家族轮流执政。各国中，只有秦、楚两国君权较为强大，能够比较好地抑制世族势力的发展。各国的大世族在扩张政治势力的同时，也比较注意家族的文化教育，所以春秋时期著名的学者、文人，如臧文仲、叔向、子产、晏婴等人，基本上都出自这世家大族。

春秋时代的世家大族，与后世的家族有较大的不同，它是以严密地宗法制度组织起来的，宗子即宗族长在家族中占有非常重要的地位。对于春秋时代家族的特征，朱凤瀚认为：“作为宗族长的宗子在本家族仍具有高于一般族人的政治权力与地位，特别是对族人具有处置权。”①春秋时代世家大族的宗族长一般也都以卿大夫身份活跃在各国政坛上。这些家族的宗族长在参与政治活动时，往往是依靠着整个家族的势力、尽力为家族谋取更多的利益，当这些宗族长失势或是遭难时，也即意味着整个家族的命运面临着巨大挑战。如宣公四年，楚国令尹子文看到其弟子良所生的儿子斗越椒时，对其弟说：“必杀之。是子也，熊虎之状而豺狼之声。弗杀，必灭若敖氏矣。”子文非常担心日后斗越椒在楚国得势之后会危及整个若敖氏一族的命运。此处斗越椒的命运，也即代表着若敖氏一族的命运走向。又如昭公四年，子产颁布了郑国的税赋制度，郑国大夫浑罕即断言：“国氏其先亡乎。君子作法于谅，其敝犹贪，作法于贪，敝将若之何？”子产之父公子发，字子国，是郑穆公之子，其子孙取公子发之字为名，所以子产一族被称作国氏。浑罕此处之所以断言“国氏其先亡”，也是因为子产颁布税法的举措不合于周礼，他的举动将会影响到国氏一族未来的命运。类似事例尚有很多，这些事例都清晰地表明了当时人

① 朱凤瀚：《商周家族形态研究（增订本）》，天津：天津古籍出版社，2004 年，第 479 页。

物对于某些家族的看法,他们都明确地认为宗族长即代表着家族,这些人举动与家族紧密的关联在一起。

事实上,宗族长之所以能够代表一个家族,并不仅仅是因为他在家族中掌握大权、地位崇高。更为重要的是宗族长也往往是家族独特文化的一个代表。前文曾提到过,西周到春秋都是一个"学在王官"的时代,贵族世家垄断着教育、文化资源。贵族们又往往十分重视家庭教育,经过几代人的积累之后,不同的贵族家族往往会形成他们自己的一套家族文化。这些世家大族的头面人物往往都具有很高的文化修养,他们活跃在政治舞台上时,也即是向世人展示着他们各自丰厚的家族文化。如宣公十二年的晋楚邲之战之前,晋军内部主战主和意见不一,主要将帅荀林父、先縠、范武子等都来自不同的家族,代表各自家族利益,他们在战争决策时发表的意见,与各自家族地位、家族处世风格有极大关系。如主帅荀林父,他所出身的荀氏一族,在晋国各大世族中地位较低。荀林父本人较为老成持重,年轻时曾参与城濮之战,而后渐渐成为赵盾副手,论资排辈才成为中军主帅。因为家族地位的缘故,他很难号令赵氏、先氏等显赫的大族,他虽然在战前提出撤军的主张,但却因为先縠的扰乱,没有能够执行。先縠其人自私贪婪、刚而无礼,职位不高,但是因为他出身于显赫的先氏一族,其父即是辅助晋文公在城濮一战中大胜楚国的元老重臣先轸,所以他有着格外巨大的影响力。他不听号令、擅自进军,是晋军最终战败的一个重要原因。而老臣范武子,则极力反对与楚国开战,主张退军。他的这一主张,与范氏一族一贯韬光养晦的行事风格是完全一致。范武子的祖父士蔿,是晋献公最重要的谋士之一,身逢"骊姬之乱"这样的政治灾难,却能明哲保身,安然躲过一劫。范武子为人才干出众、机智过人,但是行事却十分谨慎低调、不事张扬。他也以一种处世的观念教导其子孙,其子范文子行事风格与他十分相像。文中所记叙的,表面上看起来仅是一两场战前决策会议,实际上是晋国的大家族势力的相互较量、家族处世风格的展示。

二、春秋世族的家族传统

春秋时代是一个等级森严的社会,一个人能否成为贵族,血统是最关键的制约条件。正如何怀宏所说:"无论公族还是非公族,血统在其建立过程中都起着关键的作用,或者说是一个初始的必要条件。"①同时,春秋时期的世家大族,因为有分封制度的保障而拥有强大的政治、经济实力。但是这并且意味着这一时代的贵族就能坐享其成、享受骄奢淫逸的生活。事实上,春秋时期的贵族家族,大多都非常重视文化教育,贵族世家的子弟从小都受到严格的教育培训,这使得他们都具有很高的文化修养。

周代非常重视教育,周王室和诸侯各国都有着严密的教育体系,来教导、培训贵族阶层的子弟。在正式教育之外,春秋时期的世家大族也都很重视家族教育。春秋贵族家族教育的详情虽然不得而知,但从《左传》《国语》中保存的一些材料,我们也可以对此有所了解。如《国语·晋语六》中收录的《赵文子行冠礼》一篇就很有价值,文中这样写道:

> 赵文子冠,见栾武子,武子曰:"美哉!昔吾逮事庄主,华则荣矣,实之不知,请务实乎。"见中行宣子,宣子曰:"美哉!惜也,吾老矣!"见范文子,文子曰:"而今可以戒矣。夫贤者宠至而益戒,不足者为宠骄。故兴王赏谏臣,逸王罚之。吾闻古之王者,政德既成,又听于民。于是乎使工诵谏于朝,在列者献诗使勿惑,风听胪言于市,辨妖祥于谣,考百事于朝,问谤誉于路,有邪而正之,尽戒之术也。先王疾是骄也。"见郤驹伯,驹伯曰:"美哉!然而壮不若老者多矣。"见韩献子,献子曰:"戒之,此谓成人。成人在始与善,始与善,善进善,不善蔑由至矣;始与不善,不善进不善,善亦蔑由至矣。如草木之产也,各以其物。人之有冠,犹宫室之有墙屋也,粪除而已,又何加焉。"见智武子,武子曰:"吾子勉之,成,宣之后而老为大夫,非耻乎!成子之文,宣子之忠,其可忘乎!夫成子导前志以佐先君,导法而卒以政,可不谓文乎!夫宣子尽谏于襄、灵,以谏取恶,不惮死进,可不谓忠乎!吾子勉之,有宣子之忠,而纳之以成子之文,事君必济。"见苦成叔子,叔子曰:"抑年少而执官者众,吾安容子。"见温季子,季子曰:"谁之不如,可以求之。"见张老而语之,张老曰:"善矣,从栾伯之言,可以滋;范叔之教,可以大;韩子之戒,可以成。物备矣,志在子。若夫三郤,亡人之言也,何称述焉!智子之道善矣,是先主覆露子也。"

---

① 何怀宏:《世袭社会——西周至春秋社会形态研究》,北京:北京大学出版社,2011年,第102页。

先秦时期，贵族男性二十岁时要举行隆重冠礼，表示他已经成年，可以承担各项义务和责任了。赵文子就是春秋后期晋国著名政治家赵武。赵武举行冠礼之后前往拜见国内贵族前辈栾书、荀庚、范文子等人，他们一一对赵武做了一番教育训导。这些贵族对这位年轻人在事业、人生方面的种种教导，大都是很宝贵的经验。如范文子告诫赵武要戒骄，他所强调的“不足者为宠骄”的道理，是难得的箴言良训。韩献子劝他“成人在始与善”，反复说明年轻人结交善人的重要性，这一番即使在当下社会依然有很大教育意义。智武子则庄重地向赵武讲述了赵氏祖先赵衰、赵盾的功业，勉励地要忠心为国。这一节文字极为生动，很好地还原当日贵族前辈指导后辈子弟的场景。可以，这些贵族前辈的谆谆告诫，必然会对赵武未来的人生发展产生极大的影响。

又如《国语·鲁语下》中收录的名文《敬姜论劳逸》，也是一篇关于春秋贵族家庭教育的典范之作。公父文伯是鲁国季孙氏一族的子弟，其母敬姜是春秋后期著名的贤妻良母。公父文伯之父早亡，敬姜抚养他长大，经常对他进行认真的教导。一日，公父文伯退朝之后向母亲请安时，发现母亲正在绩麻。敬姜是一个贵族妇女，身份高贵，所以文伯劝她不要干这些女工活。于是，敬姜就以一番长篇大论，耐心地告诫儿子要保持勤劳美德，不要骄奢淫逸。文中的前半部分是这样写的：

> 鲁其亡乎！使僮子备官而未之闻耶？居，吾语女。昔圣王之处民也，择瘠土而处之，劳其民而用之，故长王天下。夫民劳则思，思则善心生；逸则淫，淫则忘善，忘善则恶心生。沃土之民不材，逸也。瘠土之民莫不向义，劳也。是故天子大采朝日，与三公、九卿祖识地德；日中考政，与百官之政事，师尹维旅、牧、相宣序民事；少采夕月，与大史、司载纠虔天刑；日入监九御，使洁奉禘、郊之粢盛，而后即安。诸侯朝修天子之业命，昼考其国职，夕省其典刑，夜儆百工，使无慆淫，而后即安。卿大夫朝考其职，昼讲其庶政，夕序其业，夜庀其家事，而后即安。士朝受业，昼而讲贯，夕而习复，夜而计过无憾，而后即安。自庶人以下，明而动，晦而休，无日以怠。

在这段文字中，敬姜高瞻远瞩地把劳、逸的问题上升到了政治的高度。她反复强调勤劳是国家、社会安定的根本，从天子到庶民百姓都应该兢兢业业而不能有丝毫懈怠。春秋后期，大批的贵族世家之所以纷纷衰落、灭亡，就是因为这些贵族日益骄纵腐化,丢掉了往日勤劳敬业的传统。敬姜作为一个贵族女性,能够深刻地洞察这一问题,并对自己的自己进行认真的教导,是十分难得的。《国语》中所记录的敬姜教子的事迹,还有不少。如《公父文伯饮南宫敬叔酒》一文中这样写道:

> 公父文伯饮南宫敬叔酒,以露睹父为客。羞鳖焉,小,睹父怒。相延食鳖,辞曰:"将使鳖长而后食之。"遂出。文伯之母闻之,怒曰:"吾闻之先子曰:'祭养尸,飨养上宾。'鳖于何有?而使夫人怒也!"遂逐之。五日,鲁大夫辞而复之。

公父文伯宴请宾客时招待不周,使得宾客十分不满。对于儿子违背礼仪的举动,敬姜毫不留情地作了严惩。她将公父文伯赶出了家门,直到五日后鲁国的大夫都来求情,才允许他回家。从这一件小事,也可以看出敬姜对子女要求之严格。也正是因为有了这样严格的家庭教育,才使得春秋时期的多数贵族能有较高道德水平和文化修养。

正是因为春秋时期的世族大都非常重视家族教育,经过几代人的积累之后,某些贵族世家会形成一种独特的家族文化。如日本学者高木智见通过研究春秋时晋国贵族范氏一族的历史发现,这一家族一直世代相传着一种类似于《老子》哲学的老练的生存智慧①。结合《左传》及《国语》的相关材料来看,他的这一观点,确实是很道理的。春秋时代的大家族,许多家族也像晋国的范氏一族一样在两百年多年间延续数代人而巍然不倒。如果细致地分析某些延续时间较长的大家族,我们可以发现,这些家族的人物身上都存在某种相似性,晋国的范氏一族只是这众多家族中的一例而已。如鲁国的臧氏家族,从始祖臧僖伯开始,就形成了一种为人正直、知书识礼的家风,延续五、六代人之久。后文有专文分析这一家族。又如鲁国孟孙氏一族的分支子服氏一族,家族地位虽然不高,但从子服惠伯、昭伯到景伯三代人,均是学识渊博、才干出众而又忠于国事的人物。子服惠伯见识出众,即使是臧武仲这样的声名卓著的人物,也不得不赞叹其才华。昭公十二年,季孙氏家臣南蒯即将叛乱之际进行占筮,得"黄裳元吉"的大吉之兆,向惠伯请教。惠

① [日]高木智见:《先秦社会与思想——试论中国文化的核心》,上海:上海古籍出版社,2011 年,第 178 页。

伯忠告他:“忠信之事则可,不然,必败。”他对“忠信”的一番论述,见解精辟,学识之深湛可见一斑。昭公十三年,鲁国执政季平子被晋国扣留之后,惠伯几经周折、多方斡旋之后,终将季平子救回。子服昭伯事迹虽不多,但却颇为引人注目。昭公十六年,年轻的昭伯跟随鲁昭公出使晋国,归国之后他与季平子谈论晋国政局,预言:“晋之公室,其将遂卑矣,君幼弱,六卿强而奢傲,将因是以习,习实为常,能无卑乎?”而后季平子到晋国参加晋昭公葬礼,考察晋国内政之后,他感叹道:“子服回之言犹信,子服氏有子哉。”至于子服景伯,更是鲁国少有的贤臣,他多次作为使臣与吴国、齐国等大国交涉,总能不卑不亢地完成使命,令人印象深刻。哀公三年,鲁国桓、僖两宫火灾之际,他赶去救灾,“命宰人出礼书以待命,命不共,有常刑”,他深知“礼书”的重要性,所以要尽力先保全之。不管是范氏、印氏、臧氏,还是子服氏,这些家族大都文化修养深厚,又注重对子弟的教育与引导,所以才会出现这样一种芝兰玉树并生阶前的局面。

某些贵族世家则因为在国内享有很高的政治地位,一代又一代人物为了牟取更多的家族利益而不择手段,这使得他们在行事风格上变得极为相似。如鲁国的季孙氏、齐国的陈氏、晋国的赵氏等,都是类似的家族。鲁国的季孙氏一族,从始祖公子季友开始,这一家族就开始执掌鲁国的朝政,“主导了鲁国社会政治在春秋中后期的发展”①。季友之孙季文子尚且能够忠于职守,得到“相三君矣,而无私积,可不谓忠乎”的赞语。但是从季文子之子季武子开始,中经季平子、季桓子,直至春秋末季的季康子,共四代人,均是十分自私专横的人物,他们都为挖空公室、架空君权而作着孜孜不倦的努力。襄公十一年,季武子作三军,与孟孙、叔孙两家一起,“三分公室而各有其一”。襄公二十九年,季武子趁鲁襄公出访楚国之际,占取了鲁国的卞地。昭公元年,鲁国的季武子又侵犯莒国,取得郓地,使得在虢地会盟的晋、楚两国十分恼怒,扣留了鲁国使臣叔孙豹。季平子执掌大权时,与鲁昭公多次发生摩擦。襄公二十五年,鲁昭公率人进攻季孙氏,季平子联合孟孙、叔孙两家将昭公赶出了国都,使得昭公凄凉地死在鲁国小城乾侯。至季桓子、季康子时代时,鲁君基本上已变成了傀儡。又如齐国的陈氏一族,庄公二十二年,陈敬仲逃亡到鲁国时,作者已记叙了两则卜筮之辞,预言陈氏要大昌于齐。从陈敬仲之曾

① 何怀宏:《世袭社会——西周至春秋社会形态研究》,北京:北京大学出版社,2011 年,第 112 页。

孙陈文子开始，又经过陈桓子、陈僖子和陈成子等几代人的努力，陈氏一族终于夺得齐国政权。从陈文子起，陈氏一族的人物开始形成了一种冷静理智、功利现实、为达目的不择手段的处世风格。陈文子所处的时代，正逢齐国崔、庆两族之乱，他与其子陈桓子巧妙地避开政治漩涡，趁内乱的时机发展壮大了陈氏一族的势力。襄公二十八年，庆氏之乱开始之际，《左传》中记叙了陈文子和陈桓子父子两人的对话：

陈文子谓桓子曰："祸将作矣，吾其何得？"对曰："得庆氏之木百车于庄。"文子曰："可慎守也已。"

这里的"庆氏之木百车"是一个暗语，意谓"庆氏必败，我可得人得权"①。这一小段文字也将父子两人的小心谨慎、处心积虑很好地展现出来了。陈桓子掌权时，更是费尽心思、兢兢业业地扩展陈氏一族的势力，使得家族独大于齐国。昭公三年，晏婴出访晋国时与叔向谈论齐国政局，他所说的"公弃其民，而归于陈氏"的情形，正是陈桓子执掌家业时。陈桓子巧妙地运用各种经济手段收买民心，使得齐国民众"爱之如流水，归之如父母"，以至于晏子预言说："齐其为陈氏矣。"到了陈僖子和陈成子的时代，陈氏代齐的大局已基本确定。哀公六年，陈僖子以两面三刀手段挑拨离间齐国高、国两大族和其他朝臣的关系，借人之力将高、国两族逐出了齐国。哀公十四年，陈僖子之子陈成子又杀了齐简公及其宠臣阚止，齐国政权终于落入了陈氏手中。从陈文子到陈成子，陈氏家族这四代人的行事风格是如此的相似，以至于他们就如同一个人一般。

春秋时代尚有一些世家大族，因为数代人连续固定担任某种官职，长期的职业习惯使得这些家族人物在为人处事时形成了一种较为相似的个性。如晋国的士贞子一族，是范氏一族的旁支，家族地位相对较低，但是却人才辈出。这个家族的人物"自士庄伯始，晋士伯之族似均为刑狱之官，亦常在外交场合接待宾客，故擅长辞令"②，士庄伯、士文伯和士景伯等人都是一时之选。又如晋国的中行氏一族，本是荀氏一族的一支，从荀林父、荀偃到荀吴，祖孙三代都在晋国军队中担任要职，均是为晋国的重要将领，三代人忠心耿耿地为晋国霸业南征北战令人印象

---

① 此处取杨伯峻解释。见杨伯峻：《春秋左传注》：北京：中华书局，2000年，第1147页。
② 方朝晖：《春秋左传人物谱》，济南：齐鲁书社，2001年，第869页。

深刻。荀林父年轻时曾参与城濮之战，为晋文公驾车，而后长期在晋国军队中任职，多次与秦人、狄人交战。宣公十二年的邲之战中，他担任主帅与楚国交战，因为晋军内部不和而战败。但此战之后不久他就将功补过，在与曲梁之战中大胜赤狄。荀林父之子荀偃继承父业，多次率领晋军讨伐郑国，立下赫赫战功。尤其是襄公十八年，他率领诸侯大军讨伐齐国，在平阴一战中大败齐人。正是此战之际，他在军中病死，因为担忧伐齐大业未成，以至于死不瞑目、“不可含”。荀偃之子荀吴在晋国霸业衰落、渐失诸侯之心之际，却能率军讨伐戎狄，伐献虞、灭鼓、讨陆浑氏，为晋国开疆拓土、成就攘夷大业。

三、春秋贵族世家的衰落

春秋中后期，各国不少贵族世家的势力得到空前的扩张，它们一度左右着各国的政局。但是，到春秋末期时，各诸侯的世族纷纷衰落、败亡，晋国的栾氏之乱、中行氏范氏之乱，宋国的华氏向氏之乱，鲁国的臧氏之乱等等，都是很有代表性的世族灭亡事件。当这些处于社会上层的贵族世家纷纷灭亡之后，春秋的贵族社会也逐步解体了，新的时代慢慢来临了。

春秋时期各贵族世家的衰亡，是多种主客观因素综合作用的结果。首先就是各国贵族之间的相互争权夺利的剧烈争斗，导致大批世族的落败乃至灭门。春秋中后期，各诸侯国国内大都有数个乃至十数个贵族世家，他们都积极地扩张家族势力，彼此之间难免有利益上的纠葛冲突，所以政治斗争乃至流血冲突就难以避难。如晋国的栾氏一族，因为与范氏、赵氏、韩氏等家族的矛盾，被逐出了晋国。如宋国的华氏向氏两族，也因为与乐氏家族的冲突，最后被赶出了宋国。某些诸侯国的一些大族，为了达到独揽大权的目的，甚至会有计划地运用各种手段来铲除国内的其他家族。如齐国的陈氏家族，经过几代人的努力最终击败国内的其他世族，垄断了齐国政权。晋国的韩、赵、魏三家，也千方百计运用各种手段，最后战胜中行、范、智等大家族，平分了晋国政权。这样一种贵族家族之间的争权夺利，导致春秋时期的很多名门望族沦落为阶下之囚，也使得整个贵族社会的等级制度随之崩塌。

春秋时期的贵族们生活于周代的礼乐文化制度下，本来是很重视礼乐、德行的。但是到了春秋后期，随着贵族政治势力的扩张，他们也变得日益骄纵堕落起来,礼仪、道德都被他们抛到了脑后,这也导致他们衰亡的重要原因。如晋国的郤氏一族是显赫一时的大家族,但是却在成公十七年惨遭灭门之祸。郤氏一族真正开始在晋国占有一席之地,是从郤缺开始的。郤缺是郤芮之子,因其父犯有反叛重罪,他被贬为庶民。他之所以能够重新在晋国发达起来,是因为他非凡的德行打动了晋国重臣胥臣。胥臣出使时经过冀地,看到郤缺亲自在田中耕作,“其妻馌之,敬,相待如宾”(僖公三十三年),所以才极力向晋文公举荐他。郤缺才干出众而又谦虚谨慎,为晋国霸业立下不少战功,也使得郤氏一族能够在晋国政坛独占鳌头。郤缺之子郤克以及后来的郤氏族人郤犨、郤至和郤錡等,虽然都是大权独揽、叱咤一时的人物,但是却未能继承郤缺谦让恭敬的处世态度,最终四处树敌,导致了家族的覆灭。郤克其人虽然也十分骄横,但也颇有才干,能忠于国事,在鞌之战中大败齐国,所以尚能得善终。而郤克之族弟郤犨、族侄郤至及郤克之子郤錡等叔侄三人,把持朝政的同时又骄纵侈汰、不可一世,自然是在劫难逃。在郤氏一族覆灭之前,《左传》的作者已多次借他人之口批评三郤的失德、失礼,预言他们灭亡的命运。成公十三年,晋厉公派郤缺之孙郤錡到鲁国出访时“将事不敬”,鲁国大夫孟献子事后评论道:“郤氏其亡乎! 礼,身之干也。敬,身之基也。郤子无基。”“无基”还能不亡吗? 如果说郤缺是以“敬”起家,创立了郤氏的家业的话,那么他的子孙就是以“失敬”毁掉了前人辛苦得来的基业。

又如晋国的范氏一族,虽然正如日本学者高木智见所言,这一家族一直传承着类似老子哲学的生存智慧,但事实上,这样一种韬光养晦、明哲保身的处世方式,其实也只是成功传承了士蔿、范武子和范文子三代人,到范文子之子范宣子掌权时,这个家族已经开始发生了较大的转变。范宣子的祖父范武子、父亲范文子都是德高望重而又才干出众的人物,深受各国士大夫的推重,而范宣子则是一个毁誉参半的人物。他成功地平定栾盈之乱,稳定了晋国局势,对晋国政局做出了一定贡献。但是,范宣子的为人也十分贪婪傲慢,常常因为目光短浅而作出一些因小失大的举措。襄公十四年,范宣子“假羽毛于齐而弗归”,这一贪墨、失礼的举动直接导致齐国开始不服从晋国的领导。襄公二十四年,叔孙豹出访晋国之际,范宣子向他询问何谓“死而不朽”。叔孙豹尚未作答,他便十分自得地宣扬范氏家族的源远流长、声势显赫,以为如此便可称作不朽。他的这番自大之言,招来了叔孙豹的一阵讥嘲。同年二月,子产也从郑国致书范宣子,批评他“子为晋国,四邻不闻令德,而闻币重”。范宣子之子范献子更是一个贪婪鄙陋的小人,鲁国大夫子服景伯十分准确将其为人概括为“贪而无礼”。昭公二十一年,他出访鲁国时,鲁国人待之以七牢之礼,他却认为是被慢待而十分生气,以至于鲁国人不得不用仅次于天子规格的十一牢来款待他。昭公二十三年,晋国因故扣留鲁国使臣叔孙婼之后,范献子借机向他索要贿赂。定公四年,已经成为执政的范献子会合诸侯会盟于召陵,商讨帮助蔡国伐楚之事。会盟之上,晋国大臣荀寅向蔡侯索贿,遭拒之后他向范献子进言拒绝助蔡伐楚。范宣子竟然听信荀寅之言,将伐楚之事搁置。到了范宣子之子范吉射时,这个曾自诩“不朽”的大家族终于走到了终点站。定公十三年,荀寅、范吉射与赵氏一族的赵简子发生矛盾,长达十余年的中行氏、范氏之乱在晋国拉开序幕。最终,赵简子联合其他大族将荀寅和范吉射两家逐出了晋国。事实上,从范宣子开始,范氏一族就已经开始走下坡路了。从某种意义上说,正是范宣子、范献子和范吉射等三代人的一失德,终将这个曾经十分辉煌的百年大族带上了穷途末路。

当然,春秋时代的大世族也并非都遭遇了衰亡的命运,某一些家族最终在一轮又一轮激烈的权利角逐中取得了胜利,但这些家族的人物也大都由政治与文化兼重的彬彬有礼的贵族,转变为成熟老练的新兴实干家。如齐国的陈氏一族,陈氏的初祖陈敬仲还是一个十分谦让知礼的人物,他刚刚逃亡至齐国时,还曾真诚地辞掉了齐桓公赐予的卿位。但是正如上文所说,从他的曾孙陈文子,陈氏家族的人物已经开始变得高度功利,为谋取家族利益不择手段。晋国的赵氏一族则更为典型。赵氏一族从赵衰起,开始在晋国崭露头角。赵衰当年曾追随晋文公流亡国外,是博学多识、擅长辞令著称的。僖公二十三年,晋文公重耳至秦、准备借秦人之力归国之际,在秦穆公款待重耳君臣的宴会上,赵衰受子犯的推荐,帮助文公答对秦穆公的赋诗。子犯是晋文公的舅父,也是文公流亡国外是最倚重的人。子犯却很欣赏赵衰,他坦诚地说:“吾不如衰之文也”,可见赵衰确实是文化修养很高的人物。僖公二十五年,晋文公向寺人勃鞮询问应命何人为原地之守,勃鞮回答说:“昔赵衰以壶飧从,径,馁而弗食”。所以,文公命赵衰为原地守臣。从“以壶飧从,径,馁而弗食”这样一件小事,已可见出赵衰的为人必定很忠厚,所以深得文公信任。赵氏一族的著名的人物如赵盾、赵武,都能延续赵衰所奠定的家风,他们都是公认的老成持重、彬彬知礼的人物。但是,到了春秋末季,赵武之孙赵简子已是一个祖辈大为不同的人物，他是一个很有才干又雄心勃勃的实干家。在赵氏一族与中行氏、范氏两族发生冲突之际，他率先发难，联合韩、魏等族将中行氏、范氏两家赶出了晋国，大大地扩张了赵氏家族的势力。哀公二年，在他亲自指挥的铁之战中，他公开向晋军士卒承诺："克敌者，上大夫受县，下大夫受郡，士田十万，庶人工商遂，人臣隶圉免。"这样一种赤裸裸地以土地、自由宣言奖赏士卒，在春秋战场可能是第一次。日本学者贯名苞评论道："阅赵简子之言，似以范氏、中行氏为不忠者，及自为政则分国蔑君，何其与所言大相反也！"①赵简子显然已不同以往的遵循礼乐、注重文化修养的传统贵族，他是一个新兴的统治阶层的代表人物，他的出现也标志着赵氏家族这样一个贵族世家已蜕变成了一种新型的统治集团。

第二节　鲁国臧氏家族的兴衰——春秋贵族世家个案(一)

鲁国是春秋时期礼乐文化最为深厚的诸侯国之一，晋国贵族韩宣子曾称赞"周礼尽在鲁矣"。鲁国国内有不少世家大族，很好地继承了周代礼乐传统，并将之发扬光大。笔者这里选取了著名的鲁国臧氏一族为对象，将《左传》《国语》等先秦史料中相关事迹搜集起来，考察一下这一家族的变迁历程。臧氏家族在鲁国的政治地位虽然不及显赫的"三桓"家族，但是这一家族的人物大都文化修养深厚，通过对这一家族的分析考察，也可以使我们看到春秋时代文化与文学变迁的一个侧影。

一、文化世家的崛起

从《左传》中我们可以知道，鲁国的臧氏家族是出现在春秋时代初期的一个血统纯正历经数代的贵族世家。这个家族的前两代人是臧僖伯和臧哀伯。臧僖伯是鲁孝公之子，他生前被称作公子彄，字子臧，谥号为僖。他的孙子取他的字"臧"作为家族的氏，他也被后世人称为臧僖伯。臧哀伯则是臧僖伯的儿子。臧僖伯和臧哀伯的具体事迹在《左传》及各种先秦史料中记载很少，我们仅从《左传》中得

---

① ［日］贯名苞校订增加：《翻刻左绣》卷二十九，嘉永甲寅须静堂课本。

知，臧僖伯曾经谏阻鲁隐公矢鱼于棠，臧哀伯也曾劝阻鲁桓公纳郜鼎于太庙。这两篇劝谏的文字均完整地收录于《左传》之中。虽然它们都极有可能受到了史官的修饰润色，但应当大体上保留了当时的原貌。这两篇文字是春秋时代劝谏文的典范之作，受到了后世许多文人的激赏，曾被收入《古文观止》等不少古文选本中。从这两篇文字中，我们大略可以见识到臧僖伯和臧哀伯的道德风范和见识、才情。

臧僖伯谏阻鲁隐公矢鱼于棠的事件，发生在鲁隐公五年。这年的春天，鲁隐公将要到鲁国的棠地观赏捕鱼。鲁国地处现在山东省的西南，是一个内陆小国，鲁隐公可能对捕鱼有着特殊的好奇心，想去观赏一番。这本来是很普通的举动，但臧僖伯却看到了其中的问题，他认为隐公的举动事实上是耽于逸乐、荒废政事。僖伯站出来劝阻了隐公，在劝谏的一开头就提纲挈领地说道："凡物不足以讲大事，其材不足以备器用，则君不举焉。"树立论点之后，他却轻轻将话锋一转，抛出了一句"君，将纳民于轨物者也。"紧接着，他就围绕轨、物二字，简明阐述了古代讲事、备用的制度。最后，他才看似平淡却大有深意的点出："若夫山林川泽之实，器用之资，皂隶之事，官司之守，非君所及也"，暗示隐公"矢鱼"的举动是失礼的。正如王源所说："此文妙处，全在'轨物'句一宕，有此一宕，别开境界。"①僖伯用"君，将纳民于轨物者也"一句轻轻一转，看起来下文讲的都是"古之制"，但处处都在影射隐公。臧僖伯的谏词庄重而不失委婉，正如余宁世所说："观鱼是公隐情，未尝明戒有司。故僖伯只是泛陈道理，未尝指实。简质肃穆，谟诰之遗。"②僖伯的话显然击中了隐公的要害，隐公只好随口编了一个谎言"吾将略地焉"，想用此来搪塞僖伯。但这样一个谎言毕竟掩饰不了他内心的不安。在僖伯去世之后，鲁隐公感叹道："叔父有憾于寡人，寡人弗敢忘。"他用"葬之加一等"的方式来悼念这位忠直的老臣。

与僖伯庄重委婉、简质肃穆的谏词相较而言，僖伯之子臧哀伯的谏议却要激烈许多，也要华丽了许多。"纳郜鼎于太庙"事件发生在鲁桓公二年，就在臧僖伯谏阻鲁隐公矢鱼于棠的事情发生八年之后。宋国的权臣华督杀死了宋殇公，迎立了流亡在郑国的宋穆公之子公子冯。为了防止中原各国的干涉，宋国送了大量的财物贿赂各国。郜鼎即是宋国赠送给鲁国的贿赂品，桓公想要把它摆放到鲁国的

---

① 王源：《左传评》卷一，清康熙居业堂刻本。

② 冯李骅：《左绣》，台北：文海出版社，1967 年，第 150 页。

太庙里。桓公的做法是将贿赂品当作神圣的礼器来供奉，臧哀伯对于这样的非礼行为表示了激烈的反对。臧哀伯的谏词开门见山地提出一个论点："君人者，将昭德塞违，以临照百官"，"昭德"、"塞违"是他论述的核心所在。哀伯反对纳郜鼎，那么，"塞违"即堵塞违礼之行为，应该是论述的重点。但哀伯却用了大段的文字来说明如何用礼器昭显道德。这一段文字完全用整齐的四言句式来铺叙：

> 是以清庙茅屋，大路越席，大羹不致，粢食不凿，昭其俭也。衮、冕、黻、珽，带、裳、幅、舄，衡、紞、紘、綖，昭其度也。藻、率、鞞、鞛，鞶、厉、游、缨，昭其数也。火、龙、黼、黻，昭其文也。五色比象，昭其物也。钖、鸾、和、铃，昭其声也。三辰旂旗，昭其明也。

读过这样一段文字，读者仿佛置身于琳琅满目、绚丽多彩的周代礼器世界中，又仿佛听到了钟鼓齐鸣、窾坎镗鞳的先秦礼乐之声。这段文字也受到了后人的大力推崇。王源认为："讲昭德共七段文字，古艳高华、光怪陆离，如天球河图，岂秦汉以下所有？"①韩席筹也说："自'犹惧或失之'至此，铺叙昭德，长短参差，逐段变化，极错综之妙。盖退之所谓'气盛者，则言之长短高下皆宜也'"。②层层渲染昭德之重要，引而不发、蓄势良久之后，哀伯才顺势直取要害："今灭德立违，而置其赂器于大庙，以明示百官，百官象之，其又何诛焉。"然后，哀伯又以"武王克商，迁九鼎于雒邑，义士犹或非之"的事例加以比较，顺势诘责桓公："而况将昭违乱之赂器于大庙，其若之何？"对于哀伯的诘责，鲁桓公只能是刚愎自用，不予采纳。

"劝谏之文"有其深厚的文化传统，《国语》和《左传》中就保存了大量的劝谏之辞。《国语》中收录的《祭公谏征犬戎》《召公谏厉王止谤》等文章可能成文于西周后期，这些文章都是很优秀的谏词。熟悉礼法制度的周朝贵族元老们常常劝谏的形式纠正君主的失当行为。这些贵族元老们大多与君主有着较亲密的血缘关系，并且，他们往往有自己的封邑和私人武装，因而他们的劝谏之语往往有举足轻重的效力。臧僖伯和臧哀伯所处的春秋时代初期，周代的礼乐文化尚且保存的较为完好，僖伯和哀伯自觉地继承了周代的进谏传统并将之发扬光大。史载的僖伯

---

① 王源：《左传评》卷一，清康熙居业堂刻本。

② 见韩席筹编注：《左传分国集注》，南京：江苏人民出版社，1963 年，第 48 页。

和哀伯的事迹不多，但由两篇谏词可知，僖伯和哀伯两位臧氏先辈已然奠定了臧氏家族忠直敢谏、学识渊博的家风。严格的宗法制度和家族教育，又使得他们所奠定的家风能够很好地延续下去。周朝的内史听说了臧哀伯劝阻桓公纳郜鼎于太庙的事后，他预言："臧孙达其有后于鲁乎。君违，不忘谏之以德。"确实如此，从臧僖伯和臧哀伯开始，一个文质彬彬、人才辈出的贵族世家开始在鲁国繁荣兴旺起来。

二、贤才辈出的时代

臧氏家族的第四代人臧文仲是鲁国的大贤，他的嘉言懿行时常为鲁国后世的贵族所称引。鲁国大夫叔孙豹甚至说："鲁有先大夫曰臧文仲，既没，其言立，其是之谓乎？豹闻之，大上有立德，其次有立功，其次有立言。虽久不废，此之谓不朽。"叔孙豹是声势显赫的"三桓"之一叔孙家族的成员，也是著名的贤臣，臧文仲能得到他如此高的评价，可见文仲在鲁国影响之大、声望之高。

对于这样一位大贤，《左传》《国语》及其他先秦史料中却没有太多详尽的记叙，只是零零散散的保存了他的一些事迹和言论。但仅仅是这一鳞半爪的轶事逸语，也能让我们大略窥见其人风貌。首先，臧文仲的为人必定极有哲人气度，往往出言睿智、精辟。叔孙豹称赞他"其言立"、"虽久不废"，他的言论有过人之处，也必定是因为他有深刻的思想。验之于他的言行，也确实如此。鲁庄公十一年，臧文仲刚刚登上鲁国政坛，就已经出语惊人，表现得非常老道。这一年秋天，宋国发生大水灾，鲁国派人慰问，宋国人答谢说："孤实不敬，天降之灾，又以为君忧，拜命之辱。"臧文仲听说这件事后，评论道：

> 宋其兴乎。禹、汤罪己，其兴也悖焉，桀、纣罪人，其亡也忽焉。且列国有凶称孤，礼也。言惧而名礼，其庶乎。

其中"禹、汤罪己，其兴也悖焉，桀、纣罪人，其亡也忽焉"一句堪称至理名言，揭示历史发展的规律，至今还时时被人引用。又如鲁僖公二十年，臧文仲得知了宋襄公欲合诸侯的消息，他感叹道："以欲从人则可，以人从欲鲜济。"冯李骅称赞臧文仲这句话是"回环警动文字"①，实则它不仅回环警动，而且蕴含至理，直指现

① 冯李骅：《左绣》，台北：文海出版社，1967 年，第 442 页。

实。齐桓公所以能成就辉煌霸业，也不过是因为他“以欲从人”，宋襄公却注定要失败，因为他是“以人从欲”，把自己欲望强加于他人身上。臧文仲的名言时常为鲁国贵族称引，如鲁文公十七年所载：

> 襄仲如齐，拜穀之盟。复曰：“臣闻齐人将食鲁之麦，以臣观之，将不能，齐君之语偷。臧文仲有言曰：‘民主偷，必死’。”

又如文公十八年所载：

> 季文子使大史克对曰：“先大夫臧文仲教行父事君之礼，行父奉以周旋，弗敢失队。曰：‘见有礼于其君者，事之，如孝子之养父母也；见无礼于其君者，诛之，如鹰鹯之逐鸟雀也。’”

臧文仲的这些言语大都深刻、警辟，同时又简练、生动，很有文学色彩。比如季文子所引用的这一小段文字，运用了对仗和比喻的手法，形象生动，尤其是“事之”和“诛之”两处停顿，使得整个句型陡峭有力，难怪后人乐于引用。

其次，臧文仲也继承了臧氏家族忠直敢谏的家风，多次向国君进谏。与前人庄重肃穆的谏词不同，臧文仲的进谏均以理智、清醒的思辩取胜。如鲁僖公二十一年夏天，鲁国大旱，鲁僖公决定用焚杀巫尪的办法求雨。臧文仲马上进谏，阻止了僖公这一荒唐的行为。臧文仲的谏词很简单，但很有说服力：

> 非旱备也。修城郭，贬食省用，务穑劝分，此其务也，巫、尪何为？天欲杀之，则如勿生。若能为旱，焚之滋甚。

他先从正面指出了正确的备旱措施，又从反面反思焚杀巫尪行为的不可行。他的反思很有趣，首先，他认为“天如果真的要杀死巫尪，那么，它就不应该生下他们。”这是从事理逻辑的角度分析，让人无可辩驳。其次，他退了一步，假设了真有鬼神的情况，他说：“如果真是这些巫尪引发了旱情，那么，焚杀了他们旱情只能更为严重。”据杨伯峻等学者的考证，用焚杀巫尪的办法来求雨起源很早，应该一种延续了很长时间的迷信传统。① 臧文仲用睿智而深刻的分析，使人们看到了这种做法的荒唐，是一种了不起的进步。又如鲁僖公二十二年，鲁国与周边的小国邾

① 见杨伯峻：《春秋左传注》：北京：中华书局，2000 年，第 1460 页。

国交战，鲁僖公轻视邾国而不加防备。臧文仲觉察到了事情的严重，立刻劝谏僖公，他单刀直入，开口就说："国无小，不可易也。无备，虽众不可恃也。"接着，他引用了《诗经》中记叙的文王、武王的事迹，作了进一步的说明："先王之明德，犹无不难也，无不惧也，况我小国乎。"最后，他还用了一个生动的比喻来劝阻僖公："君其无谓邾小，蜂虿有毒，而况国乎！"臧文仲的谏词不可不谓之有理有力，但是僖公依然是傲慢自大，听不进去别人的意见。《左传》作者在文后补叙了这样一个结果："八月丁未，公及邾师战于升陉，我师败绩。邾人获公胄，县诸鱼门。"冯李骅在此评论道："结局写出他小而毒处，绝倒。"①臧文仲的谏词与这样一个结局相映成趣，让人忍俊不禁。

臧文仲的为人并非仅仅长于立言、敢谏，他也有出众的政治眼光和政治才干。如庄公二十八年冬，鲁国粮食短缺，发生饥荒，文仲立刻向庄公建议："今国病矣，君盍以名器请籴于齐？"并且，他不顾从者的反对，自告奋勇前往齐国籴粮。又如鲁僖公二十八年，城濮之战后，晋文公为报复卫国人的无礼，将卫成公交给周王室，让人鸩杀他。臧文仲听说后，极力向僖公进言，让僖公在晋国人面前为卫成公求情。卫成公最终成功获救。这样，鲁国在这一事件中既帮助了卫国，又讨好了晋国，最终在国际关系中处于很有利的地位。事后卫国人听说这件事系臧文仲所为，备重礼来答谢，但文仲却婉言谢绝了。另外，臧文仲也有着强烈的忧世情怀。鲁文公五年，楚国人灭亡了蓼国，臧文仲听说之后，感叹道："皋陶、庭坚不祀忽诸。德之不建，民之无援，哀哉。"自从周王室衰败以来，诸侯的兼并战愈演愈烈，许多西周初期分封的小诸侯国都灭亡了，被中原视为蛮夷的楚国步步北上，天下的形势越来越混乱。臧文仲也敏锐地觉察到了时代的巨变，并且为道德的败坏、民众的孤立无援而忧虑。在诸国纷争的时代里，能有这样一种超越了疆域限制的天下情怀是十分可贵的。

对于臧文仲这位乡之先贤，孔子却多有指责、批评之言。如《论语》所载：

> 子曰："臧文仲居蔡，山节藻棁，何如其知也？"（《论语·公冶长》）
>
> 子曰："臧文仲其窃位者与？知柳下惠之贤而不与立也。"（《论语·卫灵公》）

又如《礼记·礼器》所记：

---

① 冯李骅：《左绣》，台北：文海出版社，1967年，第450页。

> 孔子曰:“臧文仲安知礼?夏父弗綦逆祀,而弗止也。燔柴于奥。夫奥者,老妇之祭也,盛于盆,尊于瓶。”

最激烈的批评莫过于《左传》文公二年所记孔子的一段言论:

> 臧文仲,其不仁者三,不知者三。下展禽,废六关,妾织蒲,三不仁也。作虚器,纵逆祀,祀爰居,三不知也。

孔子的批评影响深远,在后人看来,臧文仲似乎是被孔子认定为小人了。事实上,中国历来有“《春秋》之法,常责备于贤者”的传统,孔子对春秋时代的许多贤者都有极为苛刻的酷评。如对于管仲,他说:“管仲之器小哉!”又说:“管氏而知礼,孰不知礼?”对于晋文公这位《左传》大力颂扬的霸主,孔子评论说:“晋文公谲而不正。”这些都是非常激烈的指责,但是却并不是全面的评价。如他对于管仲又说过:“管仲相桓公,霸诸侯,一匡天下,民到于今受其赐。微管仲,吾其被发左衽矣。”这又是极高的褒奖。事实上,孔子在评价许多春秋人物时,是以圣贤的标准来衡量他们的,在他看来,他们虽然很优秀了,但他们与圣贤的差距还很大。臧文仲是孔子经常批评的人物,他也必定是孔子很在意的人。人孰无过,一生所犯过错岂止千百,有不仁者三、不智者三就不能算贤者了?臧文仲在孔子眼中也必定是一个贤者,只是是一个难免有不足的贤者。

臧宣叔是臧文仲之子,虽然他的声望及影响远不及其父,但他也能继承臧氏一族的家风——学识渊博、忠于职守。臧宣叔进入鲁国政坛之初,鲁国国内发生了影响深远的公孙归父出奔事件。公孙归父是鲁国执政襄仲之子,襄仲长期执掌国政,并且废长立幼拥立了鲁宣公。襄仲去世后,他的儿子归父深受依然受宣公的信任。归父想联合宣公除去鲁国的三桓势力,但是在归父出访晋国时,宣公却去世了。这时,三桓家族的季文子乘机揭露襄仲废长立幼的罪行,要求驱逐公孙归父。面对着权势显赫的季文子,臧宣叔正直敢言,当面斥责他假公济私:“当其时不能治也,后之人何罪?”但为了保全家族的利益,臧宣叔也只能顺从季文子,委曲求全。虽然无力扭转三桓专断鲁国国政的局面,但臧宣叔却也有独到的政治眼光、突出的才干,能忠于职守、有所作为。如鲁成公元年冬天,臧宣叔分析了当时齐、楚与晋国对峙的局势,命人及早修赋、缮完、具守备,做好战争准备。不久之后齐国就进攻鲁国，晋国前来救援，齐晋之间的大战——鞌之战就于此时发生了。

臧宣叔的学识出众、谙熟典章礼法也让人印象深刻。鲁成公二年，晋国的荀庚和卫国的孙良夫都来鲁国出访、结盟，这两位大夫结盟排序的先后使鲁国人十分为难。孙良夫是卫国的上卿，荀庚在晋国的六卿中只能排到第三，但晋国是盟主，卫国是兄弟之邦，孰先孰后，令人为难。两人的排序影响到鲁国与晋、卫的关系，春秋史上因为排位发生争执的事件时有发生，所以不能不慎重对待。成公向臧宣叔询问，宣叔当即回答道：

> 次国之上卿，当大国之中，中当其下下当其上大夫，小国之上卿当大国之下卿，中当其上大夫，下当其下大夫。上下如是，古之制也。卫在晋，不得为次国。晋为盟主，其将先之。

这样一个棘手的问题被宣叔三言两语轻松化解。《左传》的作者在文后补记了一笔："丙午，盟晋，丁未，盟卫，礼也。""礼也"两字事实上是对臧宣叔学识的肯定与赞许。

臧武仲与臧宣叔均是臧氏家族的杰出代表，他们的为人、学识和才干都堪称春秋时代贵族的典范。《左传》中所记叙的臧文仲的言论仍以劝谏为主，与春秋时代初期的臧僖伯和臧哀伯相比，臧文仲的谏词少了几分庄重与肃穆，却也多了几分睿智与深刻。同时，臧文仲和臧宣叔也更加干练、更加务实。时代在变化，春秋时代的贵族家族们也在变化。

三、名门望族的衰亡

臧氏家族的第六代臧武仲是继臧文仲之后的又一个鲁国名人。臧武仲过人的智慧时常为人称道。子路曾经向孔子询问怎样就可以算作"成人"？孔子回答："若臧武仲之知，公绰之不欲，卞庄子之勇，冉求之艺，文之以礼乐，亦可以为成人矣。"(《论语·宪问》)他的聪明能得到孔子的赞许，也说明他确实也过人之处。臧武仲在进入鲁国政坛之初就已经有了出人意表的表现。鲁成公十八年晋国大夫士鲂前来请求鲁国出兵，与诸侯共同救援被楚国攻打的宋国。年近耄耋的鲁国执政季文子向年轻的臧武仲询问出兵的多少。臧武仲马上回答：

伐郑之役，知伯实来，下军之佐也。今彘季亦佐下军，如伐郑可也，事大国，无失班爵而加敬焉，礼也。

他对史实典章的熟悉、他迅捷的反应能力均让人刮目相看。自此之后，臧武仲开始活跃在鲁国政坛之上，他经常负责外交辞令的应答。如鲁襄公十一年，晋国带领诸侯功伐郑国，郑国投降之后，晋国与郑国结盟。晋国派人将此事告知鲁国，鲁国人就让臧武仲来应对来使，武仲回答晋国使者说："凡我同盟，小国有罪，大国致讨，苟有以借手，鲜不赦宥，寡君闻命矣。"他的回答妥帖稳当，不卑不亢，简洁有力。

臧武仲一生最值得称道的事迹，是他两次直斥专横的鲁国执政季武子。鲁襄公十八年冬，晋国率领鲁、宋等诸侯国攻打齐国，在平阴打败齐人。第二年，季武子回到鲁国之后，用缴获的齐国兵器铸造了一口带有铭文的大钟，以此来炫耀鲁国的功绩。臧武仲直言不讳地批评了他的做法。他先说明铸铭文的礼制，指出季文子的做法违礼。又进一步诘责：只有大国战胜小国才铸铭文昭示功德，现在鲁国是"借人之力以救其死"，有什么资格这样做？最后，他沉痛地感叹道："小国幸于大国，而昭所获焉以怒之，亡之道也。"他的批评见微知著、层层深入，令人信服。鲁襄公二十一年春，邾国大夫庶其带着漆和闾丘两地逃到了鲁国。季武子把鲁襄公的姑姑嫁给了庶其，还赏赐了他的从者。这样，鲁国的盗贼突然多了起来。季武子让臧武仲来治理盗贼，武仲却拒绝了。季武子气势汹汹的怒斥臧武仲："我有四封，而诘其盗，何故不可？子为司寇，将盗是务去，若之何不能？"

面对季武子的指责，臧武仲也毫不畏惧，他针锋相对地叱责了这位执政大臣。臧武仲的答话大致可分为前后两段。他一开始先以热辣之言一针见血地说出事实："子召外盗而大礼焉，何以止吾盗？子为正卿而来外盗，使纥去之，将何以能？"他又步步紧逼，指出季武子赏赐邾庶其的做法，实际上是在赏赐盗贼。他很自然的得出结论："赏而去之，其或难焉。"这时季武子的汹汹气焰已烟消云散。然后，臧武仲又心平气和地道出他的治盗之策："纥也闻之，在上位者洒濯其心，壹以待人，轨度其信，可明征也，而后可以治人。"他又引用《书》之言，加以解说、陈述，最后得出结论："信由己壹，而后功可念也。"吴闿生所言评论臧武仲后面的这一段言论是"尤冷水浇背，直剸季氏之心矣"①，确实独具慧眼。从总体上看，臧武仲的这

① 吴闿生：《左传微》，合肥：黄山书社，1995年，第529页。

番言语前半段老辣矫横、后半段庄重和谐，确实堪称辞令妙品。但是，臧武仲的言语也是锋芒过于显露，使得季武子十分难堪。正如吴曾祺所言："武仲之对，字字严悚，直迫到无可躲闪处。然后来被逐之由，未必不即伏于此。"①这件事发生后两年，臧武仲就因为牵涉季氏家族的内部矛盾，不得不出逃到齐国。他的出逃或许与这次斥责季武子有着某种关联。

从臧僖伯与臧哀伯庄重典雅的劝谏文体，到臧武仲剑拔弩张、开合自如的对答辞令，春秋时代的论说文体也在逐步演进当中。这样一种演进，是春秋时代的贵族们为了适应现实政治活动的需要，慢慢地摸索、创造出来的。

臧武仲出奔齐国是臧氏家族衰落的标志，也是鲁国历史上的大事，《左传》对此记载十分详尽。从表面上看，武仲的出逃，是因为他为了迎合季武子，贸然越俎代庖废长立幼，遭到了武子长子公弥的嫉恨，公弥联合孟孙氏家族设计陷害了武仲。事实上，臧武仲也不过是鲁国内部家族政治斗争的牺牲品。鲁国的政局，到了臧武仲的时代，三桓"作三军，三分公室，而各有其一"，三桓家族独霸的局面已很难改变。臧武仲是臧宣叔的庶子，但因为他母亲与鲁宣公夫人有亲缘关系，在鲁国宫中长大，被立为臧宣叔的后嗣。或许是因为从小就深受青睐、眷顾，臧武仲为人处事一直是锋芒毕露，不懂得韬光养晦，他贸然涉足于季氏家族的后嗣之争就是如此。三桓家族必定早已忌惮臧武仲过人的才干，他们趁此机会将他逐出了鲁国。就在臧武仲出逃的同一年，晋国的栾盈为了恢复栾氏家族的地位而发动了一场政变，却以失败身亡的结局告终。臧武仲的出逃，是家族之间政治斗争的结果，也是历史的必然。即使出逃在齐国，臧武仲也并没有失掉智者的本色。作者还特意在"臧武仲出逃"一事的文后补叙了他在齐国时的一则轶事：

> 齐侯将为臧纥田。臧孙闻之，见齐侯，与之言伐晋。对曰："多则多矣，抑君似鼠。夫鼠，昼伏夜动，不穴于寝庙，畏人故也。今君闻晋之乱而后作焉，宁将事之，非鼠如何？"乃弗与田。

齐庄公要赠送他封邑。他早已知道刚愎自用的庄公必定不得善终，就巧妙的激怒了庄公，使得庄公收回了赏赐。他将齐庄公比作老鼠，十分有趣，也确实很符

---

① 吴曾祺：《左传菁华录》，上海：商务印书馆，1933年，第116页。

合庄公在伐晋一事上的一番作为。孔子对此事评论道:“知之难也,有臧武仲之知,而不容于鲁国,抑有由也,作不顺而施不恕也。《夏书》曰:‘念兹在兹’。顺事、恕施也。”孔子一面十分惋惜武仲过人的才华,但一面又强烈批评他在助季武子立后一事上“作不顺而施不恕”的违礼举动。

臧武仲是臧氏家族最后一个杰出的人物。臧武仲之后臧为、臧昭伯、臧会等人虽然也在鲁国政坛上活动过,但他们已不能继承臧氏先人忠直敢谏、学识渊博的家风。尤其是臧为和臧会,他们用奸诈的手段获取家族继承权,简直就是卑鄙猥琐的小人。襄公二十三年,臧武仲逃出鲁国之后,命人将臧氏祖传的“大蔡”即大龟送于留在鲁国的其兄臧贾,让臧贾继自己之后作臧氏一族的主人。臧贾受龟之后,命其弟持龟前往向鲁襄公请命。但是臧为却不为其兄请命,而是“自为也”。臧为之子臧昭伯又不慎卷入季平子逐君事件中,他试图帮助昭公将季平子逐出鲁国,但最终却被平子赶出了鲁国。臧昭伯之弟臧会则更是一时少有的卑鄙小人,昭公二十五年的一段文字细致地交代了他窃取家族权利的经过:

> 初,臧昭伯如晋,臧会窃其宝龟偻句。以卜为信与僭,僭吉。臧氏老将如晋问,会请往,昭伯问家故,尽对。及内子与母弟叔孙,则不对。再三问,不对。归,及郊,会逆。问,又如初。至,次于外而察之,皆无之。执而戮之,逸,奔郈。郈鲂假使为贾正焉。计于季氏,臧氏使五人以戈楯伏诸桐汝之间。会出,逐之,反奔,执诸季氏中门之外。平子怒,曰:“何故以兵入吾门?”拘臧氏老。季、臧有恶。及昭伯从公,平子立臧会。会曰:“偻句不余欺也。”

臧会为处心积虑地想要夺得家族大权,他先用用奸诈手段蒙蔽其兄臧昭伯。臧昭伯访问晋国之际,臧会从鲁国前往晋国去看望他。臧昭伯询问其妻和儿子情况,臧会欲挑拨臧昭伯家庭内部关系,所以故意装作有难言之隐的表情。昭伯再三询问,臧会却多次欲言又止,使得臧昭伯疑窦丛生。虽然臧会的这套奸诈伎俩最终并没有成功,但是他的奸谲也让人不寒而栗。失败之后又借助季平子的帮助才侥幸成为臧氏一家之主。他笃信宝龟、企图不劳而获,其面目龌龊可憎。吴闿生也认为作者记此事,是“见廉耻道丧也”①。臧氏一家本是一时的文化大族,而

① 吴闿生:《左传微》,合肥:黄山书社,1995年,第932页。

今其子孙却斯文扫地、卑劣至此,实在令人哀叹不已。

臧武仲出逃前后,春秋各国的一批贤臣正活跃在历史舞台上,晋国的叔向、郑国的子产、宋国的子罕、齐国的晏婴、吴国的季札等等,他都是当时的大贤,无论是人品、学识还是才干,他们都是同时代贵族士大夫的表率。但他们的出现,好像是一个时代的回光返照,当这一缕灿烂的晚霞消失之后,中国历史上的贵族时代也就接近了尾声。臧氏家族的辉煌延续了近两百年左右,几乎与春秋时代相始终。通过对这个家族掠光扫影式的考察之后,我们即可以看出,这样一个家族的兴衰起落,与春秋时代的文化与文学,有着莫大的关联。春秋时代还有无数大大小小的像臧氏家族一样的贵族世家,它们中不少家族都像臧氏家族一样,很好地传承了周代的贵族文化。这一贵族家族像一个个文化单元或社区,组合起来,就形成了春秋时代的文化网络。对这些影响深远的贵族世家投以更多的关注,将会使我们对于春秋时代的文化与文学有更深入的认识。

第三节　晋国魏氏家族的变迁——春秋贵族世家个案(二)

晋国是春秋时期北方地区的大国,长期以来一直是中原诸侯各国的霸主。晋国国内的大世族数量较多,韩、赵、魏、中行、范、智等都是权势极大、对春秋历史产生过深刻影响的大家族。其中,著名的魏氏一族,从春秋初期开始慢慢崛起,经历晋国国内多次政治内乱后,最终在春秋末期成为与韩、赵二家并列的三大家族之一。魏氏家族的成长变迁,就是一部春秋史的缩影。魏氏家族在春秋中期之后,涌现出了不少杰出的贵族知识,他们对春秋时期的文化与文学产生过极大的影响,很值得我们关注。

一、军功家族之肇始

关于晋国魏氏家族的来历,《史记》中这样记载:“魏之先,毕公高之后也。毕公高与周同姓。武王之伐纣,而高封于毕,于是为毕姓。其后绝封,为庶人,或在中国,或在夷狄。其苗裔曰毕万,事晋献公。"①从这一记载可以看出,魏氏一族,虽然起源于周王朝宗室毕公高,这一家族一直是默默无闻的。直至春秋初期晋献公时代的毕万,才开始在晋国政坛崭露头角。

从先秦史料来看,毕万的发迹是因为他武勇过人,在战争中立了军功。在晋国历史上,晋献公是一个很有作为的君主。他在位时,对内铲除晋国公室各公子势力,将政权集中在自己手中。对外发动战争,征讨戎狄,灭亡邻近诸小国,大大地增强了晋国的实力,为晋国后来的称霸打下了坚实的基础。公元661年,晋献公及太子申生率领赵夙、毕万等人,灭亡了耿、霍、魏三国。凯旋之后,晋献公将耿赐予赵夙,将魏赐予毕万,并封二人为大夫。自此之后,毕万以邑为姓,改姓魏氏。

魏原来是西周时的一个古国,《诗经·魏风》中收录的就这一魏国的歌谣。郑玄认为:"魏者,虞舜、夏禹所都之地。在《禹贡》冀州雷首之北析城之西,周以封同姓焉。其封域南枕河曲,北涉汾水。……至春秋闵公元年,晋献公竟灭之,以其地赐大夫毕万。"②根据顾祖禹《读史方舆纪要》考证,山西芮城县的河北城,"在县东北七里。一名魏城,故魏国城也,晋献公灭之以封其大夫毕万"③。芮城县,隶属于山西省运城市,位于河东地区。一个未来的大家族就以这片土地为根基,逐步发展壮大起来。

晋国的不少大家族如韩、赵、范、先等家族,都是从晋献公时代开始崛起的。晋献公之前,晋国的同姓公族势力十分强大,对君权构成了严重的威胁。晋献公在大夫士蒍的帮助之下,彻底铲除了公族势力。同时,为了杜绝公族日后再次威胁君权,他开始有意识地扶植了一些异姓势力,所以包括魏氏家族在内的异姓贵族世家才有了发展的良机。但与其他家族不同的是,魏氏家族是以军功被封为大夫,家族似乎有着比较强的尚武的风气。晋献公时代的其他家族大都是文化修养较高的世族。如与毕万活动于同一时代的范氏一族的士蒍,以足智多谋著称。他的后人范武子、范文子都是著名的贵族知识分子。又如赵氏一族的赵夙,也是因为军功被封赏,但是,赵夙及其后人赵衰、赵盾等,都有着极高的文化修养。但毕万却大有不同。先秦史料中关于毕万的记载不多,但《左传·哀公二年》晋国贵族

① 司马迁:《史记》,北京:中华书局,1982年,第1835页。

② 孔颖达:《毛诗注疏》,上海:上海古籍出版社,2013年,第505—507页。

③ 顾祖禹:《读史方舆纪要》,北京:中华书局,2008年,第1913页。

赵简子提到毕万事迹时这样说:“毕万,匹夫也,七战皆获,有马百乘,死于牖下。群子勉之,死不在寇。”从这几句话,可清楚地看到,毕万本人出身卑微,但却武勇过人,曾经“七战皆获”,并以军功受到封赏。

魏氏家族自毕万之后两三代人,似乎一直都延续着他的武勇风格。据《史记索隐》引《世本》云:“毕万生芒季,芒季生武仲州”①,从此处可以知道毕万之子名为蔿芒季,但其他事迹在先秦史料中没有任何记载。但是,毕万的孙子魏犨确是春秋时代的著名的勇士,他活动于著名的霸主晋文公时代。晋文公年轻时流亡国外多年,魏犨一直忠心耿耿地追随者着他。魏犨在晋文公的众多功臣中以勇猛过人著称。《左传·僖公二十八年》中记载了他的这样一件轶事:

晋侯围曹,门焉,多死。曹人尸诸城上,晋侯患之。听舆人之谋,称“舍于墓”。师迁焉,曹人凶惧,为其所得者棺而出之。因其凶也而攻之。三月丙午,入曹。数之,以其不用僖负羁而乘轩者三百人也,且曰:“献状。”令无入僖负羁之宫,而免其族,报施也。魏犨、颠颉怒曰:“劳之不图,报于何有。”爇僖负羁氏。魏犨伤于胸。公欲杀之,而爱其材。使问,且视之。病,将杀之。魏犨束胸见使者曰:“以君之灵,不有宁也。”距跃三百,曲踊三百。乃舍之。杀颠颉以徇于师,立舟之侨以为戎右。

文中魏犨因为晋文公封赏不均,竟然放火烧毁僖负羁的宅子,其性格之鲁莽也可见一般。但他重伤之后,还能“距跃三百,曲踊三百”,也就是向上跳三百次,向前跳三百次,也足可见其身体之强壮。魏犨的众子之一魏颗,也是晋国的名将,他曾在辅氏之战大败秦军,并擒获著名的秦国勇士杜回。不过,他的为人却不像其父那样鲁莽。《左传·宣公十五年》记载了魏颗的这样一件事:

初,魏武子有嬖妾,无子。武子疾,命颗曰:“必嫁是。”疾病,则曰:“必以为殉。”及卒,颗嫁之,曰:“疾病则乱,吾从其治也。”及辅氏之役,颗见老人结草以亢杜回。杜回踬而颠,故获之。夜梦之曰:“余,而所嫁妇人之父也,尔用先人之治命,余是以报。”

父亲临死之际思绪混乱,先是让他将自己小妾改嫁,后又命他以小妾殉葬,他

---

① 司马迁:《史记》,北京:中华书局,1982年,第1836页。

最终还是选择将她改嫁。其为人之仁慈、忠厚,也可见一斑。

《左传·闵公元年》记载了有关毕万的两则预言:

> 卜偃曰:"毕万之后必大。万,盈数也;魏,大名也。以是始赏,天启之矣。天子曰兆民,诸侯曰万民。今名之大,以从盈数,其必有众。"
>
> 初,毕万筮仕于晋,遇《屯》之《比》。辛廖占之,曰:"吉。《屯》固、《比》入,吉孰大焉?其必蕃昌。《震》为土,车从马,足居之,兄长之,母覆之,众归之,六体不易,合而能固,安而能杀。公侯之卦也。公侯之子孙,必复其始。"

晋文公将魏邑赐予毕万时,卜偃根据毕万的名字中的"万"字,及他的封邑名号"魏"字,预言毕万家族前途不可限量。毕万准备在晋国做官,也曾做过占卜。辛廖也曾根据卦象,预言毕万的后人将成为公侯。一个贵族世家,似乎在这些神秘预言的指引下逐步走上了繁荣鼎盛之路。

二、彬彬文风之隆盛

从晋文公至晋厉公时代的数十年间,晋国的赵、韩、范、中行、智等大家族都地位显赫,赵盾、范文子等人先后担任晋国执政。但是,魏氏家族除了出现过魏犨、魏颗这样的武将之外,似乎一直是处在一种默默无闻的状态,其地位远不能与其他家族相提并论。之所以会出现这样一种情况,就是因为春秋时期的贵族虽然大多文武兼备,但他们更为注意的是文化修养。赵、韩、中行、智等,都是以文化著称的世族,这些家族中涌现杰出的政治家如赵盾、范文子、韩厥等人,也都以知识渊博、辞令出众而闻名于世。但是,魏氏家族从毕万开始,形成了一种武勇之风,毕万的孙子魏犨、曾孙魏颗也都是以勇猛著称。这样一个以军功起家、以武勇为家风的家族,想要在春秋时期这样一种注重文化修养的环境中兴旺发达,实在是非常艰难。

魏氏家族到了第四代人,即魏犨之子魏绛时,终于发生较为重大的转变。魏绛是魏氏家族史上非常重要的人物。方朝晖认为:"魏氏地位的上升,是在晋悼公即位之后,因此是晋国魏氏势力开始大兴的关键人物。"①魏绛与魏氏家族的前几代人大有不同。他转变了家族的武勇之风,开始以政治才干和文化修养在晋国政坛为家族带来声誉。门第低下的魏绛之所以能在晋国政坛大有作为,与晋悼公的

---

① 方朝晖:《春秋左传人物谱·编纂说明》,济南:齐鲁书社,2001 年,第 408 页。

提拔是分不开的。晋悼公是春秋中期杰出的政治家,他晋襄公的曾孙,在公室后裔中身份卑微,从小在周都长大,晋国内乱之后被栾书等迎立为国君。他即位之后,推动了一系列改革,增强了晋国的实力,使晋国重获霸主地位。晋悼公在任用贤才方面表现非常出色,《左传》中称赞他是“举不失职,官不易方,爵不逾德,师不陵正,旅不逼师,民无谤言,所以复霸也”。魏绛正是他慧眼识人而提拔出来的杰出人才。

魏绛之所以能从晋国众多贵族中脱颖而出、受到晋悼公的重用,与他在“扬干乱行事件”中的突出表现是分不开的。魏绛在晋悼公继位时被任命为司马,这一官职地位较低下,并无多少实权。据《左传·襄公三年》记载,这一年诸侯在晋国鸡泽会盟,晋军驻扎于鸡泽附近的曲梁。这时,晋悼公之弟扬干在曲梁扰乱军阵,时任中军司马的魏绛严格执法,处死了扬干的车夫。晋悼公听说此事后勃然大怒,对大夫羊舌赤说:“合诸侯,以为荣也,扬干为戮,何辱如之?必杀魏绛,无失也。”羊舌赤却认为,魏绛必定不会逃,一定会来说明为何这样做。话音刚落,为魏绛已至。文中这样记载魏绛的辞令:

> 魏绛至,授仆人书,将伏剑。士鲂、张老止之。公读其书,曰:“日君乏使,使臣斯司马。臣闻师众以顺为武,军事有死无犯为敬,君合诸侯,臣敢不敬?君师不武,执事不敬,罪莫大焉。臣惧其死,以及扬干,无所逃罪。不能致训,至于用钺。臣之罪重,敢有不从,以怒君心?请归死于司寇。”

魏绛的这一番说辞光明正大,英气逼人,很有感染力。面对怒气冲冲的晋侯,魏绛凛然无惧,也摆出了以死相争的架势,“授仆人书,将伏剑”。魏绛的陈辞也是锋芒毕露,他并不指责扬干,却将“君师不武,执事不敬”、“不能致训,至于用钺”的罪责全都揽在自己身上。“不能致训”一句用得非常好,因为这一句其实是绵里藏针地批评晋悼公,批评晋侯不能训导爱弟。林纾评论这一句说:“‘不能致训’四字,说到身为司马,不能训饬卒徒,一道词锋已刺到悼公心坎。公主一国,不能致训其弟,使仆乱行,此‘训’字触到自己家庭,心肺不能不僵,则英气又为之大挫。”①看到魏绛陈辞之后,晋侯怒气尽散,马上“跣而出”,迎接魏绛并予以嘉奖。正是通过这一事件使晋悼公看到了魏绛在德行、才干、文采等多方面的出色表现,

① 林纾:《左传撷华》(下),上海:商务印书馆,1935年,第3页。

才开始重视这一人才。

魏绛真正能施展自己杰出的政治才华，并在晋国政坛上大有作为，是从“和戎之策”开始的。地处北方的晋国，长期以来一直与戎、狄等少数民族杂居。晋国对待这些少数民族的政策，一直是以军事手段征服他们，所以晋国和戎狄之间的矛盾冲突持续了上百年之久，晋国为此也消耗了大量的国力。公元前569年，山戎诸国中的无终派使者代表诸戎来到晋国，想通过魏绛的引荐，与晋国和谈。魏绛经过考虑之后，向晋悼公进言，希望悼公答应无终使者的和谈请求。为了说服悼公，魏绛进行了耐心细致的说服。《左传·襄公四年》详细地记载了魏绛劝说悼公和戎时的辞令，辞令原文如下：

> 无终子嘉父使孟乐如晋，因魏庄子纳虎豹之皮，以请和诸戎。晋侯曰：“戎狄无亲而贪，不如伐之。”魏绛曰：“诸侯新服，陈新来和，将观于我。我德则睦，否则携贰。劳师于戎，而楚伐陈，必弗能救，是弃陈也，诸华必叛。戎，禽兽也。获戎失华，无乃不可乎？《夏训》有之曰：‘有穷后羿——’”公曰：“后羿何如？”对曰：“昔有夏之方衰也，后羿自鉏迁于穷石，因夏民以代夏政。恃其射也，不修民事，而淫于原兽。弃武罗、伯因、熊髡、尨圉，而用寒浞。寒浞，伯明氏之谗子弟也。伯明后寒弃之，夷羿收之，信而使之，以为己相。浞行媚于内，而施赂于外，愚弄其民而虞羿于田。树之诈慝以取其国家，外内咸服。羿犹不悛，将归自田，家众杀而亨之，以食其子，其子不忍食诸，死于穷门。靡奔有鬲氏。浞因羿室，生浇及豷，恃其谗慝诈伪而不德于民。使浇用师，灭斟灌及斟寻氏。处浇于过，处豷于戈。靡自有鬲氏，收二国之烬，以灭浞而立少康。少康灭浇于过，后杼灭豷于戈。有穷由是遂亡，失人故也。昔周辛甲之为大史也，命百官，官箴王阙。于《虞人之箴》曰：‘芒芒禹迹，画为九州。经启九道，民有寝庙，兽有茂草，各有攸处，德用不扰。在帝夷羿，冒于原兽，忘其国恤，而思其麀牡。武不可重，用不恢于夏家。兽臣司原，敢告仆夫。’《虞箴》如是，可不惩乎？”于是晋侯好田，故魏绛及之。公曰：“然则莫如和戎乎？”对曰：“和戎有五利焉：戎狄荐居，贵货易土，土可贾焉，一也；边鄙不耸，民狎其野，穑人成功，二也；戎狄事晋，四邻振动，诸侯威怀，三也；以德绥戎，师徒不勤，甲兵不顿，四也；鉴于后羿，而用德度，远至迩安，五也。君其图之。”公说，使魏绛盟诸戎，修民事，田以时。

魏绛的这番劝谏,是一篇非常精彩的辞令,历来深受后世学者推崇。这篇辞令之所以高超,就是因为学识渊博的魏绛,在劝悼公和戎时,突然在谈话中插入了一段精彩的历史故事。正如冯李骅所说:“单论和戎,只末几段足矣,然殊苦寥寂,添入中间一段讽谏,远引许多故事,便增许多排场,最是凭空设色,极绚烂可观文字。”①文中魏绛向晋悼公提出了和戎的主张,悼公一开始尚坚持传统的保守观念,他反对魏绛的这一提议,他说:“戎狄无亲而贪,不如伐之。”魏绛则仍坚持自己的主张,他开始向悼公阐述自己的理由,他先分析当下国际大势,说明和戎之后,晋国无外患,中原各国才能与我和睦,共同对抗楚国。然后他又说:“戎,禽兽也。获戎失华,无乃不可乎?《夏训》有之曰:‘有穷后羿——’”,他将戎狄比喻成禽兽,说明打败戎狄却使中原各国与晋国离心,将是一大失策。正当他想借后羿的沉溺田猎、失德无度而导致身亡国破,来说明应以德行安抚戎人时,悼公却打断他的话,插问了一句:“后羿如何?”钱钟书认为:“吾国古籍记言,语中断而脉遥承之例莫早于此”②。正是这样一个巧妙的中断,使得全文波澜横生,反倒从论说文中分叉出一篇介绍后羿传说的解说性文字。有趣的是,这段叙述后羿事迹的文字长达数百字,所叙故事又跌宕起伏、引人入胜,反倒喧宾夺主,成为全文焦点。而且在叙后羿故事之后他还又引入了一则《虞人之箴》,借批评后羿之际,也捎带着对晋悼公好田猎的毛病也讥刺了。叙完此段后羿故事后,悼公方又转回原来话题,追问魏绛:“然则莫如和戎乎?”魏绛这时才正式道出和戎的五大利处,而悼公也就欣然接受。此文的高明之处,在于它精妙的结构,正如周大璋所说:“本论和戎,忽又谏猎,方才谏猎,忽悟和戎,于不相联合之中,而最紧相注射之妙。”③正是文中巧妙的一中断、分叉,使得解说历史故事和阐明治政之策的两篇文字巧妙地交织在一起,而且历史故事又为和戎之策作了很好的烘托,使得这一篇政论谏言变得浑厚委婉、意味深长。

在魏绛的推动下,“和戎之策”得以成功实施,晋国的国力也因此而大为增强。《左传·襄公十一年》记载,为了酬谢魏绛的功劳,晋悼公将郑国所献歌钟、女乐的一半赐予魏绛。对晋君的这一赏赐,魏绛却表示了坚决推辞的态度:

---

① 冯李骅:《左绣》,台北:文海出版社,1967年,第1005页。

② 钱钟书:《管锥编》(第一册),北京:生活·读书·新知三联书店,2008年,第346页。

③ 见洪顺隆:《左传论评选析新编》,台北:中国文化大学出版部,1982年,第604页。

> 夫和戎狄,国之福也,八年之中,九合诸侯,诸侯无慝,君之灵也,二三子之劳也,何力之有焉?抑臣愿君安其乐而思其终也。《诗》曰:'乐只君子,殿天子之邦。乐只君子,福禄攸同。便蕃左右,亦是帅从。'夫乐以安德,义以处之,礼以行之,信以守之,仁以厉之,而后可以殿邦国、同福禄、来远人,所谓乐也。《书》曰:'居安思危。'思则有备,有备无患,敢以此规。

此时,在晋悼公带领之下,晋国"八年之中,九合诸侯",霸业如日中天。但是魏绛却十分担心晋悼公志满意得之后会沉迷堕落下去。所以魏绛趁机劝他要"居安乐而思其终"。并且告诉他所谓的"乐",也是要追求礼仪信仁,要安定邦国。最后还不忘告诫悼公要居安思危、有备无患。从此处我们也可以看出魏绛确实是一个忠心耿耿、眼光高远的杰出政治家。自此之后,魏绛在晋国的政治地位不断的上升,到公元前555年的时候,他已经开始担任晋国三军之一下军的统帅,位列晋国六卿之一了。经过了百余年的发展,魏氏一族终于迎来了家族的繁荣时代。

虽然在扭转家族门风、将家族带上繁荣之路时,魏绛起到了至关重要的作用,但家族其他成员的贡献也不容忽视,其中最值得一提的就是吕相。吕相是魏錡(又称吕錡)之子、魏犨之孙,与魏绛是叔侄关系。魏錡是晋国名将,在晋、楚鄢陵之战中曾射中过楚共王的眼睛。因魏錡被封于吕,所以被称为他们父子改姓为吕。此人也是魏氏家族中很杰出的人才,晋悼公刚刚继位时他已经被任命为卿。他是一个辞令高手,著名的《吕相绝秦》一文就出自此人之手。此文是春秋时期外交辞令中不可多得的佳作,后世学者对它都是不吝溢美之词。孙鑛认为:"通篇俱是造作出语言,最为工鍊,叙事婉曲有条理,其字法细,其句法古,其章法整,其篇法密,诵之数十过不厌,在辞命中又别是一种格调。"①王源认为:"波澜腾踔,如潮如海,四十三'我'字幻化万状,其气之沉郁,骨之耸秀,章法之浑成,句法之顿挫浏漓,有目共见。非有奥赜难窥,而自觉深奇逼人,如龙虎不可狎视。"②吴闿生也说:"吕相之书,文词颇善,为后世檄文之祖。"③其他赞美之词还有很多,不胜枚举。这篇辞令正如前人所说,是叙事、章法、句法等

---

① 见洪顺隆:《左传论评选析新编》,台北:中国文化大学出版部,1982年,第552页。

② 王源:《左传评》卷五,清康熙居业堂刻本。

③ 吴闿生:《左传微》,合肥:黄山书社,2014年,第241页。

各方面都非常出色,将各种优点融合于一身而造就了这一旷世奇文。这篇辞令载于《左传·成公十三年》。秦晋两国是相邻的两大国,此时彼此之间爱恨纠葛已长达百余年。此文在表达方式上是以叙事为主、夹叙夹议的写法。文章的叙事非常精彩,作者经过精心裁剪之后,以时间先后为线索,将秦、晋两国近百年的恩怨一一道来。文中历史事件的取舍,也是以"我"为主,以"秦"为宾,处处借宾衬主。文中还巧妙地使用委婉语,将两国交恶的错误、罪责全部推给秦人,功劳、荣誉都由晋人独占,实在令人叹为观止。正如洪顺隆所说:"叙秦德,轻轻带过;叙秦失,则极力夸张。言晋德,处处郑重赞叹;遇晋失,乃极力回护,诿过于人。"①晋惠公时期,秦晋两国之间的韩原之战,完全是晋国人咎由自取。但是,吕相却在文中说:"穆公不忘旧德,俾我惠公用能奉祀于晋,又不能成大勋而为韩之师。亦悔于厥心,用集我文公,是穆之成也。"但看文意,似乎是说秦穆公没有完成安定晋国的事业才发动了韩原之战,而且战后他还很后悔自责。又如,晋文公平定周王室,本来是从秦国手中抢占了先机,但文中却说:"文公躬擐甲胄跋履山川,逾越险阻,征东之诸侯虞、夏、商、周之胤而朝诸秦,则亦既报旧德矣。"如此一来,不但将晋文公的忘恩负义完全掩藏,还把他塑造成了一个知恩图报的伟人。此文在句式、字法运用上也很有独到之处。如文中记叙晋文公死后秦穆公对晋国的侵犯时,是这样写的:

> 无禄,文公即世,穆为不吊。蔑死我君,寡我襄公,迭我肴地,奸绝我好,伐我保城,殄灭我费滑,散离我兄弟,挠乱我同盟,倾覆我国家。

此处先连用了五个四言句式,又连用了四个五言句式,一气呵成,很有气势,也很有感染力。有学者认为此文是"深文曲笔,变化纵横,读千遍不厌也"②,并非过誉。

三、变革之际的辉煌

魏绛何时去世,先秦史料中并未明确记载,但魏绛事迹最后一次在《左传》中出现是在襄公十八年,所以他大概去世于此后一两年内。此时已经到了春秋末

① 见洪顺隆:《左传论评选析新编》,台北:中国文化大学出版部,1982 年,第 552 页。

② 吴楚材、吴调侯:《古文观止》,北京:中华书局,2006 年,第 52 页。

期,晋悼公已去世多年,继位的是懦弱无能的晋平公。此时,晋国国内的各大世族为了争夺权力,彼此之间的争斗越来越激烈。刚刚位列晋国六卿之一的魏氏家族,在此时也身处政治斗争的漩涡之中。如何在危机保全自我、同时又为家族争取更多利益,是这一家族的这一代必须解决的问题。

魏绛去世之后,新任的家族首领是他的儿子魏舒。魏舒在魏氏家族史上的地位,绝不亚于其父魏绛。此时正是晋国国君的君权已被逐步架空,各大家族为了争权夺利开始大打出手。魏舒刚刚成为家族首领不久,晋国国内就发生了著名的“栾氏之乱”。栾氏也是晋国地位显赫、势力强大的家族之一。这一家族的首领栾书曾任晋国执政,他与中行偃合谋杀死晋厉公而迎立了晋悼公。栾书死不久,栾书之子栾盈即被范宣子赶出了晋国。这时,东方的齐国早已觊觎晋国的霸主地位多年,而栾氏一族在国内还有大量残存忠心的部下。所以,公元前550年,栾盈在齐国的帮助之下,成功潜回晋国,带领国内的栾氏部族发动变乱。栾盈的为人英武豪迈,颇有人格魅力。他年轻时曾在魏绛统帅的下军中任职,并与此时结识了魏舒,两人关系密切。所以,当栾盈发动变乱之时,就是在魏舒的帮助之下,率军进入了绛都。绛都一片混乱,晋平公一度身陷危机。但是,这时赵、韩、智等大家族都与栾氏一族积怨甚深,所以他们与范氏一族站在一处,一起对抗栾氏。魏舒这时要联合栾盈对抗晋国的其他世族,无疑是极为危险的一种做法。魏氏家族也开始面临着生死存亡的考验。不过,这时为了尽快地平息叛乱,范氏一族的首领范宣子派自己儿子范鞅,将魏舒请进宫中。范宣子亲自“逆诸阶,执其手”,并且“赂之以曲沃”。经过仔细考量之后,魏舒终于也和范氏、赵氏等家族站到了一起,平定了这场叛乱。魏舒在这次动乱中的明智抉择,不但保全了魏氏家族,还为家族争取到了极大的利益。曲沃是晋国的一座非常重要的城池,一度曾经是晋国的国都,当年晋武公就是以曲沃为基地,最终战胜晋成公而成为晋国的国君的。有了曲沃城,魏氏家族的势力也就得到了极大的增强。

栾氏之乱之后,晋国国内暂时地保持了一段时间的和平。但这种和平,只是一种表面上的平静。事实上,当时的晋国已形成了韩、赵、魏、智、中行和范氏六大家族共同主政的局面,各大家族都在暗中扩张自己的实力。当时的晋国大夫叔向评论晋国的政局时说:“虽吾公室,今亦季世也,戎马不驾,卿无军行,公乘无人,卒列无长。庶民罢敝,而宫室滋侈。道殣相望,而女富溢尤。民闻公命,如逃寇仇。栾、郤、胥、原、狐、续、庆、伯降在皂隶,政在家门,民无所依。君日不悛,以乐慆忧。公室之卑,其何日之有?"(《左传·昭公三年》)他所说的"政在家门",指的就是六大家族垄断政治这样一个局面。栾氏之乱后,范氏家族的范宣子、赵氏家族的赵武和韩氏家族的韩宣子,都是国内比较优秀的政治家,曾先后担任晋国执政,而魏舒这时似乎一直没能有所作为。直到公元前514年,执政二十多年的韩宣子去世之后,魏舒终于顺理成章地成了晋国的执政。魏舒是魏氏家族史第一个成为晋国执政的贵族,这也标志着这一家族在晋国的政治地位上升到了顶峰。

在担任执政之后,魏舒很好地展现了他的政治才干和文化修养。在他任执政之前数月,晋国的祁氏、羊舌氏二族因作乱而被灭族。魏舒任执政后,将两族的土地分为十县,并任命司马弥牟、贾辛等贤才为各县主管大夫。孔子听说此事之后也称赞他:"近不失亲,远不失举,可谓义矣。"贾辛被任命为县大夫后,前来向魏舒辞别时,魏舒曾对他有一番告诫。《左传·昭公二十八年》记载了这段话:

> 贾辛将适其县,见于魏子。魏子曰:"辛来,昔叔向适郑,鬷蔑恶,欲观叔向,从使之收器者,而往,立于堂下,一言而善。叔向将饮酒,闻之,曰:'必鬷明也。'下,执其手以上,曰:'昔贾大夫恶,娶妻而美,三年不言不笑,御以如皋,射雉,获之,其妻始笑而言。贾大夫曰,才之不可以已,我不能射,女遂不言不笑夫。今子少不飏,子若无言,吾几失子矣。言之不可以已也如是。'遂如故知。今女有力于王室,吾是以举女。行乎,敬之哉,毋堕乃力。"

在这段话中,魏舒用两个幽默风趣的小故事劝诫贾辛,希望他能以恭敬的态度认真做事,不要是以往的功劳白费。从此处也可看出,魏舒的为人有风趣的一面,而他的语言表达能力也很突出。魏舒担任晋国执政四年多,除了任用一批贤人外,他会合诸侯,为周天子修筑了成周城墙。春秋末期,经过几次内乱之后,周王室已极度衰微,天子居住的成周城墙破败不堪,但却没有经济实力修筑。经过魏舒及范献子的努力,诸侯各国才共同出力将城墙修缮好。

魏舒虽然像他的父亲魏绛一样，也是一个很有才干的政治家。但是，他也有许多地方与父辈大为不同。他与魏绛最为不同的一点是，他的父亲竭尽全力服务于晋国，但他却是一个很现实、很功利的政治家，很多时候在做政治抉择时更多地考虑的是家族的利益。其次，他在学术、文化、辞令方面的修养，远远不如他的父亲。他这一时代的贵族，大多数已变得极为功利，慢慢地已丧失了对礼乐文化的热情。另外，他个人的道德品行也不如他的父亲那样高尚。《左传·昭公二十八年》记载这样一件事：

> 冬，梗阳人有狱，魏戊不能断，以狱上。其大宗赂以女乐。魏子将受之，魏戊谓阎没、女宽曰："主以不贿闻于诸侯，若受梗阳人，贿莫甚焉，吾子必谏。"皆许诺。退朝，待于庭。馈入，召之。比置，三叹。既食，使坐。魏子曰："吾闻诸伯叔，谚曰：'唯食忘忧。'吾子置食之间三叹何也？"同辞而对曰："或赐二小人酒，不夕食，馈之始至，恐其不足，是以叹。中置，自咎曰，岂将军食之，而有不足，是以再叹。及馈之毕，愿以小人之腹为君子之心，属厌而已。"献子辞梗阳人。

刚刚当上执政的魏舒，面对他人"女乐"贿赂的诱惑，已不能自持。如果没有阎没、女宽两人委婉的劝谏，恐怕他就会做出以贿赂败坏道德之事来。定公元年，魏舒和各诸侯的大夫为周天子修筑城墙时，他作出了傲慢的举动，居然僭越礼法，主持修城事物，而此事只有天子大夫才能做。之后他又把事物委托他人，自己跑到大陆泽去打猎，回来时死在半路上的宁地。

魏舒死后，魏舒的孙子魏曼多开始担任家族首领。不久之后，晋国就发生了著名的"范氏、中行氏之乱"。这是一场波及范围更大、影响更为深远的动乱。此时，晋国范氏、中行氏两大世族与韩、赵、魏、智家族发生冲突。双方矛盾逐步升级，使得齐、郑等国都参与到了这次晋国内乱之中。在赵简子、魏曼多等人的努力下，持续了八年多的动乱事件，以范氏、中行氏失败而告终。这一事件过后，晋国完全落入了韩、赵、魏、智四家手中。又过了数十年，韩、赵、魏三家瓜分了智氏一族，然后三分晋国独立为韩、赵、魏三国，但那是战国时代的事情了。春秋时期魏氏一族的事迹，到魏曼多时就告一段落了。

从魏舒和魏曼多的事迹我们可以看出，春秋末期的贵族们，与他们的先辈们已大为不同。他们的先辈，成长于周代的礼乐文化环境中，大都文质彬彬、优雅从容,有杰出的才干,但是却又德行高尚。而魏舒、魏曼多却并非如此。魏氏家族在魏舒、魏曼多的带领之下,走向了权利的顶峰,迎来了家族的辉煌时代。但这个家族已经不是往日那个文质彬彬的贵族世家了,它已经渐渐地蜕变成一个类似“邦国”的东西了,新的时代呼之欲出了。

第三章

从作诗到赋诗——春秋时代的诗歌与贵族文化

中国是一个诗的国度,有极为悠久的诗歌传统。中国最早的诗歌总集《诗经》中一些作品,可以追溯到三千多年前。春秋时代是中国诗歌发展史上的一个非常重要的时期。在这一时代,诗人创作了大量优秀的诗篇,优雅、有趣的赋诗活动十分活跃,关于诗歌的理论也开始萌芽。在繁荣的诗歌创作、评论活动中,春秋时代的贵族们无疑扮演着十分重要的角色。他们非常重视诗歌艺术,将大量的精力投入其中,推动了诗歌的进一步发展。《诗经》中有大量的诗篇,是由贵族创作且用以描写他们生活的,赋诗活动更是他们独享的"专利"。因而春秋时代的诗歌与贵族文化的关系,无疑是一个很值得探讨的话题。

第一节 《诗经》中的贵族诗篇与礼乐文化

《诗经》这部诗歌总集,收录了西周初期至春秋中叶的305首作品,这些诗歌,生动、鲜活地记录了这一时期社会各阶层的生存状态。这些作品中包含有大量的民间歌谣,但是也有相当数量的作品,是由贵族们创作的,记叙的是他们的生活情况,反映的是他们的思想观念。《诗经》中的这些贵族诗篇,涵盖了贵族生活的各个方面,对于我们了解贵族阶层日常生活情况以及他们的精神面貌,有着不可替代的价值。同时,这些诗篇中所透露出来的浓厚的礼乐文化精神,也十分引人注目。

一、《诗经》贵族诗篇概况

《诗经》中的305首诗歌，既有下层民众所创作的民间歌谣，也有贵族士大夫们的典雅华章。先秦时代贵族创作诗歌的传统由来已久。《周颂》一般被认为是《诗经》中创作年代最早的一批作品，这些诗歌都是王室专门用于祭祀宗庙的，其内容大都是“美盛德之形容，以其成功告于神明”①。这些作品的作者，很有可能就是周王室的一些卿大夫。《诗经》中《大雅》《小雅》中“雅”，是朝廷正乐的意思，这“二雅”的中作品，以贵族诗篇居多。《大雅》中诗歌出现时间稍晚，多数创作于西周中后期，但基本上也都是贵族士大夫的手笔。特别是《崧高》一篇中作者直接自报家门：“吉甫作诵，其诗孔硕”，其中的“吉甫”指的就是周宣王时的名臣尹吉甫。《小雅》中的诗歌多创作于西周末至春秋初期，其中虽然也采入了一些民歌，但是多数作品还是出于贵族之手。《国风》中收录的则主要是各地的土风歌谣，以民歌为主，少量作品可能是贵族的创作。从这一粗略的统计来看，《诗经》中的贵族诗篇数量还是不少的。

《诗经》中的这些贵族诗篇，内容五花八门，有祭祀、宴饮、家庭伦理、婚恋等多种类型，对贵族生活的各个侧面都有所反映。祭祀诗是贵族士大夫创作的数量最多的一类，《颂》诗基本上都是祭祀诗，《大雅》中的《文王》《思齐》《灵台》等不少作品也都属于这种类型。这些作品多数都是以歌颂周文王、周武王等祖先开创周王朝的功绩为主题。值得注意的是，《小雅》中的《楚茨》，也是一首祭祀类的诗歌，但全诗完整、细致地描绘了祭祀的过程，与其他的祭祀诗颇为不同。《大雅》《小雅》中的不少讽喻诗，像《板》《荡》《桑柔》《十月之交》《黍离》等，创作于西周末年，也是贵族士大夫们的手笔，是他们深沉的忧患意识的集中体现。宴饮诗也是贵族诗篇中数量较多的一种，这类诗歌生动地描绘了贵族们朋友兄弟宴会的场景，《鹿鸣》《常棣》《伐木》《宾之初筵》等都是这类作品中很著名的篇章。《诗经》中还有不少诗篇描写贵族的家庭生活。如《斯干》，是一首歌颂贵族房屋落成的诗，诗中描写建筑的恢宏气派以及主人生儿育女的和睦家庭生活，对了解当时贵族生活习俗颇有益处。《无羊》则描写贵族的牛羊成群结队的富足生活。《小雅·

① 《毛诗序》，见孔颖达：《毛诗注疏》，上海：上海古籍出版社，2013年，第22页。

车舝》《鸳鸯》《齐风·鸡鸣》等写贵族的婚姻生活，将夫妻情感刻画得十分缠绵感人。尤其是《齐风·鸡鸣》用夫妻对话的形式，写一位贤惠的妻子劝谏丈夫不要贪恋床闱而耽误上朝，颇为风趣幽默。《秦风·权舆》和《陈风·衡门》则是贵族生活诗中较为独特的两首。前者写一位没落的贵族对往昔奢华生活的追忆，后者则写一个处于贫贱中的贵族安贫知足的人生态度。

《诗经》中贵族诗篇虽然不像《国风》的民歌那样生动活泼、感情真挚，但也内容丰富、艺术水平高超，是了解西周至春秋时期贵族社会极有价值的材料。同时，周代的贵族阶层深受礼乐文化的影响，所以，不论作品的思想内容、还是艺术风格，都能感受到一种文质彬彬、优雅从容的礼乐之风。这样一种礼乐之风，尤其是在宴饮诗、祭祀诗中表现得最为明显。

二、祭祀诗与周代的祭礼

祭祀诗是《诗经》中数量较多、很有价值的一类作品。这一类作品主要保存在《颂》和《大雅》中，《小雅》中也有少量的祭祀诗。《周颂》中的祭祀诗，像《清庙》《维天之命》《维清》《我将》《执竞》等，大多创作于西周初期，文字较为古朴，篇幅较短，多歌颂文王、武王和成王的功德。《大雅》《小雅》中祭祀诗，如《棫朴》《既醉》《凫鹥》《楚茨》《信南山》《甫田》等作品，大致完成于西周中后期，这些作品的篇幅都比较长，文字相对而言要更为流畅，对祭祀活动的描写也更为细致生动。《商颂》中的《那》《烈祖》《玄鸟》也属于祭祀诗，但关于作品的创作年代，学界尚有较大争议。

《诗经》中的祭祀诗，是对周代隆重的祭祀活动的生动展示。祭祀活动在周代社会中占据着异常重要的地位，《左传》中云“国之大事，在祀与戎”，其中的“祀”指的就是祭祀活动。上古时期，先民们还有较为浓重的宗教意识，他们认为通过宗教仪式可以向天地鬼神表达虔诚的敬意，所以祭祀在社会生活中起着极大作用。周代的祭祀活动类型多样，周礼将之分为“天神为祀，地祇为祭，人鬼为享”三大种类①，每一大类又有许多小类，所祭神鬼更仆难数。各种祭祀活动中，最为重要的是祭天和宗庙祭祀。祭天，周代称之为“郊”，是只有天子才可以举行的祭祀

① 《周礼正义·春官·大宗伯》郑玄注，见贾公彦：《周礼注疏》，北京：北京大学出版社，2000年，第529页。

活动。宗庙祭祀就是祭祀祖先，是社会各阶层都可以举行的祭祀活动，《诗经》中所涉及的祭祀活动，大多数都属于是宗庙祭祀。周代的贵族阶层的宗庙祭祀祭品丰厚，参与人数众多，礼仪过程繁琐，是一种极为隆重的宗教活动。据《仪礼》的记载，一个完整的宗庙祭祀有正祭、酳尸、傧尸等三大部分，每一部分又有许多小环节。正祭是祭祀的主要部分，举行正祭时要先选定代替鬼神受祭的人（周人称之为“尸”），接着准备祭祀时用到的牲畜和器皿、席位等。祭祀开始后，要先迎尸、妥尸（引尸就座），然后向“尸”进献食物十一饭，正祭仪式才算结束。酳尸则是尸吃完食物之后，主人主妇向尸献酒。傧尸也就是天子诸侯举行的“绎祭”，即祭礼结束后，主人为报答“尸”的辛劳，以宾客之礼宴请“尸”的活动，《凫鹥》所写的即是贵族们举行“绎祭”的场景。

古人认为祭祀活动的意义是十分重大的：“夫祭有十伦焉：见事鬼神之道焉，见君臣之义焉，见父子之伦焉，见贵贱之等焉，见亲疏之杀焉，见爵赏之施焉，见夫妇之别焉，见政事之均焉，见长幼之序焉，见上下之际焉。此之谓十伦。”①《诗经》中大量的祭祀诗，是对周代祭礼活动的生动展示，也深刻地反映了周代贵族的礼乐观念。《诗经》中的祭祀诗所记述的大多是宗庙祭祀，这些诗反映了周人强烈的祖先崇拜和宗族观念。从先秦的相关文献来看，周民族有祖先崇拜的悠久历史传统。《诗经》中《生民》《公刘》《绵》《皇矣》《大明》等，对周民族历代祖先后稷、公刘、太王、王季、文王、武王等历代祖先的光辉事迹，都有极为生动的记述。其中《生民》既是一首民族史诗，也是一首后人祭祀后稷的祭歌。诗的前半部分写后稷诞生时的神迹、他播种百谷的历史功绩，后半部分写民众祭祀后稷时的热闹场景。诗歌的最后一章这样写道：“卬盛于豆，于豆于登，其香始升。上帝居歆，胡臭亶时。后稷肇祀，庶无罪悔，以迄于今。”诗中将后稷神化，认为他与上帝同在，并表现了后人们对这位先祖的虔敬、崇拜。不过，周初的祭祀诗中祭拜的对象还主要是文王、武王和成王这几位西周的开国君主。如《周颂》中的《维天之命》：“维天之命，於穆不已。於乎不显，文王之德之纯。假以溢我，我其收之。骏惠我文王，曾孙笃之。”诗歌赞美文王上应天命，品德高尚，恩泽延及子孙。诗中的“曾孙”，是周天子的自称。这一自称，也是周人祖先崇拜观念的充分体现。即使高贵如周天

① 朱彬：《礼记训纂》：北京：中华书局，2007 年，第 728 页。

子,在宗庙之中也只是后代子孙而已。又如《执竞》:“执竞武王,无竞维烈。不显成康,上帝是皇。自彼成康,奄有四方,斤斤其明。钟鼓喤喤,磬筦将将,降福穰穰。降福简简,威仪反反。既醉既饱,福禄来反。”这首诗的创作时代较晚,大概是周昭王时代的作品。诗中赞美了武王、成王、康王的历史功业。诗中对几位祖先特点的概况颇为准确,令人印象深刻。诗人用“执竞武王,无竞维烈”一句来称赞武王的勇猛威严,用“奄有四方,斤斤其明”来称赞成王、康王的英明善察,都是十分妥帖。诗中字里行间都透露着对这几位祖先的敬慕之情。

《诗经》祭祀诗在表达对祖先的崇敬之情的同情,以敬祖观念为基础,又不遗余力地宣扬宗族观念。周代的宗庙祭祀是一种在全体族人中举行的集体活动,除了祭拜祖先之外,加强族人之间的沟通协作也是祭祀的重要目的。《诗经》中不少祭祀诗都描写了众多宗族子弟济济一堂共同参与祭祀的场面。如《清庙》:“於穆清庙,肃雍显相。济济多士,秉文之德。对越在天,骏奔走在庙。不显不承,无射于人斯!”其中“济济多士,秉文之德。对越在天,骏奔走在庙”所写的正是众多宗族子弟在宗庙中来回忙碌奔走的情形。《诗经》中对宗庙祭祀活动描写最为详尽、细致的,无过于《楚茨》一诗了。诗中用了大量的笔墨来描写宗族子弟在宗庙屠宰牲畜、摆放祭品、跪拜行礼等细节,让我们对周代的祭祀活动有了更为直观的认识。如诗的第二章写道:“济济跄跄,絜尔牛羊,以往烝尝。或剥或亨,或肆或将。祝祭于祊,祀事孔明。先祖是皇,神保是飨。孝孙有庆,报以介福,万寿无疆!”宗族子弟严肃恭敬、紧张有序地进行祭祀的各项工作,尽心竭力地投入到了这个集体活动中。值得注意的是,家族的女性也参与到了这个盛大的仪式中。诗的第三章中写道:“执爨踖踖,为俎孔硕,或燔或炙。君妇莫莫,为豆孔庶。”其中的“君妇”,是主妇之意。遵照周代的礼制,宗庙祭祀活动是祭祀者夫妇都必须参与的:“既内自尽,又外求助,昏礼是也。故国君取夫人之辞曰‘请君之玉女,与寡人共有敝邑,事宗庙、社稷’,此求助之本也”,“夫祭者,必夫妇亲之,所以备内外之官也”。这样做,既是对女性在家族中地位的重视,又有明显政治意图,暗含着对女方家族的尊重。《楚茨》还写到了祭祀结束后举行的宴享活动:“礼仪既备,钟鼓既戒,孝孙徂位,工祝致告,神具醉止,皇尸载起。鼓钟送尸,神保聿归。诸宰君妇,废彻不迟。诸父兄弟,备言燕私。”宗族中老老少少经过一番忙碌之后,众人聚会一处,又开始了欢快的宴会。如此看来,周代的宗庙祭祀,绝不仅仅是一种宗教活动,它也是培养宗族成员协作意识、沟通彼此情感的很有效的手段。

《诗经》祭祀诗所描绘的祭祀活动虽然是一种宗教活动,但是这些作品的宗教意识却并不是很浓重,它们更多地传达的是周人的重德守礼的观念。笔者在前文中多次提到,周人虽然也讲“天命”,但与殷商时期相比,他们更重“德”,把来自人的“德”抬到了与天命同等重要的地位。李山认为,周人的祭祖与前代相比,“祭祖的内容发生了变化”,“什么变化呢?如果不嫌以偏概全的话,一言以蔽之,周人在祭祖中突出了一个字:德。”①周人重德、守礼的观念,在《诗经》祭祀诗中有集中的体现。如《时迈》一诗,是周武王“巡守告祭柴望”之诗,诗中写道:“我求懿德,肆于时夏,允王保之。”表达了对有德之士的渴求,希望得到他们的辅佐平定天下,毕竟“皇天无亲,惟德是辅”。又如《烈文》:“烈文辟公,锡兹祉福,惠我无疆,子孙保之。无封靡于尔邦,维王其崇之,念兹戎功,继序其皇之。无竞维人,四方其训之,不显维德,百辟其刑之。於乎,前王不忘。”此诗据《毛诗序》是“成王即政,诸侯助祭”时的作品②。诗中先赞美祖先的功业,然后表明自己要光大前人事业。诗中“不显维德,百辟其刑之”一句,先王光辉之德,是诸侯学习的榜样。

周人格外重礼,这一点在祭祀活动中表现得也特别明显。祭祀活动是庄严而隆重的,这就要求祭祀者要全身心地投入其中,言行举止都严格地遵守礼仪规范。这一点在《诗经》许多祭祀诗中都有所体现,作品对这些贵族祭祀中的行为举止有不少精彩的描写。如《丝衣》:“丝衣其紑,载弁俅俅。自堂徂基,自羊徂牛,鼐鼎及鼒,兕觥其觩。旨酒思柔,不吴不敖,胡考之休。”全诗前七句铺陈祭祀的器具及准备工作,到第八句是则对祭祀者应有的仪容和心态提出要求:“不吴不敖”,要求他们不要大声喧哗,要保持肃静;又要求他们不要态度傲慢,要恭敬虔诚。又如《执竞》中说“降福简简,威仪反反”,对祭祀者的威仪提出了要求,让他们保持庄严慎重的态度。又如《楚茨》,对祭祀中礼仪规范有不少更为细致的描写。诗的第二章中写道:“济济跄跄,絜尔牛羊,以往烝尝”,其中“济济跄跄”是对参与者仪容的描绘,写他们态度恭敬、走路有节奏。如诗歌的第三章中这样写:“执爨踖踖,为俎孔硕,或燔或炙。君妇莫莫,为豆孔庶”,“执爨踖踖”,写参与者烹调食物之时恭敬敏捷;“君妇莫莫”则主妇态度恭敬谨慎。第四章写道:“卜尔百福,如几如式。既齐

① 李山:《先秦文化史讲义》,北京:中华书局,2008年,第91页。

② 孔颖达:《毛诗注疏》,上海:上海古籍出版社,2013年,第1894页。

既稷,既匡既敕”,“如几如式”,写祭祀准时而又按法度举行;“既齐既稷,既匡既敕”,则写祭祀参与者的态度恭敬而敏捷、严肃而谨慎。这些对祭祀参与者行为举止看似繁琐的描写,正鲜明地体现出周人对礼仪规范的态度。这些细碎繁琐的礼节要求,绝对不是装腔作势。它们一方面有着强大的社会功能,规范、驯化了贵族们的言行举止,使他们能保持较好的仪容风度。同时,祭祀活动中的这些礼仪要求,也有利提高人的内在修养。《礼记》中说:“夫祭者,非物自外至者也,自中出生于心也。①”宗庙祭祀通过一种集体活动的形式,锻炼贵族们的意志,将“敬”的意识积淀到他们的内心,无形中提到他们的道德涵养。

三、宴饮诗与周代的飨燕之礼

飨燕之礼属于周礼“五礼”中的嘉礼,是周代的一种宴会礼仪。它一般是一种天子或诸侯宴请卿大夫的隆重礼节。整个宴会活动大致有这么几个环节构成:首先是戒宾、迎宾之礼。戒宾,就是主人告知宾客,迎宾即是把宾客迎接到堂上。然后是献宾之礼。献宾就是主客之间相互敬酒。主人向先向宾客敬酒叫“献”,客人回敬叫“酢”,主人自己饮酒之后又向宾客劝酒叫“酬”,完成了献、酢、酬三个步骤一次,就是“一献之礼”。天子宴会诸侯有九献、七献、五献,至于卿大夫,一般是一献或三献。接着要“作乐”,即以钟鼓演奏音乐。所演奏的一般是《鹿鸣》《四牡》《皇皇者华》的曲子。音乐演奏完毕,正式的饮酒之礼结束后,还有宾客之间长幼以次敬酒的“旅酬”、饮酒奏曲不计数的“无算爵”“无算乐”。有时宴会之后,还要举行“射礼”。

周代的飨燕之礼不仅仅是一种普通的宴会活动,它有着丰富的政治、文化内涵。《诗经》中宴饮诗数量不少,像《鹿鸣》《常棣》《伐木》《宾之初筵》等篇更是广为传诵,这些作品用一种文学的形式,很好地还原了周代飨燕之礼活动的场景。这些作品也很好地将周代礼乐文化的内涵传达了出来。

从《诗经》的这些宴饮诗,我们可以看出,周代的宴饮活动它是一种政治性很强的社交活动。飨燕之礼一般是天子或诸侯宴请贵族的礼仪,宴会之上每个人的等级、身份有着较大的差异,整个宴会活动也会尽量以一些细致入微的礼节,对不

---

① 朱彬:《礼记训纂》:北京:中华书局,2007 年,第 722 页。

同等级人员的行为作出严格的要求。这样一来,各阶层贵族的等级、身份就会凸显出来,并进一步固化下来。《礼记·燕义》中说:"燕礼者,所以明君臣之义也"①,正是说明了这一道理。《诗经》中的《湛露》《彤弓》等作品是周天子宴请诸侯的诗。《湛露》写露浓夜深之时,贵族欢饮的场景,诗整体上是从天子的视角来写的:"湛湛露斯,匪阳不晞。厌厌夜饮,不醉无归!"庭院之中,夜露浓浓,仿佛天子深厚的恩泽。天子态度平易,殷勤地向贵族们劝酒。"不醉无归",是天子向贵族们劝酒辞。《仪礼·燕礼》中记载君主劝酒的场面正是如此:"君曰:'无不醉',宾及卿大夫皆兴,对曰:'诺,敢不醉!'"②。诗歌表面上看起来像是一幅欢快的夜宴图,但天子的高贵却潜藏其中。又如《彤弓》,写的是周天子举行宴会、赏赐有功诸侯的场面。诗中这样写道:"彤弓弨兮,受言藏之。我有嘉宾,中心贶之。钟鼓既设,一朝飨之。"诗歌入手就从赏赐的场面写起,天子将红色的雕弓赐予诸侯,又演奏隆重的音乐招待宾客。天子的威严、仪式的庄重,跃然纸上。

周代的飨燕之礼礼,还有一个目的就是要通过这样一种和谐的宴会活动,来加强贵族宗族内部的亲缘关系。周代实行的"分封制度"是与"宗法制"相辅相成的。周初开国时,周天子即将兄弟子侄分分封于各地做诸侯,据说分封的同姓诸侯"姬姓独居五十三人"③。各地诸侯在国内又进行二次分封,又将土地分给自己的同族。正是因为宗族势力在王朝内部起着至关重要的作用,所以周王朝才格外重视宗族关系,制定出了严密的宗法制度。周人格外强调宗族内部关系的和睦,这一点在《诗经》的不少宴饮诗中都有直观的反映。如著名的《常棣》一诗就是一首宴饮诗,《毛诗序》认为此诗的主题是"燕兄弟也。闵管蔡之失道,故作《常棣》"④。《左传·僖公二十四年》则记载:"召穆公思周德之不类,故纠合宗族于成周而作诗,曰:'常棣之华,鄂不韦华韦华,凡今之人,莫如兄弟。'其四章曰:'兄弟阋于墙,外御其侮。'如是,则兄弟虽有小忿,不废懿亲。"两家的看法孰是孰非,难以定论,但有一点可以肯定,即作品反复强调一个主题,即"凡今之人,莫如兄弟"。诗歌将朋友、妻子与兄弟放在一起进行比较,告诫众人,只有兄弟在危难之际才会

① 朱彬:《礼记训纂》:北京:中华书局,2007年,第903页。
② 贾公彦:《仪礼注疏》,北京:北京大学出版社,2000年,第404页。
③ 王先谦:《荀子集解》,北京:中华书局,2010年,第114页。
④ 孔颖达:《毛诗注疏》,上海:上海古籍出版社,2013年,第807页。

对我们不离不弃:“死丧之威,兄弟孔怀。原原隰裒矣,兄弟求矣。”《伐木》一诗的主旨也与《常棣》很相似。诗歌的前两章重点是描绘宴会和睦欢乐的场面,但到第三章时,诗人也不忘强调兄弟手足之情:“伐木于阪,酾酒有衍。笾豆有践,兄弟无远!”“兄弟”是《诗经》中常常出现的一个词语,但是这个“兄弟”与后世的家庭的兄弟关系是大有不同的。它是周代宗法体系中的一种亲族关系,有着深厚的政治含义。《左传》中“兄弟”一词出现多达三十余次,而且常常出现“兄弟之国”用法。如“君姑修政而亲兄弟之国”(桓公六年)、“君信蛮夷之诉,以绝兄弟之国,弃周公之后”(昭公十三年)、“其兄弟之国者十有五人,姬姓之国者四十人”(昭公二十八年)等等。《诗经》宴饮诗中之所以反复强调兄弟手足之情,也正是因为这种和睦的亲族关系是维护王朝、国家稳定的基础。又如《頍弁》一诗,也是一首贵族“燕兄弟亲戚之诗”。这首诗一般认为创作于西周末年,诗中有一种明显的低沉没落的情绪,如诗的结尾直接写道:“死丧无日,无几相见。乐酒今夕,君子维宴”,带着一种及时行乐的口吻。但是诗中“兄弟”一词频繁出现,诗人反复强调兄弟之情的重要:“岂伊异人,兄弟非他”、“岂伊异人,兄弟俱来”、“岂伊异人,兄弟甥舅”。诗人将亲族之间的关系比喻为“茑与女萝,施于松上”,强调彼此关系之密切。大概作者在这时也感受到王朝沉重的政治危机,难免有些失落颓唐,但是还是希望贵族们念及宗族手足之情共渡难关。

周代的贵族宴饮活动,还有一重要的目的,就是要通过这样一个贵族集体活动,来提高贵族们礼仪、德行上的修养。在周代之前的殷商时代,贵族们也常常举行宴饮活动的。但是,殷商的贵族格外好酒,因酗酒而导致了政治上的混乱。商王朝酗酒亡国的历史教训引起了周王朝的高度警觉。西周初期,周公特意作《酒诰》,在殷商故地卫国宣布戒酒。周公在《酒诰》中总结了殷商王朝纵酒亡国的教训:“天降威,我民用大乱丧德,亦罔非酒惟行;越小大邦用丧,亦罔非酒惟辜”①,强调人的许多罪过都是由酒造成。他特别指出:“尔克永观省,作稽中德,尔尚克羞馈祀。尔乃自介用逸”,只有不断反省自己、行为合乎道德的人,才能在参与祭祀时求得饮酒行乐的机会。周公的《酒诰》一文影响深远,使得后世周代的宴饮活动形成了一种守礼、重德的优良传统。《诗经》中许多宴饮诗,正是这样一种传统

① 孙星衍:《尚书今古文疏证》,北京:中华书局,2004年,第375页。

的生动鲜活的展示。如著名的《鹿鸣》一诗，就很有代表性。诗歌第一章这样写道："呦呦鹿鸣，食野之苹。我有嘉宾，鼓瑟吹笙。吹笙鼓簧，承筐是将。人之好我，示我周行。"诗歌的开头用了一种起兴的写法，先写一群麋鹿在原野之上相互应和地鸣叫着，快乐地吃着苹草，引出了下文的热闹的宴会。宴会上有隆重的音乐，有礼物馈赠，整个气氛欢快而热烈。但是，接着笔调一转，还是转到了重德的主旨上："人之好我，示我周行"，强调宾客真诚友善，向我指示大道。这大道是什么呢？诗歌的第二章中直接点出来了："我有嘉宾，德音孔昭。视民不恌，君子是则是效。"诗中称赞宾客德行高尚，为人不轻佻，是我们学习仿效的榜样。这首欢快优雅的小诗，再描写欢快宴会气氛的同时，其实还是在告诫众人礼仪、德行的重要。又如《既醉》一诗，写宗庙祭祀活动之后的宴会。诗中更是反复强调"威仪"的重要："朋友攸摄，摄以威仪"、"威仪孔时，君子有孝子"。在宴会之上优雅从容、彬彬有礼固然是很好的，但是许多人在饮酒之后就会做出一些粗鲁无礼的举动，无疑也会受到舆论的批评。如《伐木》一诗，一般认为是"燕朋友故旧"的。但诗中却也提到某些贵族"民之失德，乾餱以愆"，因为饮食而发生争斗。特别值得一提的是，《小雅》中《宾之初筵》一诗，就是专门描写贵族在宴会之上酗酒失态的。关于这首诗，《毛诗序》认为："《宾之初筵》，卫武公刺时也。幽王荒废，媟近小人，饮酒无度，天下化之，君臣上下沉湎淫液。武公既入，而作是诗也。"①这一对诗歌背景的介绍，得到了后世多数学者的认可。据此，此诗应当是创作于西周末年周幽王时。这时王朝政治腐败，贵族们沉湎于酒，将礼仪、德行抛到了脑后。诗中第四章对贵族们醉酒之后各种丑态的描摹最为生动："宾既醉止，载号载呶，乱我笾豆，屡舞僛僛。是曰既醉，不知其邮，侧弁其俄，屡舞傞傞。既醉而出，并受其福，醉而不出，是谓伐德。饮酒孔嘉，维其令仪。"这些贵族烂醉之后，开始大吵大嚷，弄乱东西，步态踉踉跄跄，衣冠不整，完全失掉了应有的风度。对他们的这种行为，诗人忧心忡忡，因为这些醉鬼的行为是"不知其秩"的，是"伐德（败坏德行）"的。整首诗歌都明显地流露着作者以礼仪、德行规劝这些堕落贵族的良苦用心。

从以上的分析我们可以看出，《诗经》中的宴饮诗，与后世普通的宴饮类诗歌

① 孔颖达：《毛诗注疏》，上海：上海古籍出版社，2013 年，第 1255 页。

是大为不同的。它将周代政治文化、礼乐观念用一种文学的形式展现了出来。诗歌中对等级身份的暗示、对宗族和睦的强调、对礼仪德行的高度重视,都是周代贵族文化的重要内容。而这也这些特点,也正是《诗经》宴饮诗的独特之处,使得这些作品成为文学史上无法替代的存在。

第二节　春秋赋诗活动的贵族文化内涵

赋诗活动是春秋时期的一种独特的文化活动,它将政治、文化、诗歌等众多因素融汇在了一起,引起了后世研究者的极大的兴趣。这种活动,一般就是贵族们在外交、宴会等公共场合交流之时,结合语境巧妙地运用经典诗篇中诗句,来表达彼此的意图和志向。这种文化活动,实际上是一种典型的贵族式语言交际形式。贵族们用这样一种语言表达形式,展现了他们的知识涵养、优雅风度和高贵身份。

一、春秋赋诗活动概况

从现存的《左传》《国语》中的史料来看,赋诗活动出现于春秋中期。赋诗活动之所以出现在此时,并非偶然。从《诗经》中保存的作品来看,春秋时期的诗歌创作到此时似乎也进入到了沉寂期。一般认为,《诗经》中出现最晚的作品是《陈风·株林》,这首诗应当出现在鲁宣公十年(公元前599)之前。创作走向低谷的同时,人们似乎已开始搜集整理已有的诗篇。据《左传》记载,襄公二十八年,吴国著名的贵族季札出访时,曾在鲁国观周乐。季札所观的周乐,已经有《周南》《召南》等十五国风、《小雅》《大雅》这些名目,与现存《诗经》的结构已十分接近了,这也足以说明《诗》的整理工作,在春秋中期已基本完成。《左传》《国语》中所记述的赋诗活动,提到的诗篇多达60余首,除4篇为逸诗外,其余都见于《诗经》。这六十余首作品,遍及《诗经》的《风》《雅》《颂》各个部分。这样看来,赋诗活动的广泛流行,必须有一个大前提,即汇集了各个时代各地经典诗篇的文献在这时基本成形,它就是现今流传的《诗经》的前身。春秋中期,《诗》的文献汇集工作应该大体完成了。诗歌创作走向沉寂的时候,优雅、机智的赋诗活动却勃然兴起。

《左传》记载的最早的赋诗活动是在鲁僖公二十三年,秦穆公宴请流亡在外的晋文公重耳，重耳赋《河水》，秦穆公答以《六月》。鲁文公、鲁成公时代，也有少量的赋诗活动。鲁襄公、鲁昭公时代，赋诗活动十分繁荣。这时，春秋时期的两个大国楚国和晋国的关系逐步缓和，诸侯各国之间的外交活动非常活跃。赋诗是一种文化活动，但也是一种有效的外交手段。随着国际外交形势的变化，赋诗活动自然也随之日益活跃起来。春秋时期共举行赋诗活动 30 多次，进行于襄公和昭公时代的就多达 26 次。到了鲁定公、哀公时代，赋诗活动仅出现两次，可以说是彻底衰落。此时已进入春秋末期，贵族社会体制已彻底崩溃，各国的士大夫贵族也都消沉堕落了。不过，这个孔子及其儒家学派开始兴起，他们对《诗》仍然有极大的兴趣。来自社会底层的这些士人们，他们从贵族阶层手中接过了重视诗歌艺术的传统，将之发扬光大，建构起儒家的诗学体系

从《左传》《国语》中记载的三十余次赋诗来看，这种文化活动参与者的身份，基本上都是贵族阶层，而且又以鲁国、郑国和晋国卿大夫居多。这三国是当时中原各国中文化程度最高的国家，赋诗活动繁荣也是情理之中的事。不过，赋诗活动也扩散到了宋、卫、楚等不少国家。如《左传·襄公二十七年》记载："楚蔿罢如晋莅盟，晋侯享之。将出，赋《既醉》。叔向曰：'蔿氏之有后于楚国也，宜哉。承君命，不忘敏，子荡将知政矣，敏以事君，必能养民，政其焉往？'"这里提到的蔿罢，是一位楚国贵族，出身楚国大族蔿氏家族。他出使晋国，在宴会结束时，赋了《既醉》一诗，取此诗中"既醉以酒，既饱以德。君子万年，介尔景福"四句，赞美晋侯是太平君子。由此也可见，赋诗活动已传播至南方的楚国。值得一提的是，襄公十四年，晋国贵族范宣子将要专横无理地逮捕少数民族戎子的首领驹支时，驹支不卑不亢地申诉辩解，最后"赋《青蝇》而退"。《小雅·青蝇》是一首专门谴责谗言的诗，驹支显然是要借此诗批评范宣子听信谗言而冤枉自己。这样一个"蛮夷"之人竟然也能赋诗，实在令人称奇。春秋时期赋诗活动的风行，仅从此事也可见一斑。

二、赋诗活动的运作机制

风靡于春秋各国的赋诗活动，到底是如何进行的？

要想弄清楚赋诗活动如何操作，那就不得不先弄懂"赋诗"的"赋"字含义。《左传》《国语》中的"赋"一般有两层含义：一是创作之意，如《左传·隐公三年》："卫庄公娶于齐东宫得臣之妹，曰庄姜。美而无子，卫人所为赋《硕人》也。"此处

是说明《硕人》一诗的创作缘由，文中“赋”即是创作之意。又如《左传·文公六年》：“秦伯任好卒，以子车氏之三子奄息、仲行、针虎为殉，皆秦之良也。国人哀之，为之赋《黄鸟》。”此处交代《秦风·黄鸟》的创作背景，指出此诗是秦国为哀叹三良殉葬之事而创作的。这一含义显然于赋诗活动没有什么关联。“赋”还有一层含义，就是春秋赋诗活动的“赋”。这一“赋”到底是何意？学界看法众说纷纭。有认为是“歌诗”之意，有认为是“诵诗”之意。其中刘生良先生的说法最具说服力：“‘赋’是一种介于‘歌’、‘诵’之间的特殊表达方式，既非‘歌’亦非‘诵’，又近‘歌’亦近‘诵’，与‘诵’相比，它当有一定的曲调，而非简单直白的朗诵。”①直言之，赋诗活动中的“赋”，就是一种带有一定曲调和节奏的诵读。

我们再来看赋诗活动举行的场合有哪些地方。赋诗活动一般发生在外交场合，并且大都是在举行宴会之际。不过有时也有一些例外。《左传》《国语》等史籍中所载的三十多次赋诗，有27次是在外交场合进行的。但是若就此把赋诗活动称之为“外交赋诗”却并不合适。因为史料出现的赋诗活动，还有6次并不是外交场合举行的。《左传·成公九年》记载，鲁国卿大夫季文子出使宋国，慰问出嫁的穆姜夫人之女伯姬。回到鲁国之后，鲁成公设宴款待季文子，他与夫人穆姜均赋诗一首。此处的赋诗活动，是在鲁国君臣之间进行，显然不属于外交场合。赋诗活动大多数情况下是在宴会上举行的。如襄公八年，晋国大夫范宣子访问鲁国时，鲁襄公“享之”，宣子和鲁国贵族们即在宴会上赋诗交流。但是，也有一些赋诗并非是在宴会上进行。如上文提到的襄公十四年的“驹支赋《青蝇》而退”，此事发生在范宣子将要于会盟之际逮捕驹支时，显然是不可举行宴会的。

当然，春秋时期的赋诗活动，绝不仅仅是在外交场合吟诵诗歌这么简单。更为重要的是，它要在特殊的语境中，通过吟诵在场者都熟知的诗篇，曲折含蓄地将自己所要表达的意图或志向传达给他人。一般认为，春秋赋诗活动，采用的是一种“断章取义”的方式。“断章”一词，见于《左传·襄公二十八年》：“赋诗断章，余取所求焉，恶识宗？”所谓“断章赋诗”，也就是赋诗活动中，赋诗者一般都是抽取某一首诗中的某一章，来表达自己的心意。如文公十四年，郑穆公与鲁文公宴会于棐时，据《左传》记载：“子家赋《鸿雁》。季文子曰：‘寡君未免于此。’文子赋《四

---

① 刘生良：《春秋赋诗的文化透视》，《陕西师范大学学报（哲学社会科学版）》，2004年第6期，第90页。

月》。子家赋《载驰》之四章,文子赋《采薇》之四章。"赋诗活动是在郑国大夫子家和鲁国大夫季文子之间进行的。双方赋诗中征引诗歌四首,其中《载驰》和《采薇》都特意指出是诗的第四章。而《鸿雁》和《四月》二诗,却没有特意指出是哪一章。对于这一点,杜预主张:"古者礼会,占诗以见意,故言赋诗断章也。其全称诗篇者,多取首章之义。"①杨伯峻也认为:"《传》言赋诗某篇,不言某章,皆指首章。"②查考《左传》全书,他们的这一看法基本上是正确。当然也有少量例外。如《左传・襄公二十七年》记载齐国大夫庆封出访鲁国,"叔孙与庆封食,不敬。为赋《相鼠》,亦不知也"。这里的《相鼠》一篇,是用以讥刺庆封不懂礼仪,所赋的很可能是全诗。

由于赋诗者所在的语言环境是如此的重要,所以他在这时所吟诵诗歌的原义在语境场的巨大影响之下,也就产生了某种特定的衍生含义,而诗歌原义也已不再重要。或者说,这种赋诗活动中,就是在特定的语境中,对诗歌的含义进行重新解读阐释。如鲁襄公十四年,晋国人带领诸侯人马进攻秦国。到了泾水河边,还没有渡河,晋国大夫见到了鲁国的叔孙豹。叔孙豹对叔向赋了《匏有苦叶》一诗,叔向什么也没有说,马上回去准备了船只。《匏有苦叶》一诗,旧说它的主旨是"刺卫宣公也。公与夫人并为淫乱"③,今人认为它是一首"一位女子在济水岸边等待未婚夫时所唱的诗"④。诗的原意在这里已不重要,这里的语境却不容忽视。大军面对滔滔大河却没有船只,无法渡过。面对同样的问题,应当如何解决?叔孙豹和叔向两人赋诗活动进行时的特殊语境就是这样的。叔孙豹在这里仅取了诗的开头一段"匏有苦叶,济有深涉。深则厉,浅则揭",表示自己想要渡河。尤其是诗中的"匏",就是葫芦,在古代是一种渡水的工具。叔向听到诗之后马上猜到了他的意图,所以才立即准备船只。

赋诗是在两人或多人之间进行的一种交流活动,所以这样一种活动,必须有他人的配合才能达成目的。一次完整的赋诗交流活动,大致包括这样三个环节:赋诗发起者吟诵诗歌→接受者揣测意图→接受者赋诗回应。这样一个活动,其实

---

① 杜预:《春秋左传集解》,上海:上海人民出版社,1977 年,第 338 页。
② 杨伯峻:《春秋左传注》,北京:中华书局,2000 年,第 598 页。
③ 孔颖达:《毛诗注疏》,上海:上海古籍出版社,2013 年,第 190 页。
④ 程俊英、蒋见元:《诗经注析》,北京:中华书局,2005 年,第 86 页。

也就是一个信息传达的过程:信息发送者传送信号→接受者解码→接受者回复信息。像上文所提到的襄公十四年,在叔孙豹与叔向之间的这次赋诗,两人都是春秋后期杰出的贵族士大夫,文化修养都很高,所以叔孙豹赋诗之后,叔向立刻领会了他们的意图。但是假如像前文中提到的庆封那样,他是一个骄奢淫逸、不学无术之人,鲁国人赋《相鼠》以讥刺他,最终也如对牛弹琴一般没有任何效果。春秋时期的贵族士大夫大多都是有较高的文化修养的,大多数情况下他们还是能很好地进行这样一种赋诗交流的。如《左传·襄公十九年》所载:"季武子如晋拜师,晋侯享之。范宣子为政,赋《黍苗》。季武子兴,再拜稽首曰:'小国之仰大国也,如百谷之仰膏雨焉。若常膏之,其天下辑睦,岂唯敝邑?'赋《六月》。"齐灵公想要称霸诸侯,两次出兵伐鲁,晋国带领诸侯在平阴之战中击败齐国。战后鲁国执政季武子出访晋国,答谢晋国的帮助。范宣子和季武子的赋诗交流就发生于此时。范宣子所赋的是《小雅·黍苗》首章,此诗朱熹认为是"宣王时美召穆公之诗也"①。召穆公是周宣王时的贤臣,辅佐宣工实现周王朝中兴,这首诗是赞美他的功绩的。晋国大夫范宣子截取诗的首章"芃芃黍苗,阴雨膏之。悠悠南行,召伯劳之",其意图是要赞美晋国国君忧心鲁国如召伯一般。晋国长期是诸侯霸主,范宣子出身于晋国大世族,态度非常傲慢,所以才以召伯自居,表示要如细雨滋润黍苗一般,帮助诸侯各国。季武子马上心领神会,对晋国的帮助表示感谢。他所赋的《小雅·六月》,是赞美周宣王时功臣伊吉甫北伐猃狁的诗。季武子借用诗歌首章中"玁狁孔炽,我是用急,王于出征,以匡王国"一句,称赞晋平公击败齐国救助鲁国之举,就如同当年伊吉甫北伐猃狁一样。季武子的这番应对,应该很好地把握了范宣子的意图,而又成功地作出了回应。这样,一次赋诗活动就顺利完成了。

不过,春秋时期的赋诗活动,并非都是像范宣子和季武子这样双方一赋一答就结束了。有时某些赋诗活动,会有多论的双方对答交流。如上文所提到的文公十三年郑穆公与鲁文公宴会于棐时,郑大夫子家和季文子的赋诗活动,双方就进行了两次对答交流:子家赋《鸿雁》,季文子回应《四月》;子家赋《载驰》,季文子又回应《采薇》。这样双方的赋诗才结束。有时,赋诗活动是在多人之间进行。如襄公二十七年,晋国大夫赵武在郑国与子展、伯有等七人举行赋诗。赵武请这七人

① 朱熹:《诗集传》,上海:上海古籍出版社,1980 年,第 170 页。

赋诗，他要借此观察每个人的志向。七人赋诗之后，他逐一作了评点。昭公十六年，晋国大夫韩宣子与郑国的子产、子太叔等五人之间进行的赋诗活动也采取了这种形式。只不过，赋诗结束时，韩宣子又赋了一首《我将》作为回应。但不管赋诗活动是一赋一答式，还是多人赋诗，活动的运作机制基本上都是相似的，都遵循着"赋诗发起者吟诵诗歌→接受者揣测意图→接受者赋诗回应"这样一个模式。

三、赋诗活动的社会功能

春秋时期的赋诗活动，表面上看有很浓重的文学色彩。但是事实，它更多的是借助诗歌这一艺术形式，达成其功利、现实的目标。春秋赋诗活动，在外交、观志、人际交往等领域，扮演重要角色，起着非常重要的社会功能。

首先，赋诗活动是一种重要的外交仪式和外交手段，在外交场合发挥着重要作用。春秋中期以后，诸侯各国之间的争斗加剧，国与国之间的关系非常微妙，变幻莫测，这也对各国的外交活动造成了极大的压力。各国的政治家在与他国交流沟通时，不得不尽量曲折、巧妙地运用外交手段。诗是一种语言的艺术，在表意方面它能将语言的模糊性、曲折性更好地表现出现了。所以，赋诗在外交场合，也就能发挥出普通语言无法达到的特殊效力。孔子也认为："诵诗三百，授之以政，不达；使于四方，不能专对。虽多，亦奚以为？"①孔子在这里所说的"使于四方，不能专对"，正是强调赋诗在春秋时期外交活动中的重大作用。春秋时期的外交仪式十分繁琐，整个外交过程由许多环节构成。春秋时的外交使者，一般被称为"行人"。在招待行人的宴会上，一般会举行观乐或赋诗活动。如襄公二十九年，吴国的公子札就曾在鲁国观周乐。不过，《左传》《国语》中所记载的外交赋诗，更多的是各国卿大夫之间为了达成政治目标所进行的赋诗活动。如《左传·文公三年》：

> 晋人惧其无礼于公也，请改盟。公如晋，及晋侯盟。晋侯飨公，赋《菁菁者莪》。庄叔以公降、拜，曰："小国受命于大国，敢不慎仪？君贶之以大礼，何乐如之？抑小国之乐，大国之惠也。"晋侯降，辞。登，成拜。公赋《嘉乐》。

晋襄公时代，鲁国和晋国的关系一度比较紧张。文公二年，晋国与鲁国会盟时，晋国人暗中命大夫阳处父羞辱鲁文公。事后，晋国人又担心鲁国因此背叛自

---

① 刘宝楠：《论语正义》，北京：中华书局，2009 年，第 525 页。

己，所以第二年双方又再次会盟。会盟之时，晋襄公想与鲁国修好，所以放下大国身段向鲁文公示好。宴会之上，他向鲁文公赋了《小雅・菁菁者莪》。关于此诗的主旨，历来众说纷纭，《毛诗序》认为是“乐育才”①，朱熹认为是“燕饮宾客之诗”②，而现代研究者有认为是恋爱诗的。晋襄公赋此诗，是要借诗首章中的“既见君子，乐且有仪”一句，将鲁文公比作君子，赞美他仪表出众。鲁国大夫叔孙得臣立即领会了晋襄公的示好意图，马上和鲁文公降阶拜谢。鲁文公也不失时机地回赋了一首《嘉乐》。此诗又名《假乐》，《毛诗序》认为诗的主旨是“嘉成王也”，魏源则认为是“美宣王之德也”。鲁文公取此诗首章中“假乐君子，显显令德，宜民宜人，受禄于天”几句，赞美晋襄公德行高尚光辉，皇天赐予福禄。晋襄公所赋之诗，巧妙地消除了鲁文公心中的芥蒂，而鲁文公的回应也十分得体，双方的外交沟通起到了应有的效果。又如《左传・襄公十六年》记载：

冬，穆叔如晋聘，且言齐故。晋人曰：“以寡君之未禘祀，与民之未息。不然，不敢忘。”穆叔曰：“以齐人之朝夕释憾于敝邑之地，是以大请。敝邑之急，朝不及夕，引领西望曰：‘庶几乎。’比执事之间，恐无及也。”见中行献子，赋《圻父》。献子曰：“偃知罪矣。敢不从执事以同恤社稷，而使鲁及此。”见范宣子，赋《鸿雁》之卒章。宣子曰：“匄在此，敢使鲁无鸠乎？”

齐国侵犯鲁国，鲁国大夫出使晋国求救，晋国人却敷衍推辞。叔孙豹只好向晋国的执政中行献子以及大臣范宣子求助。他对中行献子赋了《圻父》一诗，取诗中“祈父，予王之爪牙。胡转予于恤，靡所止居”几句，批评晋国见死不救，致使鲁国陷入危机。又对范宣子赋《鸿雁》的最后一章，借诗中“鸿雁于飞，哀鸣嗷嗷。维此哲人，谓我劬劳”四句，感叹鲁国人民如鸿雁一般流离失所。经过叔孙豹的一番努力，晋国人最终答应出兵救援。

又如前文提到的文公十三年的郑、鲁棐地会面赋诗，也是春秋时期外交赋诗的经典案例。此次会面之前，郑国因为私下与楚国结盟，招致晋国不满，以至晋国联合诸侯伐郑，郑国面临严重外交危机。鲁文公出使晋国，归来途中经过郑国，与郑穆公君臣相遇。郑国君臣想让与晋国关系较好的鲁国从中斡旋，能够再次与晋

① 孔颖达：《毛诗注疏》，上海：上海古籍出版社，2013 年，第 893 页。
② 朱熹：《诗集传》，上海：上海古籍出版社，1980 年，第 113 页。

国结盟。双方会面之后，郑国大夫子家先赋了《鸿雁》一诗。《鸿雁》一般认为是"流民以鸿雁哀鸣自比而作此歌也"①，诗的首章这样写道："鸿雁于飞，肃肃其羽。之子于征，劬劳于野。爰及矜人，哀此鳏寡。"他还借诗中"之子于征，劬劳于野"一句，说明郑国人知道鲁君已经出使晋国一词，非常辛劳。但是郑国人就如流离失所的鸿雁，希望得到鲁君的哀怜，再为郑国效劳一次。子家此诗用得恰到好处，既说明了郑国人孤立无援的形势，又殷切地向鲁君提出请求。季文子明白了子家的意图，但却颇感为难，所以回答道："寡君未免于此"，意即我们鲁国也好不到哪里去啊！这明显是在推诿敷衍。季文子也赋《四月》作为回应。此诗《毛诗序》认为是"大夫刺幽王也。在位贪残，下国构祸，怨乱并兴焉。"季文子取诗的首章："四月维夏，六月徂暑。先祖匪人，胡宁忍予"，意在向郑国君臣说明鲁君这次出使晋国已奔走两月，现急于回国祭祖，实在不愿再往晋国。面对季文子的这一拒绝的态度，子家不依不饶，又赋了《载驰》的第四章。此诗是春秋时著名女诗人许穆夫人吊唁祖国卫国危亡时所作。诗歌的第四章是这样写的："我行其野，芃芃其麦。控于大邦，谁因谁极？"子家这时是借用"控于大邦，谁因谁极"这两句，再次表示希望能通过鲁国的援引，能够与大邦晋国修好。面对郑国君臣如此这般的苦苦哀求，季文子实在无法推辞，所以赋了《采薇》的第四章作为回应。《采薇》是一首著名的征役诗，诗的第四章中这样写："彼尔维何？维常之华。彼路斯何？君子之车。戎车既驾，四牡业业。岂敢定居？一月三捷。"季文子这时借用"岂敢定居？一月三捷"两句，既答应郑国君臣的请求，但却也抱怨鲁君和自己不得安居，不停地奔波劳碌。季文子的这一回应态度颇为有趣，答应别人请求的同时却又满腹牢骚，实在有撒娇的嫌疑。这一次郑、鲁两国外交活动，也可以使我们更为明白地看到，赋诗在其中起着一种非常重要的外交折冲的作用。

其次，赋诗在春秋时期贵族的私人交际活动中，也是一种非常有效的沟通工具。前文已提到过，赋诗不仅仅是在外交场合进行，某些贵族的私人交往中，有时也会赋诗，这时它也是一种很好的表意工具。如《左传·襄公二十年》记载：

> 冬，季武子如宋，报向戌之聘也，褚师段逆之以受享。赋《常棣》之七章以

① 朱熹：《诗集传》，上海：上海古籍出版社，1980 年，第 119 页。

卒。宋人重贿之。归,复命,公享之。赋《鱼丽》之卒章。公赋《南山有台》。武子去所,曰:"臣不堪也。"

鲁国大夫季武子出使宋国,在宴会上赋《常棣》第七章,用"妻子好合,如鼓瑟琴。兄弟既翕,和乐且湛"四句诗,期盼鲁、宋两国如兄弟般和睦相处。他回国后,鲁昭公设宴慰劳他,君臣又即席赋诗。季武子所赋的是《鱼丽》的最后一章:"物其有矣,维其时矣!"《鱼丽》是一首宴会宾客的诗,诗的最后两句是赞美食物很丰盛,供应也很及时。季武子赋这两句诗,是在一个"时"字上着眼,称赞鲁襄公派遣自己出使宋国很及时,很好地协调了和宋国的关系。鲁襄公则以一首《南山有台》来回应他。《南山有台》据说主题是"乐得贤",诗的第一章这样写:"南山有台,北山有莱。乐只君子,邦家之基。乐只君子,万寿无期。"鲁襄公赋此诗,是要称赞季武子是"邦家之基"。季武子是鲁国"三桓"之一季孙氏家族的首领,称之为"邦家之基",应该说是十分贴切的。季武子明白襄公的意图,所以才马上离开座位,表示谦让。君臣的这一番对答很得体的,同时也增进了君臣两人的关系,是一次很成功的赋诗活动。

不过有时赋诗也会成为贵族之间相互劝谏或嘲讽的工具。将赋诗用作劝谏工具,在《左传》中有两三处。如《左传·文公七年》记载:

己丑,先蔑奔秦,士会从之。先蔑之使也,荀林父止之,曰:"夫人、大子犹在,而外求君,此必不行。子以疾辞,若何?不然,将及。摄卿以往可也,何必子?同官为寮,吾尝同寮,敢不尽心乎。"弗听。为赋《板》之三章,又弗听。及亡,荀伯尽送其帑及其器用财贿于秦,曰:"为同寮故也。"

晋襄公去世之后,晋国的大臣赵盾、先蔑等人商定立身在秦国的公子雍为君。先蔑等人接公子雍回国后,赵盾却又临时变卦,改立公子夷皋为君,并偷袭护送公子雍的秦军,在令狐之战将他们打败。如此一来,主张接回公子雍的先蔑、士会等人也无颜留在晋国,只好逃亡秦国。在先蔑前往秦国迎接公子雍时,他的同僚荀林父曾再三劝阻,上文记述的正是此事。荀林父先分析晋国政局,指出先蔑的举动不可能成功。先蔑拒绝他的建议后,他又赋《大雅·板》的第三章进行讽喻。《大雅·板》一般认为主题是讽刺周厉王的暴虐无道,诗的第三章这样写:"我虽异事,及尔同僚,我即尔谋,听我嚣嚣。我言维服,勿以为笑,先民有言,询于刍荛。"

荀林父借用诗歌的这一章，向先蔑说明：作为你的同僚，你不要嫌弃我的忠言。古人有言，即使贱民樵夫的话也不可轻视，更何况是我啊！荀林父的谏言可谓循循善诱，但是先蔑却仍然一意孤行，最终只能逃亡异国。又如《左传・襄公二十九年》记载：

> 公还，及方城。季武子取卞。使公冶问，玺书追而与之，曰："闻守卞者将叛，臣帅徒以讨之，既得之矣，敢告。"公冶致使而退，及舍，而后闻取卞。公曰："欲之而言叛，祇见疏也。"公谓公冶曰："吾可以入乎？"对曰："君实有国，谁敢违君？"公与公冶冕服。固辞，强之而后受。公欲无入，荣成伯赋《式微》，乃归。

鲁襄公出使楚国，归来途中接到报告，得知执政季武子专横跋扈，趁自己不在而擅取卞邑，扩张势力。襄公十分愤怒，却又无可奈何，所以不想回国。这时，大夫荣成伯赋《式微》，借诗中"式微，式微！胡不归"几句，劝谏君主尽快回国。襄公这才回心转意，回到鲁国。有时赋诗也可以用作嘲弄、讽刺的工具。如《左传・襄公十四年》记载：

> 卫献公戒孙文子、宁惠子食，皆服而朝。日旰不召，而射鸿于囿，二子从之，不释皮冠而与之言。二子怒。孙文子如戚，孙蒯入使。公饮之酒，使大师歌《巧言》之卒章。大师辞，师曹请为之。初，公有嬖妾，使师曹诲之琴。师曹鞭之。公怒，鞭师曹三百。故师曹欲歌之，以怒孙子，以报公。公使歌之，遂诵之。

卫国的卫献公与孙文子君臣相互猜忌，积怨日深。卫献公在宴会命乐工歌《巧言》的最后一章来讽刺孙文子。《巧言》一首"大夫伤于馋"而作的诗，诗的最后一章是这样写的："彼何人斯？居河之麋。无拳无勇，职为乱阶。既微且尰，尔勇伊何？为犹将多，尔居徒几何？"卫献公是要借这几句讽刺居住河边的孙文子将会作乱。卫献公的这一做法最终激怒了孙文子，孙文子果然起兵作乱，将卫献公赶出了卫国。

特别值得一提的是，春秋时期的某些贵族女性，也有很高的文化修养，能够很好地参与赋诗活动。《左传》《国语》中记录的三十四次赋诗中，其中两次有女性的参与。如《左传・成公九年》记载了鲁国夫人穆姜赋诗之事：

> 夏,季文子如宋致女,复命,公享之。赋《韩奕》之五章。穆姜出于房,再拜。曰:"大夫勤辱,不忘先君,以及嗣君,施及未亡人,先君犹有望也。敢拜大夫之重勤。"又赋《绿衣》之卒章而入。

文中的女性穆姜,是鲁宣公夫人,鲁成公之母,她的女儿伯姬嫁到了宋国。鲁国大夫季文子到宋国慰问伯姬,归国后鲁成公设宴款待他,季文子在宴会上赋了《韩奕》的第五章。《韩奕》是一首赞美韩侯的诗,诗歌第五章这样写道:"蹶父孔武,靡国不到。为韩姞相攸,莫如韩乐。孔乐韩土,川泽訏訏,魴鱮甫甫,麀鹿噳噳,有熊有罴,有猫有虎。庆既令居,韩姞燕誉。"这一章写韩侯娶妻后,其妻韩姞对物产丰富的韩国很满意,心情很愉悦。季文子借诗歌的这一章,告知鲁成公伯姬在宋国婚姻美满、生活幸福。按照周代的礼仪,君臣宴会时,女性是不能参与的,所以即使是身为国君母亲的穆姜,也只能藏于房后听取季文子汇报。得知伯姬在宋国的情况后,穆姜才从房后走出,拜谢季文子的辛劳,并赋《绿衣》最后一章而退。关于《邶风·绿衣》的主题,《毛诗序》认为是"卫庄姜伤己也。妾上僭,夫人失位,而作是诗也"①,现代大多数学者则认为它是一首悼亡诗。诗的最后一章是这样写的:"絺兮綌兮,凄其以风。我思古人,实获我心!"穆姜此时是借用诗中"我思古人,实获我心"两句,称赞季文子这位元老重臣,能够很好地完成自己的使命。穆姜用此诗来赞美季文子,十分巧妙而得体,也足见她对赋诗技巧的掌握绝不亚于任何贵族男性。

《国语》中也记载了另一位女性敬姜赋诗之事:"公父文伯之母欲室文伯,飨其宗老,而为赋《绿衣》之三章。"②公父文伯是鲁国的一位贵族,他的父亲早逝,母亲敬姜抚养他长大。他成人后,敬姜准备为他娶妻。但是,结婚在贵族家庭中是件大事,敬姜作为女性不方便抛头露面操持此事,所以她决定把此事交给家族中的元老家臣。敬姜设宴招待宗老,在酒席之上赋《绿衣》三章。有趣的是,上文中穆姜所赋就是《绿衣》一诗,不过前者所赋的是诗的最后一章,而敬姜用了第三章。诗歌的第三章是这样的:"绿兮丝兮,女所治兮。我思古人,俾无訧兮。"敬姜借用此诗中"我思古人,俾无訧兮",是要向宗老表示,我相信各位宗老,能够无差错的

---

① 孔颖达:《毛诗注疏》,上海:上海古籍出版社,2013年,第159页。

② 徐元诰:《国语集解》,北京:中华书局,2002年,第200页。

办好此事。同样的一首诗，经过这两位贵族女性巧妙地运用，却能表达出不同的含义。赋诗活动的魅力，在此有了充分的展示。而贵族女性都能娴熟地赋诗表意，也足以说明这一活动在春秋时代是非常流行的。

第三，赋诗活动还有一种特殊的功能，就是通过这一活动来观察赋诗者本人的志向、品行，并进一步预测此人的命运。孔子对诗的功能有这样的看法："小子，何莫学夫《诗》?《诗》可以兴，可以观，可以群，可以怨；迩之事父，远之事君；多识于鸟兽草木之名。"①孔子所说的"观"，就是通过赋诗，来观察他人的心志。《左传》中记载三十多次赋诗中，以观志为主要目的的，有两次。第一次襄公二十七年是赵武出访郑国时与郑国贵族伯有、子展等七人进行的赋诗活动。第二次是昭公十六年韩宣子聘问郑国时与子产、子太叔等六人举行的赋诗。这两次赋诗，参与人数众多，比较生动地描绘了春秋赋诗活动的具体细节，历来很受研究者重视。这里以襄公二十七年的赋诗为例，探讨一下这一时代到底如何赋诗观志。《左传》中对这次赋诗活动是这样记载的：

郑伯享赵孟于垂陇，子展、伯有、子西、子产、子大叔、二子石从。赵孟曰："七子从君，以宠武也。请皆赋，以卒君贶，武亦以观七子之志。"子展赋《草虫》。赵孟曰："善哉，民之主也，抑武也，不足以当之。"伯有赋《鹑之贲贲》。赵孟曰："床笫之言不逾阈，况在野乎？非使人之所得闻也。"子西赋《黍苗》之四章。赵孟曰："寡君在，武何能焉？"子产赋《隰桑》。赵孟曰："武请受其卒章。"子大叔赋《野有蔓草》。赵孟曰："吾子之惠也。"印段赋《蟋蟀》。赵孟曰："善哉，保家之主也，吾有望矣。"公孙段赋《桑扈》。赵孟曰："'匪交匪敖'，福将焉往？若保是言也，欲辞福禄，得乎？"卒享，文子告叔向曰："伯有将为戮矣。诗以言志，志诬其上，而公怨之，以为宾荣，其能久乎？幸而后亡。"叔向曰："然，已侈，所谓不及五稔者，夫子之谓矣。"文子曰："其余皆数世之主也。子展其后亡者也，在上不忘降。印氏其次也，乐而不荒。乐以安民，不淫以使之，后亡，不亦可乎？"

文中的赵孟，就是春秋后期晋国杰出的政治家赵武。晋国春秋中期以后一直是北方诸侯霸主，赵孟是晋国赵氏一族的族长，又是晋国执政，地位非常显赫。襄

① 刘宝楠：《论语正义》，北京：中华书局，2002 年，第 689 页。

公二十七年，赵武在宋国参与了诸侯的弭兵之盟，回国途中经过郑国。郑简公君臣设宴款待赵武，双方在宴会上举行了这次赋诗活动。赵武邀请郑国贵族赋诗的目的，大约一是要考察一下郑国对晋国的态度。郑国介于晋楚两国之间，时而投晋，时而投楚，依违其间，捉摸不定。所以赵武要借机了解晋、郑关系情况。其二，在场的郑国贵族子展、伯有等七人，都是郑穆公的后人，合称“七穆”。这七大家族地位崇高，掌控着郑国的政局。赵武也想借赋诗活动，观察一下这七人的人品、能力，进而了解郑国政局动向。七人中第一个赋诗是子展。子展虽然是郑国的执政，但是他为人十分开明、谦和。他所赋的诗是《召南·草虫》，诗的首章是这样的：“喓喓草虫，趯趯阜螽；未见君子，忧心忡忡。亦既见止，亦既觏止，我心则降。”此诗一般认为是一首反映思妇情感的作品，子展借此诗将赵武比作君子，表示见到赵武后，愿对晋国真心臣服。伯有在郑国地位、权势仅次于子展。他所赋的诗是《鄘风·鹑之贲贲》，此诗一般认为讽刺卫宣姜和公子顽淫乱的作品。诗的首章如下：“鹑之奔奔，鹊之彊彊。人之无良，我以为兄。”伯有为人骄奢淫逸、嚣张跋扈，与郑国国君及大夫们矛盾冲突不断，所以他欲借诗中“人之无良，我以为兄”以泄愤，表示自己对郑君及大夫们的不满。他所赋的诗，是一首涉及淫乱行径的作品，这种作品在外交场合吟诵，已很不妥当。同时，他又想以此诗在外人攻击自己的君主和同僚，这种行为更是令人不齿。赵武当然明白他的意图，当着郑国君臣的面，毕竟不好揭穿，所以他才避重就轻地回应了一句“床笫之言不逾阈，况在野乎”。子西赋《黍苗》第四章，是要借诗中“肃肃谢功，召伯营之。烈烈征师，召伯成之”四句，将赵武比作召伯，赞美他在弭兵之盟中的功劳。子产和子太叔都是春秋后期非常杰出的政治家，但他们此时还比较年轻，资历较浅，所以赋诗时只能排到第四和第五。他赋了一首《隰桑》，以诗中“既见君子，其乐如何”一句，表示愿尽心侍奉晋国。子太叔则赋了一首《野有蔓草》，取诗中“邂逅相遇，适我愿兮”两句，表示自己与赵武初次见面，深感荣幸。印段和公孙段两人的字都是子石，所以文中称二人是“二子石”。印段为人谦恭谨慎，所赋的诗也很有特点。他赋的是《唐风·蟋蟀》，取诗中“无已大康，职思其居。好乐无荒，良士瞿瞿”四句，勉励正沉酣于酒宴中的赵武要谨慎戒惧、深谋远虑。公孙段赋的是《小雅·桑扈》，其意在取诗中“君子乐胥，受天之祜”两句，赞美赵武威仪风度过人，受到上天护佑。这次赋诗活动的目的是“观志”，从宴会结束后赵武与叔向两人的谈话来看，它确实很好地起到了作用。从七人在赋诗活动中的表现，赵武对七人的人品、志向作出了评论，并对他们的命运作了预测。他首先批评了伯有，认为他“志诬其上”，不会有好下场。他最欣赏的是子展和印段，认为子展身居高位却谦恭礼让，印段享乐时懂得节制，家族命运会比较长久。从赵武的评论我们可以看出，他论定这些贵族人品、命运时，违礼者受谴责诅咒、知礼者受赞美祝福，“礼”是他作出这些判断的唯一准绳。春秋时期的这种赋诗观志活动背后，隐藏着其实还是一种对礼乐文化的极度崇尚。

总之，春秋时期的赋诗活动，并非是一种单纯的文学活动，它有着明确的功利、现实的社会功能。以孔子所总结的“《诗》可以兴，可以观，可以群，可以怨”来说，春秋时期的赋诗真可以说做到了“兴观群怨”。贵族们通过赋诗活动来抒发情感，来观察他人志向，来进行外交折冲和人际交往，来怨刺不平之事，这称之为“兴观群怨”，又有何不可？

四、赋诗活动的贵族文化内涵

春秋时期的赋诗活动，是一种带有明显贵族文化色彩的文艺活动。周代的贵族文化，经过了数百年的积淀之后，到春秋中期时，已经变得极为精致、细腻。这种精致细腻的贵族文化结出果实之一，就是春秋时代的高雅的赋诗活动。这种赋诗活动对参与者的学识、才艺、风度、应变能力等各方面，都是一种极大的考验。所以，也只有自幼接受礼乐教育、熟读诗书的贵族们，才能比较好的运用赋诗的技巧，完成赋诗活动。正因为赋诗是一种贵族们的专利品，所以我们必须从贵族文化的视角审视它，才能明白赋诗的文化内涵。

首先，赋诗活动是周代礼乐文化的一部分，由礼乐文化发展演变而来。周代的文化中“礼”和“乐”并称，“乐”在社会生活中也占据着极为重要的地位。周人认为音乐有着重要的政治和宗教功能，“以礼乐合天地之化，百物之产，以事鬼神，以谐万民，以致百物。①”所以周人在乡饮酒礼、燕礼、射礼、朝聘等重要的活动场合，都要演奏音乐。如《仪礼·燕礼》所记载，宴会过程中所演奏的有《鹿鸣》《四牡》《皇皇者华》等十几支歌曲。周代的贵族教育也特别重视音乐、舞蹈方面修为

① 《周礼正义·春官·大宗伯》，见贾公彦：《周礼注疏》，北京：北京大学出版社，2000年，第565页。

的培养。如《礼记·内则》这样记载贵族子弟的教育:“十有三年,学乐,诵诗,舞《勺》。成童,舞《象》,学射、御。二十而冠,始学礼,可以衣裘帛,舞《大夏》,惇行孝弟,博学不教,内而不出。”从这段文字也可以看出,音乐教育在贵族子弟们的成长过程中,起着至关重要的作用。春秋时代的贵族们在外交或宴会场合,常常要观乐或者歌诗。如《左传·襄公四年》记载:

> 穆叔如晋,报知武子之聘也。晋侯享之,金奏《肆夏》之三,不拜。工歌《文王》之三,又不拜。歌《鹿鸣》之三,三拜。韩献子使行人子员问之,曰:“子以君命辱于敝邑,先君之礼,藉之以乐,以辱吾子,吾子舍其大,而重拜其细,敢问何礼也?”对曰:“《三夏》,天子所以享元侯也,使臣弗敢与闻。《文王》,两君相见之乐也,使臣不敢及。《鹿鸣》,君所以嘉寡君也,敢不拜嘉?《四牡》,君所以劳使臣也,敢不重拜?《皇皇者华》,君教使臣曰:‘必咨于周。’臣闻之,‘访问于善为咨,咨亲为询,咨礼为度,咨事为诹,咨难为谋。’臣获五善,敢不重拜?”

此处所记述的观乐活动,是外交聘问活动的一个环节,主人用赋诗加配乐的形式款待外宾。不过,所演奏的配乐之诗,必须符合使者的身份,否则就是僭越礼制。晋国人一时疏忽,演奏了不合礼法的乐曲,被叔孙豹指出。又如《左传·襄公十七年》所载:“晋侯与诸侯宴于温,使诸大夫舞,曰:‘歌诗必类。’齐高厚之诗不类。荀偃怒,且曰:‘诸侯有异志矣。’使诸大夫盟高厚,高厚逃归。”在这次诸侯外交宴会上,晋平公要请贵族们舞蹈并歌诗,他所提出的“歌诗必类”的要求,应该是当时通行的一个基本原则。周代是个等级森严的社会,一言一行不能有逾越礼制之处。所谓的“歌诗必类”,就是所跳之舞、所歌之诗,必须与个人的身份、志向相合。这里齐国的大夫高厚显然是在起舞歌诗时行为不当,激怒了晋平公君臣。从上述事例我们可以看出,春秋时期的各种音乐、舞蹈和歌诗活动,在春秋时期的贵族阶层中是普遍流行的。这些活动有时甚至是乐、舞、诗三者一体的,正如《墨子》中所说:“诵诗三百,弦诗三百,歌诗三百,舞诗三百。”①春秋时期的赋诗活动的出现,并非是偶然的,它是与那一时代中歌诗、舞诗等活动有着密切联系,并在这些活动的基础上发展演变而来。

---

① 孙诒让:《墨子间诂》,北京:中华书局,2001年,第456页。

其次,赋诗活动是一种贵族式的交际活动,它是一种贵族身份的展现。周代社会是一种类似于金字塔式的等级社会,贵族们身处社会的顶端。他们除了占据主要政治、经济资源外,还要通过各种各样的文化活动来包装自己,使得他们的高贵身份更加得以凸显,同时也造成了他们在精神层面的一种优越感。本来,在春秋中期之前,周代的诗歌创作活动,普遍的流行于社会各阶层中。贵族们固然创作了大量的有关祭祀、宴会等贵族生活的诗篇,但民间的歌谣创作也十分的活跃,《国风》中大量民歌都出自下层民众之手。但是,春秋中期以后的赋诗活动,却只是贵族们的专利品,下层民众无从置喙。因为赋诗活动有很大的难度,要求赋诗者必须有很高的教育程度、文化修养,而这些正是普罗大众所缺乏的。从赋诗的操作方式来看,它与后世的射覆或猜谜很有一些相似之处。如《红楼梦》的第六十二回中,记叙贵族家庭中的青年男女宝玉、黛玉、探春等人在酒宴之上玩了之中极为文雅的“射覆”的酒令。“射覆”是由“覆”者与“射”者共同完成的,“覆”者用诗文、成语或典故隐喻身边的某一事物,而“射”者猜中之后,也以隐藏改事物诗文、典故等揭开谜底。如书中所载,探春看到酒席之上的一盘鸡,便说了一个“人”字,后来又说了一个“窗”字,暗用了出自《周礼·春官》的“鸡人”和出自《幽明录》的“鸡窗”的典故,让其他人来猜。宝钗猜中了她所指物件,则对以一个“埘”字,暗以《诗经·王风·君子于役》中“鸡栖于埘”一句以对①。这样一种酒令,极为文雅,需要有很高的文化修养才能参与,若是刘姥姥这样的人在场,她是一句也听不懂的。这样一种文字游戏,其操作方法与赋诗大有相近之处。又如《左传·昭公三年》记载:“郑伯如楚,子产相。楚子享之,赋《吉日》。既享,子产乃具田备,王以田江南之梦。”楚灵王所吟诵的《吉日》一诗,出自《小雅》,此诗《毛诗序》解释说:“美宣王田也”②,即是写周宣王出猎的诗。楚王在宴会上吟诵此诗,子产即揣知他的意图,知道楚王欲邀请卫简公狩猎,所以马上就开始准备打猎需用的道具。春秋时期的赋诗和《红楼梦》中的射覆,都是有地位、有身份、有文化的人为展示其

---

① 曹雪芹:《红楼梦》,北京:人民文学出版社,2005年,第851页。“鸡人”见:《周礼·春官·鸡人》:“鸡人掌共鸡牲,辨其物。大祭祀,夜呼旦以叫百官。凡国之大宾客、会同、军旅、丧纪,亦如之。凡国事为期,则告之时。凡祭祀,面禳衅,共其鸡牲。”“鸡窗”见《幽明录》:晋兖州刺史沛国宋处宗尝买得一长鸣鸡,爱养甚至,恒笼著窗间。鸡遂作人语,与处宗谈论,极有言智,日不辍。处宗因此言巧大进。”

② 孔颖达:《毛诗注疏》,上海:上海古籍出版社,2013年,第936页。

修养、风度才举行的活动。只不过射覆更多的是一种非正式的游戏,而春秋时代的赋诗则有在外交场合上有很强实用功能。

更重要的是,春秋时代的赋诗活动,也是贵族士大夫们渊博学识、优雅风度的充分展示。春秋时期的不少贵族,从小受到了良好的教育,在知识修为、风度修养上,都有很高的造诣,赋诗活动正是他们展现这些东西的很好的舞台。赋诗活动对贵族们的学识和应变能力,是一个极大的考验。参与赋诗活动的人,要在音乐、舞蹈和诗歌方面都有很高的造诣。单拿诗歌来说,他要能背诵三百余首诗歌,对每首诗的每一章每一句都很烂熟于胸,还要知道作品的来历及思想内容。同时,他们还要熟悉周代的各种礼乐文化制度,以备不时之需。如《左传·文公四年》所载:

> 卫宁武子来聘,公与之宴,为赋《湛露》及《彤弓》。不辞,又不答赋。使行人私焉。对曰:"臣以为肄业及之也。昔诸侯朝正于王,王宴乐之。于是乎赋《湛露》,则天子当阳,诸侯用命也。诸侯敌王所忾,而献其功,王于是乎赐之彤弓一、彤矢百、玈弓矢千,以觉报宴。今陪臣来继旧好,君辱贶之,其敢干大礼以自取戾?"

文中的宁武子就是卫国著名政治家宁俞。他是一个硕学贵族,在与鲁国人宴会时,指出了鲁国人赋诗的不当之处。从他的回答我们可以看出,他不论是对《诗》还有对周代的典章礼制,都极为熟稔。而且,他自己透露这些知识,都是"肄业及之",说明他是受到过良好的教育。拥有如此广博的知识造诣,已经是令人惊叹了,但是这还似乎还不够。贵族在赋诗过程中还必须有过人的应变能力,以便在赋诗过程中察知他人意图,并搜肠刮肚寻找合适的诗篇或合适的话来应对他人,以免出乖露丑。如《左传·襄公八年》记载:

> 晋范宣子来聘,且拜公之辱,告将用师于郑。公享之,宣子赋《摽有梅》。季武子曰:"谁敢哉。今譬于草木,寡君在君,君之臭味也。欢以承命,何时之有?"武子赋《角弓》。宾将出,武子赋《彤弓》。宣子曰:"城濮之役,我先君文公献功于衡雍,受《彤弓》于襄王,以为子孙藏。匄也,先君守官之嗣也,敢不承命?"君子以为知礼。

晋国的执政范宣子出访鲁国,邀请鲁国出兵攻打郑国。范宣子在宴会上赋了

《摽有梅》一诗，来暗示自己的意图。《召南·摽有梅》是写一位姑娘对爱情的渴望，以大胆而热烈著称。要想透过此诗明白范宣子的心意，实在不是易事。但鲁国执政季武子还是懂得了，他知道范宣子想借“求我庶士，迨其吉兮”两句催促鲁国尽快出兵，也有几分埋怨鲁国消极怠工之意。所以，季武子马上向他谢罪，表示不敢不及时出兵，并且回复了《角弓》一首。季武子显然是想借诗中“兄弟婚姻，无胥远矣”两句，希望两国能关系和睦。客人将离开时，季武子又及时地赋了一篇《彤弓》来讨好。范宣子当然知道这诗主题是“天子锡有功诸侯”①的，也明白季武子是要祝愿晋悼公继承晋文公霸业，所以也向武子表示谢意。双方的这一番赋诗对答表面看十分和谐，实则彼此暗藏心机，应对稍有差池后果是很严重的。正因为赋诗活动对贵族们的综合素养有着极高的要求，所以并不是每个贵族都能很好地参与其中。如僖公二十三年，公子重耳流亡秦国，秦穆公邀请重耳出席宴会时，才干出众、足智多谋的舅犯却不敢出面，举荐赵衰代替自己。因为他知道自己文化修养不足，无法参与赋诗活动。像庆封那样不学无术之人，无法完成赋诗活动，自然招致了严厉的批评。又如《左传·昭公十二年》所记：“夏，宋华定来聘，通嗣君也。享之，为赋《蓼萧》，弗知，又不答赋。昭子曰：‘必亡，宴语之不怀，宠光之不宣，令德之不知，同福之不受，将何以在？’”宋国的这位大夫华定，也因为不能完成赋诗而被叔孙昭子预言“必亡”。

春秋时期的贵族在言行举止上，追求一种优雅从容、文质彬彬的风度。赋诗活动将语言交际艺术化，充满一种含蓄美，正好是这种风度最佳的体现。正如何怀宏所说：“赋诗既是一种讲究身份的交往活动，同时又是一种讲究形式和韵味的艺术活动。”②赋诗活动是一种交际手段，是有功利、现实目的的。但在整个活动中不管参与者目的为何，即使是激烈的外交折冲，他们也必须在风度上做到从容不迫而合乎礼节。如《左传·襄公二十六年》记载：

> 秋七月，齐侯、郑伯为卫侯故如晋，晋侯兼享之。晋侯赋《嘉乐》。国景子相齐侯，赋《蓼萧》。子展相郑伯，赋《缁衣》。叔向命晋侯拜二君，曰：“寡君敢拜齐君之安我先君之宗祧也，敢拜郑君之不贰也。”国子使晏平仲私于叔

① 孔颖达：《毛诗注疏》，上海：上海古籍出版社，2013 年，第 888 页。

② 何怀宏：《世袭社会——西周至春秋社会形态研究》，北京：北京大学出版社，2011 年，第 133 页。

向，曰："晋君宣其明德于诸侯，恤其患而补其阙，正其违而治其烦，所以为盟主也，今为臣执君，若之何？"叔向告赵文子，文子以告晋侯。晋侯言卫侯之罪，使叔向告二君。国子赋《辔之柔矣》，子展赋《将仲子兮》，晋侯乃许归卫侯。

卫国发生内乱，卫献公被晋国扣押，危急之时齐侯和郑侯赶来救援。郑侯和齐侯着急要救人，晋侯却又不想放人，宴会之上双方争持不下，却又不失风度礼节。晋侯先赋《大雅·嘉乐》，赞美郑侯和齐侯是"嘉乐君子，显显令德。宜民宜人，受禄于天"。齐国大夫国景子赋《蓼萧》，借诗中"既见君子，孔燕岂弟，宜兄宜弟"几句，劝晋侯念在晋、郑是兄弟之国的情分上放了卫君。郑国大夫子展也赋《缁衣》，取诗中"适子之馆兮，还，予授子之粲兮"几句，希望晋侯念在齐侯、郑侯亲来，答应他们的请求。但是，晋侯还是不想放人。晋国大夫叔向故意错解诗意，取《蓼萧》一诗"既见君子，我心写兮。燕笑语兮，是以有誉处兮"四句，认为齐侯是要赞美晋侯有声誉、君位稳固且宗庙安定，因此命晋君拜谢两君。无奈之下，国景子和子展通过与叔向的私人关系，再次《赋诗》向晋君请求。经过了这样两番执着的努力之后，卫侯才被放还。在整个事件中，赋诗把外交活动文明化、艺术化了，双方能够不需要唇枪舌剑的激烈争斗，就达到了最终的目的，这是后世人难以想象的。

贵族们的这种优雅从容的气度，在他们赋诗观志时表现得更为明显。因为这种赋诗观志，相对而言，是人与人在精神层面的交流沟通，更有一种艺术美感。春秋时期的赋诗观志活动，有两次最为有名。一次是襄公二十七年，赵武与郑国的子展、伯有等七人赋诗，前文已提到。另外一次则是昭公十六年，韩宣子与子产等六人的赋诗，关于这次活动，《左传》中这样记载：

夏四月，郑六卿饯宣子于郊。宣子曰："二三君子请皆赋，起亦以知郑志。"子齹赋《野有蔓草》。宣子曰："孺子善哉，吾有望矣。"子产赋郑之《羔裘》。宣子曰："起不堪也。"子大叔赋《褰裳》。宣子曰："起在此，敢勤子至于他人乎？"子大叔拜。宣子曰："善哉，子之言是。不有是事，其能终乎？"子游赋《风雨》，子旗赋《有女同车》，子柳赋《萚兮》。宣子喜曰："郑其庶乎，二三君子以君命贶起，赋不出郑志，皆昵燕好也，二三君子数世之主也，可以无惧矣。"宣子皆献马焉，而赋《我将》。子产拜，使五卿拜，曰："吾子靖乱，敢不拜德？"

韩宣子是春秋后期晋国著名政治家，出身韩氏一族，是晋国执政。昭公十六年，出访郑国，聘问结束后，郑侯设宴为韩宣子饯行，双方在宴会举行了赋诗活动。参与赋诗的郑国六大夫，都出自郑国“七穆”家族，左右着郑国朝局。“七穆”中的伯有一族，因为骄奢专横，在郑国国内作乱，已被郑国人灭族，所以现在仅剩六家。韩宣子邀请六人赋诗，目的是察看他们的志向并判断郑国政局动向。总体来看，郑国六大夫都是郑国精英，所赋之诗也都十分得体。第一个赋诗的是子齹，他是子皮的儿子，出身罕氏一族。他的父亲曾任郑国执政，刚刚去世。虽然他很年轻，但他父亲在郑国威望极高，他的家族十分显赫，所以他第一个赋诗。他赋的是《野有蔓草》，意取“邂逅相遇，适我愿兮”二句，表示初见贵宾，深感荣幸。诗用得很得体，符合他的身份。第二个赋诗的是时任执政的子产，他所赋的是《郑风·羔裘》。子产意欲借此诗中“彼其之子，邦之彦兮”二句，赞美客人是国家之杰出人才。子太叔则赋《褰裳》一首，意在取诗中“子不我思，岂无他人”两句，暗示宣子要善待郑国，否则我们将另投他人。子游赋《风雨》，以“既见君子，云胡不夷”二句，表示见到宣子，郑国就心安了。子旗赋《有女同车》，取诗中“洵美且都”一句，赞叹客人的仪表风度。子柳赋《萚兮》，取“倡予和女”一句，表示宣子提倡在先，自己在后应和。六人赋诗结束后，韩宣子又赋《我将》一首，取诗中“我其夙夜，畏天之威，于时保之”几句，表示要畏惧天威，平定天下。与上次赵武在郑国的赋诗相比，这次活动明显宾主之间要和睦融洽许多。而且，有趣的是，郑国的六大夫所赋的是，都出自《郑风》，这显然是他们有意为之，借以凸显郑国文化风俗。

风行了两百多年的赋诗活动，到春秋末期的时候，逐渐沉寂下来了。清代学者顾炎武即指出：“春秋时犹宴会赋诗，而七国则不闻矣。”①赋诗活动的衰落，一是因为春秋末期整个贵族阶层都没落了，礼乐制度也崩坏了，这种一种衍生自礼乐文化的文艺活动自然也就成了无根之草木。同时，赋诗活动也不适合于春秋战国之际的动乱时代。战国时代是一个功利主义为主导的社会，说话、办事看重的效率、效果，赋诗这样的活动类似于猜谜，猜来猜去岂不耽误工夫？赋诗活动虽然衰落了，但是这样一种优雅从容、充满机变智慧的文艺活动，却留给了后世无尽的遐想与追思。

① 顾炎武著、黄汝成集释：《日知录集释》，上海：上海古籍出版社，2006年，第749页。

第四章

春秋贵族外交与辞令艺术

春秋时期的外交辞令,语言艺术高超,一向深受后世学者的推崇。唐代学者刘知几认为:“周监二代,郁郁乎文。大夫行人,尤重词命,语微婉而多切,言流靡而不淫,若《春秋》载吕相绝齐,子产献捷,臧孙谏君纳鼎,魏绛对戮杨干是也。”①明代学者王鏊也说:“《左传》载二百四十二年列国诸侯征伐会盟,朝聘宴享,名卿大夫,往来辞命,其文盖烂然焉。”②外交辞令在春秋时期取得这样巨大的成就,并非偶然。这一时代诸侯割据争霸,各国之间的外交活动日益频繁,为外交辞令的产生提供了社会环境。而文化修养出众的贵族阶层对语言、辞令的钟爱,以及他们孜孜不倦的努力创造,又为它的出现提供了主观条件。如此看来,将春秋时期的外交辞令称之为贵族文化的产物,也并不为过。

第一节　春秋时期外交形势与外交制度、礼仪

春秋时期的外交辞令,诞生于那一时代的特殊社会环境中,又与周代的外交制度、外交礼仪有着密切的关系。东周初期,周天子威权崩溃之后,出现了一种诸侯争霸的局面。各诸侯在武力冲突不断的同时,国与国之间的会盟、聘问活动也随之活跃起来。此时国与国之间的关系,事关国家前途命运,因而各国都十分重

---

① 浦起龙:《史通通释》,上海:上海古籍出版社,1982 年,第 149 页。

② 王鏊:《震泽集》卷十三,见《影印文渊阁四库全书》,台北:商务印书馆,1983 年,第 1256 册,第 274 页。

视外交活动。春秋时期的外交制度和外交礼仪，延续了西周以来的传统，却也有了一些新的变化。要弄清楚外交辞令的来源，就不得不先从春秋时代的外交形势与行人制度、聘问礼仪等谈起。

一、春秋时期的外交形势

西周时期，周天子有着强大的政治、军事、经济实力，所以当时的诸侯各国的外交，都是以周王室为中心而展开。《周礼》有云："朝、觐、宗、遇、会、同，君之礼也；存、頫、省、聘、问，臣之礼也。"①分封于各地的各诸侯国，都是周天子的臣子，都有朝觐天子的义务。至于各诸侯国之间，可以进行聘问活动，加强彼此之间的联系。但到了春秋时期，随着周王室的逐步衰落，各国之间的外交形势和外交活动的性质都发生了很大的变化。

春秋初期，天子威权丧失之后，各诸侯国之间的摩擦争斗日益加深。这时各诸侯国的实力大致较为均衡，暂时没有特别强大的邦国出现。中原地区的一些诸侯国，如郑、宋、卫、鲁、陈、蔡等，它们时而结盟，时而对抗，时而和谈，外交关系错综复杂。如隐公四年，卫、宋、陈、蔡等国就曾结盟进攻当时的强国郑国。隐公八年，在齐国的调停之下，郑、宋、卫等国又相互媾和。这样一种局面，持续了数十年之久。

春秋中期之后，各国之间的外交形势，又发生了极大的改变。这时，诸侯中一些强国如齐、晋、楚、秦等国，经过多年的兼并战争之后，实力日益壮大，逐步成为诸侯的霸主，这些霸主开始出面代替周天子号令诸侯。所以，这时各国的外交活动都围绕着霸主和争霸战争展开。最先在诸侯中称霸的是齐国的齐桓公。他打出了"尊王攘夷"的旗号，抗击山戎，救援邢、卫，联合诸侯讨伐楚国，成为中原霸主。公元前651年，他邀请诸侯在葵丘会盟，周天子也派使者参与，齐国的霸业达到了顶峰。齐桓公去世之后，齐国持续内乱，实力大损。这时，北方的强国晋国崛起，在著名霸主晋文公带领下，晋国在城濮之战中击败楚国。公元前632年，晋文公与诸侯邀请周天子在践土会盟，晋国正式成为诸侯霸主。但晋文公、晋襄公父子去世之后，国内动乱不断，晋国实力下降。南方的楚国开始崛起，一度在楚庄王

① 贾公彦：《周礼注疏》，北京：北京大学出版社，2000年，第1184页。

带领下击败晋国。楚庄王之后,形成了一种晋、楚两大国南北对峙的局面。介于两国之间的宋、鲁、卫、郑等,随着局势的变化,时而投向晋国,时而依附楚国,使得这一时期的外交局势变化激烈。

至春秋后期时,晋、楚两国均是内外危机重重、有心无力,处于两国之间的各小国也都在两国之间左右为难、苦不堪言,所以不少诸侯提出了休战的主张。公元前546年,在宋国大夫向戌的促成下,晋、楚两大国及宋、鲁、郑、卫等诸侯各国,在宋国举行了弭兵之盟。会盟之时,两大国达成协议,双方停止军事对抗,且双方的盟国要同样朝见晋、楚两国。弭兵之后,中原地区大体上保持了数十年的和平局面,诸侯各国之间的外交活动、文化交流也更为紧密了。到春秋末期时,东南地区的吴、越两国开始崛起,它们在挑战楚国南方霸主地位的同时,也加强了与中原各国的交往,并开始北上争霸。这时,楚国在吴、越两国挤压之下陷入衰落局面。而晋国内部纷争不断,韩、赵、魏等大家族架空了晋国国君的君权,逐步取而代之,使得晋国走向分裂。一个新的时代就在这样重重危机之下呼之欲出了。

春秋时期外交活动的形式主要有会盟、朝觐、聘问、联姻等几种。会盟是春秋时期最重要的外交活动之一。会盟本来是周天子主持的一种诸侯会同的政治活动。但到天子威权丧失后,会盟主要成了诸侯各国为了解决政治纠纷而进行的外交沟通活动。据《春秋》《左传》等史料的记载,春秋时期的会盟活动,多达246次。其中,许多会盟活动规模很大,如葵丘之盟、践土之盟、弭兵之盟等,当时的诸侯各国几乎都参与其中。

朝觐也是春秋时期的重要外交活动之一。朝觐在西周时,本来是各国诸侯朝觐周天子的政治仪式。《礼记》中说:“朝觐之礼,所以明君臣之义也。”①但是春秋时期周王室衰微之后,朝见天子的活动已不多见,诸侯各国之间却开始互相朝见。尤其是到了春秋中后期,一些小国为求自保,开始频繁地朝见霸主。如《左传·文公十七年》记载,诸侯在扈地会盟时,晋侯没有见到郑伯,就疑心他投靠了楚国。于是郑国执政子家就写信给晋国执政赵盾,历数郑国多年朝觐晋国的情况:

寡君即位三年,召蔡侯而与之事君。九月,蔡侯入于敝邑以行,敝邑以侯宣多之难,寡君是以不得与蔡侯偕。十一月,克减侯宣多而随蔡侯以朝于执

① 朱彬:《礼记训纂》:北京:中华书局,2007年,第738页。

事。十二年六月，归生佐寡君之嫡夷，以请陈侯于楚而朝诸君。十四年七月，寡君又朝，以蒇陈事。十五年五月，陈侯自敝邑往，朝于君。往年正月，烛之武往朝夷也。八月，寡君又往朝，以陈、蔡之密迩于楚而不敢贰焉，则敝邑之故也。虽敝邑之事君，何以不免？在位之中，一朝于襄，而再见于君。夷与孤之二三臣相及于绛，虽我小国，则蔑以过之矣。

这封书信，生动地向我们展现出小国朝见大国之频繁、处境之艰难。这些小国与大国建立起一种依附关系。它们在政治、军事有所行动的时候，要先向大国请示；大国新君继位及有各国喜庆活动时，它们要献上贺礼；大国对它们有所帮助时，它们要朝见拜谢。这些小国负担是极为沉重的，它们的境遇也是很悲惨的。

春秋时期的外交活动，除了会盟、朝觐之外，还有聘问、联姻等。春秋时代的聘问，一般是诸侯各国之间为了增进友好关系、派使者相互问候的一种常规外交活动。与朝觐不同的是，小国固然要聘问大国，大国出于礼节也要经常聘问小国。如晋国的范宣子、赵文子、韩宣子等执政大臣，都曾经聘问过鲁国。联姻也是春秋各国外交活动的一个重要内容。周人在婚姻上，一个严格地遵循着“同姓不婚”的原则。这一原则，客观上使得周代的姬姓诸侯与齐、宋等异性诸侯建立了姻亲关系，增强了同姓、异性诸侯的联系，有利于维持政治稳定。春秋时期的各国，想要与他国增进关系，或者借机讨好大国时，就会通过联姻的方式来达到这一目的。如昭公三年，齐国嫁至晋国的少姜刚刚去世，齐景公即派晏婴出使晋国，请求继续送女到晋国。齐国如此急切地“请继室于晋”，显然是想借机讨好霸主晋国。

从以上对春秋各国政治局势大体的分析可以看出，春秋时代各国的外交活动基本上是围绕诸侯争霸展开的。各国霸政的兴衰起伏，对春秋各国的外交活动有着极为深远的影响。称霸诸侯的大国固然叱咤风云，受到诸侯的朝觐、贡奉。但一旦形势转变，霸权衰落，也会落得众叛亲离，变成各国欺凌的对象。介于大国之间的小国境遇也十分悲惨，依违逢迎于各大国之间，一旦站错阵营，就有灭顶之灾，所以唯有忍气吞声以图自保。正因为这一缘故，所以春秋时期的各国都很重视外交活动，努力运用外交手段，大国借此笼络小国以求保持霸主地位；小国战战兢兢以保全自己、捍卫尊严。

二、春秋时代的外交制度与外交礼仪

因为外交活动在国家政治生活中占据重要地位，所以自西周以来，周王室及各诸侯国都设有专门的外交机构，对外交活动有着严格的制度规定。据《周礼》记载，周王室专门负责掌握外交事务的官员，有大行人及其属官小行人、司仪、行夫等，总人数多达五百余人。如《周礼》中对"大行人"的职责是这样规定的："大行人掌大宾之礼，及大客之仪，以亲诸侯。春朝诸侯而图天下之事，秋觐以比邦国之功，夏宗以陈天下之谟，冬遇以协诸侯之虑。时会以发四方之禁，殷同以施天下之政，时聘以结诸侯之好，殷覜以除邦国之慝，闲问以谕诸侯之志，归脤以交诸侯之福，贺庆以赞诸侯之喜，致禬以补诸侯之灾……"①"小行人"的职责则是："小行人掌邦国宾客之礼籍，以待四方之使者。令诸侯春人贡，秋献功，王亲受之，各以其国之籍礼之。凡诸侯入王，则逆劳于畿，及郊劳、眡馆、将币，为承而摈。凡四方之使者，大客则摈，小客则受其币而听其辞。使适四方，协九仪宾客之礼：朝、觐、宗、遇、会、同，君之礼也；存、覜、省、聘、问，臣之礼也……"②从上述记载，可以看出，周王室的外交官员，他们的职责主要是接待诸侯、上卿及诸侯的使者，并充当使者出访诸侯各国，了解各国风土民情。

西周时各地的诸侯虽然没有周王室那样庞大、复杂的外交机构，但也都设有自己的行人，负责具体外交事务。《国语·周语中》记载："周之《秩官》有之曰：'敌国宾至，关尹以告，行理以节逆之，候人为导，卿出郊劳，门尹除门，宗祝执祀，司里授馆，司徒具徒，司空视途，司寇诘奸，虞人入材，甸人积薪，火师监燎，水师监濯，膳宰致饔，廪人献饩，司马陈刍，工人展车，百官以物至，宾入如归。'"③这里提到的"周之《秩官》"，可能是西周时期一部关于各国官制的著作。从这段文字中，我们也可以看出那一时期各诸侯国外交机构的情形。

春秋时期，王室衰弱之后，各邦国之间的外交往来更为密切，各国的外交人员更为活跃地活动在历史舞台上。《左传》《国语》中对外交人员的称呼并不统一，有"行人""行李""使人""使者""使臣"等多个名称。值得注意的是，春秋时期的外交人员，有专职的官员，但是也临时兼职的大臣。如《左传》记载晋国的"行人子员""行人子朱"、郑国的"行人子羽"等，他们都是国内专职的外交人员，专门掌管外交事务。但是，有时参与某些重要的政治活动时，仅派专职行人参与是不够的，

① 贾公彦：《周礼注疏》，北京：北京大学出版社，2000 年，第 1161—1165 页。
② 贾公彦：《周礼注疏》，北京：北京大学出版社，2000 年，第 1181—1184 页。
③ 徐元诰：《国语集解》，北京：中华书局，2002 年，第 66—67 页。

所以这时国内一些地位很高的贵族卿大夫会被临时任命为使者,他们也被称为“行人”。如《春秋·昭公二十三年》记载:“晋人执我行人叔孙婼”,这里的叔孙婼是鲁国“三桓”之一叔孙氏的族长,他只是临时担任使者出使晋国。这样一种临时任命“行人”的做法,表现了各国对外交活动的极度重视。

春秋时期,各国之间的外交活动错综复杂,各国使臣所负责的使命也是多种多样。从相关的史料来看,使者的使命,有常规的聘问活动,这种外交活动最为频繁。据顾栋高《春秋大事表·宾礼表》统计,春秋时鲁国出聘诸侯有50余次,诸侯聘问鲁国有30余次。① 使者有时要负责吊丧或贺喜等活动,如襄公十四年,卫献公被赶出卫国之后,襄公“使厚成叔吊于卫”;昭公三年,晋平公结婚时,“郑罕虎如晋贺夫人”。如果遇到战争,使者更需要冒着生命危险,前往乞师、犒师、传递消息。如成公二年,齐国侵犯卫国、鲁国时,“孙桓子还于新筑,不入,遂如晋乞师。臧宣叔亦如晋乞师。”再如著名的楚国爱国志士申包胥到秦国乞师时,“立,依于庭墙而哭,日夜不绝声,勺饮不入口七日”。僖公二十六年,齐孝公侵犯鲁国时,鲁国大夫展喜即前往犒师。秦晋崤之战中,郑国商人假扮使者犒秦军的故事,更是人所熟知。另外,春秋时期还有拜谢之使、征召之使、假道之使等多种类型使命的使节,这些也足见使者任务之多、地位之重要。

正因为外交人员担负如此重要的使命,所以各国对外交使臣的选拔与任用都格外的谨慎。《左传·襄公二十六年》记载了这样一件事:

> 二十六年春,秦伯之弟针如晋修成,叔向命召行人子员。行人子朱曰:“朱也当御。”三云,叔向不应。子朱怒,曰:“班爵同,何以黜朱于朝?”抚剑从之。叔向曰:“秦、晋不和久矣。今日之事,幸而集,晋国赖之。不集,三军暴骨。子员道二国之言无私,子常易之。奸以事君者,吾所能御也。”拂衣从之。人救之。

秦、晋外交和谈之际,晋国大夫叔向为了寻找一位合适的使者,竟然与人以命相搏,由此我们也可以看出一个好的使者是多么难得。春秋时代各国对外交人员的要求是非常高的。那时作为一个合格的外交人员,既要有公而忘私的高尚道德,还要学识渊博、精通礼仪、口才出众,并且能够随机应变。《左传》《国语》中所

① 顾栋高:《春秋大事表·宾礼表》,北京:中华书局,1993年,第1595—1602页。

记载的很多使者都很好地做到了以上这些。如《左传·宣公十五年》所载的解扬的事迹也令人赞叹：

> 使解扬如宋，使无降楚，曰："晋师悉起，将至矣。"郑人囚而献诸楚。楚子厚赂之，使反其言。不许，三而许之。登诸楼车，使呼宋人而告之。遂致其君命。楚子将杀之，使与之言曰："尔既许不穀，而反之，何故？非我无信，女则弃之。速即尔刑！"对曰："臣闻之，君能制命为义，臣能承命为信，信载义而行之为利。谋不失利，以卫社稷，民之主也。义无二信，信无二命。君之赂臣，不知命也。受命以出，有死无霣，又可赂乎？臣之许君，以成命也。死而成命，臣之禄也。寡君有信臣，下臣获考死，又何求？"楚子舍之以归。

这位使者在遇到危机之时，能随机应变，通过哄骗敌人而达成目的，可见其才智非常出众。明知坚持完成使命会有杀身之祸，却仍然忠于职守、至死不渝，可见其品行极为高尚。面对敌人的屠刀却能毫不畏惧、侃侃而谈，可见其口才十分出色。如鲁襄公二十九年，来自文化落后的吴国的公子季札，他访问中原各国时，其高尚的人格、渊博的学识、优雅的风度，却令各国贵族钦慕不已。又如郑国著名政治家子产多次作为使者出使晋、楚等国，每次都能出色地完成使命，为母邦带来无数荣誉。春秋时期的众多使者中，像解扬、季札、子产这样的人尚有不少，他们四处奔走穿梭的身姿，是那一时代中一道独特的风景。

按照周代的礼乐制度，朝觐、会盟、聘问等外交活动，要遵循严格的礼仪规范。这些活动，在周代的"五礼"中，基本上都属于宾礼。春秋时期的外交礼仪，延续了周代礼仪制度的传统。这里以最常见的、与外交辞令关系最为密切的聘礼为例，来简要说明一下春秋时代的外交礼仪是如何操作的。聘礼的具体过程，在《仪礼·聘礼》一篇中有详细的记述。从这篇文章的内容来看，聘礼一般有如下环节：1. 出使前的准备工作。首先，国君与众卿商议，从中任命使者。同时还要任命"上介"（使者副手，众介之长）和众介（其他辅助人员）。然后，准备出使所用的礼物，一般是玉、帛、皮、马等。出行前使者要到祖庙告祭祖先神灵，举行释币礼。出行之日，使者要率上介、众介受命于朝。2. 过邦假道。使者如途中经过其他邦国，要由次介送束帛借道，并请人导路。3. 至受聘国之礼仪。入境之前，使者与众人要先预先演练一下各项仪式。然后拜见所聘国的守关人，关人问明入关人数、聘问之事后，引导使者入关。入境之后，使者及众人要三次"展币"，即检查礼物有无遗失。使者至近郊后,受聘国国君要派卿带束帛前来“郊劳”(慰问)。使者入国都之后先至外朝,下大夫向国君禀报。国君命人带使者至客馆,派宰夫设飧,以上卿之礼待之。4. 举行聘享之礼。这是聘问礼仪中最重要的环节,整个礼仪要在宗庙中进行。受聘国要派人将使者迎之宗庙,接见使者。使者授玉、传达君命,受聘国之君接受玉圭。这里的玉圭,格外贵重,有信物的作用。客人又献上帛、皮、马等礼物,主人接受礼物。然后,使者及上介、众介还要带礼物私觌受聘国君主。5. 归饔饩。使者回到客馆后,君主派卿至宾馆慰劳使者,并归饔饩(赠送牲畜)给使者及众介。受聘国国君夫人也要派下大夫到宾馆赠送礼品。并且,受聘国之卿也要到宾馆赠送牲畜给使节及众介。6. 君臣享宾。这时受聘国君主及卿大夫要宴请使者及众介。7. 使者归国前仪式。使者离开之前,君主派卿至宾馆归还玉圭,并赠送束纺、束帛、乘皮等。接着,国君亲自至宾馆答谢使者的聘问,并为使者送行。8. 使者回国后礼仪。使者回国至郊时,派人请求复命于君。然后穿朝服入朝,陈列礼物,向君主复命。国君接受复命后,赏赐使者。使者回到家中后,还须祭祀宗庙。整个聘问活动至此才全部结束。

从上述对聘问仪式的简要叙述中,可以看出外交礼仪环节很多,过程非常繁琐。《礼记·聘义》中说:“聘、射之礼,至大礼也。质明儿始行事,日几种而后礼成,非强力者弗能行也。”①聘问的礼仪从天刚亮开始,到中午时才结束,时间长达六七个小时,也可见整个活动之漫长繁缛了。虽然过程时间如此漫长,但是要求活动的参与者必须一丝不扣地完成,不能有丝毫的差池。《礼记·经解》中说:“聘问之礼,所以使诸侯相尊敬也。”②举行这么隆重而繁琐的聘问仪式,目的就是要让诸侯各国之间相互尊重而和谐相处。因此,在聘问活动中,不管是主人还是客人,都必须注意保持一种“敬让”的仪容和心态。正如《礼记·聘义》中所说:“敬让者,君子所以相接也。故诸侯相接以敬让,则不相侵陵。”③如果参与者在外交礼仪中有懈怠或失误,必定会遭到舆论的谴责。如《左传·定公十五年》记载:

> 邾隐公来朝。子贡观焉。邾子执玉高,其容仰,公受玉卑,其容俯。子贡曰:“以礼观之,二君者,皆有死亡焉。夫礼,死生存亡之体也。将左右周旋,

① 朱彬:《礼记训纂》:北京:中华书局,2007 年,第 908 页。
② 朱彬:《礼记训纂》:北京:中华书局,2007 年,第 738 页。
③ 朱彬:《礼记训纂》:北京:中华书局,2007 年,第 906 页。

进退俯仰，于是乎取之。朝礼丧戎，于是乎观之。今正月相朝，而皆不度，心已亡矣。嘉事不体，何以能久？高仰，骄也，卑俯，替也。骄近乱，替近疾。君为主，其先亡乎？”

鲁定公和邾隐公在朝觐之时，因为行为举止不当，被子贡预言死期将近。不久之后两人都相继去世。从这个有点神秘色彩的故事，我们也可以看出外交礼仪在先民心目中分量。

第二节　春秋外交辞令与贵族文化

春秋时期的外交辞令，出现于这一时期特殊的外交环境中，但同时也是那一时代贵族文化的产物。《左传》《国语》中所记载的那些外交辞令的作者，基本上都是出自文化修养很高的贵族之手。而且，与《战国策》中的游说辞令相比，春秋时期的外交辞令中透露出来的仍然是厚重的礼乐文化内涵，它的语言风格、表达方式也有浓重的贵族文化的韵味。从贵族文化这一视角入手，对我们理解春秋外交辞令肯定是很有帮助的。

一、春秋时期外交辞令概况

外交辞令，顾名思义就是外交人员在外交活动中所使用的一套话语系统。春秋时期是外交辞令创作非常繁荣的一个时代。粗略地统计一下《左传》《国语》等先秦文献，可以发现其中所保存的外交辞令，多达二百余篇，已经是一个很惊人的数字了。

春秋两百多年间，外交辞令的创作也经历了一个起步、发展和繁荣的历程。从鲁隐公到鲁闵公时期这六十多年间，外交辞令的创作还处在一个起步阶段。这一时期所留存下来的外交辞令，仅有十余篇，大多篇幅短小，成就不太高。从鲁僖公到鲁成公时期这 80 多年间，是外交辞令创作的发展阶段。此时正是春秋五霸活动的时代，文化活动也逐渐繁荣起来。这一时期留存下来的外交辞令有六十余篇，其中有不少内容丰富、成就很高的作品。如《展喜犒师》《烛之武退秦师》《子家告赵宣子书》《王孙满对楚子》《齐国佐不辱命》《吕相绝齐》等，都是脍炙人口的作品。从鲁襄公到鲁哀公时期的100余百间,是辞令创作的繁荣期。这时诸侯各国之间的联系已非常紧密,外交活动极为频繁。这一时期保存下来的外交辞令,有一百六十余篇,名篇佳作层出不穷,如《驹支不屈于晋》《子产告范宣子轻币》《子产坏晋馆垣》《蔡声子复楚伍举》《季札观周乐》等都是广为传诵的篇章。特别值得一提的是,这时不少贵族卿大夫学识渊博、才华出众,创作了大量的外交辞令。像晋国的叔向、齐国的晏婴、郑国的子产和子太叔等人,都有多篇辞令传世。

从辞令创作人员的地域分布来看,春秋各国中,以鲁国、晋国、齐国和郑国这四国外交辞令现存数量最多。鲁国的第一代国君是周公之子伯禽,国内很好继承了周代的礼乐文化传统。昭公二年,韩宣子到访鲁国时曾感叹:"周礼尽在鲁矣。"《春秋》《左传》的作者都是鲁国人,鲁国外交辞令保存最多是理所当然的。鲁国的不少贵族文化修养极高,如臧氏一族的臧文仲、臧武仲,"三桓"家族的季文子、季武子、叔孙豹、叔孙婼等,都是辞令高手。晋国长期自晋文公以来,一直是诸侯的霸主,国家政治、经济、文化都非常发达,国内文化方面的人才更是层出不穷。像士会、魏绛、赵文子、叔向、韩宣子等人,个个都是一时之选。齐国也是东方大国,经济、文化方面也有不俗的表现,国佐、晏婴等人都是贵族的表率。郑国是春秋时期的一个小国,身处晋、楚两大国之间,进退维谷、动辄得咎,所以各国格外重视外交活动,国内出现了不少优秀的外交家。特别是春秋后期出现的子产和子太叔,都是非常杰出的政治家。特别是子产,他所创作的外交辞令,流传至今的有十余篇之多,是春秋时期所有贵族中最多的。

春秋时期外交辞令的表现形式,主要有对话和书面两种。对话就是以口头形式,双方面对面地沟通。春秋时期的外交辞令,大多采用的是这种形式。如《展喜犒犒师》一篇,就是齐国侵犯鲁国时,展喜前往犒师,与齐孝公当面对答。又如《王孙满对楚子》,所记述的是楚国进兵至洛、观兵于周疆时,王孙满与楚庄王的一番问答。当然,这些口头语言很可能是事后经相关人员将记录、润色之后,才变成了我们今天所看到的对话。春秋时期的外交辞令也有以书面形式直接出现的。如《子家告赵宣子》和《子产告范宣子轻币》,就是两封外交书信,一封是郑国大臣子家写给赵宣子的,一封是郑国大夫子产写给范宣子的。至于著名的《吕相绝秦》一文,则是晋国人写给秦国的绝交书。这封绝交书,与后世的檄文已颇为相似。

虽然春秋时期的外交辞令大多数是采用了一种口头对答的形式,但是这并不代表它们就是不假思索、率尔直对的产物。相反,春秋时期的外交辞令,大多数都是经过深思熟虑、精心打磨的。如著名的《展喜犒师》一文中,与齐孝公侃侃而谈的是鲁国大夫展喜。但展喜在出使之前,却先“受命于展禽”,即他曾请教鲁国著名贤臣展禽,与展禽认真推敲之后,才有了后来的这篇精彩绝伦的辞令。又如《左传·襄公二十六年》记载:

> 印堇父与皇颉戍城麇,楚人囚之,以献于秦。郑人取货于印氏以请之,子大叔为令正,以为请。子产曰:“不获,受楚之功,而取货于郑,不可谓国,秦不其然,若曰:‘拜君之勤郑国,微君之惠,楚师其犹在敝邑之城下’。其可。”弗从,遂行,秦人不予。更币,从子产。而后获之。

楚国与郑国交战,抓获了郑国两位大夫,却把这两位大夫作为礼物送给盟国秦国。这时,郑、楚、秦三国的关系如此微妙,要想从秦国人那里顺利地赎回两个俘虏,外交辞令是需要好好推敲构思的。郑国使者子太叔出使秦国时,显然没有慎重的考虑这一问题,所以他没有耐心听子产的建议,就急匆匆赶往秦国,结果第一次见秦君失败而回。第二次遵照子产的建议,用了子产的辞令,顺利地完成了使命。子太叔第一见秦人,直接献上礼物请求放回俘虏。显然,他没有考虑秦国人的感受。在秦国人看来,俘虏是楚国抓的,自己不出一点力,却从郑国这里拿礼物,这样的表现也太无能了。子太叔第二次见秦人时用的子产的辞令是这样说的:“拜谢君主帮助我们郑国,没有您的帮助,楚国的军队恐怕还在敝国的城下。”如此一来,秦国人感觉自己是帮助了郑国,拿礼物是应当,放人自然也是顺理成章的。子产的辞令,妙就妙在它考虑到了三国之间的微妙关系,照顾到了秦国人的脸面。从以上这些事例可以看出,春秋时期的使者,在进行外交对答时,都是制定了详细方案的,他们的辞令也都是认真构思、精心润色过的。

二、外交辞令与德、礼观念

前文已多次提到,春秋时期的贵族士大夫在思想观念上非常重视道德、礼仪。春秋外交辞令,虽然是用以解决国与国之间的利益纠纷的,有较强的实用性,但是它们产生于周代的礼乐文化传统中,又出自这些贵族之手,所以外交辞令中也体现了一种浓厚的重德、重礼的观念。而这也正是春秋外交辞令与贵族文化的重要关联之一。

《左传》《国语》里的不少外交辞令中反复出现的一个字眼是“德”。春秋时期是一个动乱不断的时代,国与国之间发生利益纠纷时经常会发生战争,《左传》中所记录的战争多达四百多次。正是因为这个缘故,军事实力在国与国之间的较量中,起到了非常重要的作用。但是,这并不表示春秋时期就是一个崇尚武力的时代。各诸侯国在处理外交关系时,依然延续着周代的传统,将“德”摆在一个非常重要的位置。春秋外交辞令中“德”,含义是非常丰富的,但主要指的是一种安邦治国的德政。这个德政,首先要求诸侯各国在处理外交关系时不能穷兵黩武、以武力欺压弱小,而是要以德服人。如僖公四年,齐桓公率领诸侯讨伐楚国,楚国使者屈完前来和谈。《左传》中对齐桓公与屈完的对话是这样记载的:

夏,楚子使屈完如师。师退,次于召陵。齐侯陈诸侯之师,与屈完乘而观之。齐侯曰:“岂不穀是为?先君之好是继。与不穀同好,如何?”对曰:“君惠徼福于敝邑之社稷,辱收寡君,寡君之愿也。”齐侯曰:“以此众战,谁能御之!以此攻城,何城不克!”对曰:“君若以德绥诸侯,谁敢不服?君若以力,楚国方城以为城,汉水以为池,虽众,无所用之!”屈完及诸侯盟。

齐桓公带屈完乘车检阅大军,并且扬言大军战无不胜、不可抵抗,是想要以武力恐吓这位使者。但是这位使者却毫无惧色,义正词严地回答:“君若以德绥诸侯,谁敢不服?”“德绥诸侯”可谓金玉良言,体现了当时人的政治理念。屈完的回答中还在“德”和“力”放在一处进行比较,强调只有道德的力量才是无敌的。清代学者王源读此文时特意指出:“德绥诸侯乃是齐桓定伯之本”。① 今日以武力威慑对手的这位霸主,后来却能以德服人、一匡天下,历史往往就是如此有趣。又如著名的《展喜犒师》一文中,展喜之所以能说动齐孝公令其退兵,也是因为他站在道德高地之上。文中的这段说辞尤为精彩:

桓公是以纠合诸侯而谋其不协,弥缝其阙而匡救其灾,昭旧职也。及君即位,诸侯之望曰:‘其率桓之功。’我敝邑用不敢保聚,曰:‘岂其嗣世九年而弃命废职,其若先君何?’君必不然。

展喜在此处追溯了齐孝公父亲齐桓公的事迹,称赞桓公能不断地救助诸侯各

---

① 王源:《左传评》卷二,清康熙居业堂刻本。

国,“弥缝其阙而匡救其灾”,这无疑是一种德政的充分体现。然后又质疑孝公,父亲刚死就出兵侵犯鲁国,有何面目见先君?这一段对孝公违德行为的批评,显然令他十分羞愧,只能退兵而去。《左传·宣公四年》记载的《王孙满对楚子》一节,更是充分体现了那一时代贵族们的尚德观念:

楚子伐陆浑之戎,遂至于洛,观兵于周疆。定王使王孙满劳楚子。楚子问鼎之大小轻重焉,对曰:“在德不在鼎。昔夏之方有德也,远方图物,贡金九牧,铸鼎象物,百物而为之备,使民知神、奸。故民入川泽山林,不逢不若。魑魅罔两,莫能逢之。用能协于上下,以承天休。桀有昏德,鼎迁于商,载祀六百。商纣暴虐,鼎迁于周。德之休明,虽小,重也。其奸回昏乱,虽大,轻也。天祚明德,有所底止。成王定鼎于郏鄏,卜世三十,卜年七百,天所命也。周德虽衰,天命未改。鼎之轻重,未可问也。”

著名的霸主楚庄王带领大军,气势汹汹地来到周王室边境。他向王孙满询问周鼎的大小轻重,其实也是有意试探一下周王室的实力。王孙满张口一句“在德不在鼎”却如当头棒喝一般教训了这位霸主,与屈完的“德绥诸侯”有异曲同工之妙。王孙满的一番说辞,也都围绕一个德字展开。他说古人制鼎的目的,不是炫耀权势,而是“使民知神、奸”,可见是出于“德”心。夏、商两代所以灭亡,是因为桀、纣都是失德之君,“桀有昏德”、“商纣暴虐”。至于周所以长存,还是因为“天祚明德”。有古代学者称赞此文是“提出‘德’字,已足以破痴人之梦。揭出‘天’字,尤足以寒奸雄之胆。”①其实,相比而言,这“德”字,其实比神秘的“天”更有说服力。王孙满的这段话,既追溯历史,又抬出天命,将德的重要性进行了充分的论证,集中地反映那一时代贵族对这一问题的认识。

春秋外交辞令中对“德”的重视,除了表现在他们对“德”与“力”的关系看法上,也体现在他们对“德”与“利”的认识上。这一问题,在《左传·襄公二十四年》记载的《子产告范宣子轻币》一文有集中讨论。此文内容如下:

范宣子为政,诸侯之币重,郑人病之。二月,郑伯如晋,子产寓书于子西,以告宣子,曰:“子为晋国,四邻诸侯不闻令德,而闻重币,侨也惑之。侨闻君

① 吴楚材、吴调侯:《古文观止》,北京:中华书局,2006年,第43页。

子长国家者,非无贿之患,而无令名之难。夫诸侯之贿聚于公室,则诸侯贰。若吾子赖之,则晋国贰。诸侯贰,则晋国坏;晋国贰,则子之家坏,何没没也。将焉用贿?夫令名,德之舆也;德,国家之基也。有基无坏,无亦是务乎有德则乐,乐则能久。《诗》云:'乐只君子,邦家之基。'有令德也夫。'上帝临女,无贰尔心。'有令名也夫。恕思以明德,则令名载而行之,是以远至迩安。毋宁使人谓子:'子实生我',而谓'子浚我以生'乎?象有齿以焚其身,贿也。"

宣子说,乃轻币。

春秋时代是中国社会经济发生较大变动的时代,周代旧有的井田制度逐渐遭到破坏,新的税制在很多诸侯国开始推行,不少贵族开始巧取豪夺,尽力为自己谋求更多经济利益。晋国是诸侯霸主,鲁、郑、卫、宋等小国经常要朝觐晋国,并献上贡品。文中的范宣子是晋国执政,为人贪婪无厌,向诸侯索要很多贡品。郑国大夫所写的这封信,就是要劝谏范宣子的这种错误行为。子产在书信的开头就开明见山地提出范宣子执政之后,让人"不闻令德,而闻重币",直接将"德"和"利"对举一处。他这封书信的内容,也用了一种对比的形式,将重利造成的弊端与重德多种的益处进行对照,借以劝阻范宣子。子产认为,重利必将导致利益纷争,晋国公室重利,则诸侯离心;贵族们重利,则导致晋国分裂,后果严重。而重德,则能使邦国内外都心悦诚服,这样国家才能长治久安。子产在此文中将"德"与"利"的利弊进行了深入的剖析,并将德、利之争上升到了治国之道的高度,对后人有极大的借鉴意义。

《左传》中的外交辞令,在重"德"的同时,也非常的重"礼"。这里的"礼"主要是周代的礼法制度。春秋时期虽然动乱不止,诸侯各国之间常常以武力相向,但是周代的礼法制度毕竟延续了数百年,其影响深入人心。周代的礼法制度内容非常丰富,既包含制度性的条文规则,也有约定俗成的社会习俗,左右着上至天子、诸侯下到庶民百姓生活的方面面。所以诸侯各国在处理外交关系时,很多时候还都是以周代的礼法制度作为评判的准则。这一点,在春秋的大多数外交辞令中都有很好的展现。如《左传》所载的《齐国佐不辱命》,也是一篇据"礼"力争的辞令妙品。成公二年,晋国在鞌之战中大败齐国,晋人率领大军进入齐国边境。齐国大夫国佐临危受命,前来与晋国人谈判。晋国开出的和谈条件是"必以肖同叔子为质,而使齐之封内尽东其亩",即以齐国国君之母作为人质,同时为了方便晋国战车通行，还要把齐国国内的田亩都改为东西方向。面对晋国人蛮横无理的要求，国佐不卑不亢地进行回击：

> 肖同叔子非他，寡君之母也；若以匹敌，则亦晋君之母也。吾子布大命于诸侯，而曰必质其母以为信，其若王命何？且是以不孝令也。诗曰："孝子不匮，永锡尔类。"若以不孝令于诸侯，其无乃非德类也乎？先王疆理天下，物土之宜，而布其利。故诗曰："我疆我理，南东其亩。"今吾子疆理诸侯，而曰"尽东其亩"而已；唯吾子戎车是利，无顾土宜，其无乃非先王之命也乎？反先王则不义，何以为盟主？

国佐在这里用以反击晋人的理据，就是周代的礼法制度。周人重视孝道，周天子提倡以孝治天下。诸侯各国的田亩各国可以因地制宜地整治，这也是周代先王赋予的权利。所国佐就抓住这两点斥责晋人扣押他人母亲做人质的要求，是违背王命的不孝举动；要求齐国田亩都改为东西的做法，也违背了先王遗命。他的这番话，引经据典，处处以王命、先王之命作为依据，占据了礼法传统这一制高点，对对手予以痛击，使得晋人哑口无言。

又如《左传》记载的《子产献捷于晋》一文，也是一篇得"礼"不饶人的名作。襄公二十四年，陈国依仗楚国的势力入侵郑国，陈军经过之地，井都被填，树木都被砍伐。为了报复陈国，第二年，郑国的大夫子展、子产等人率军进攻陈国，攻入了陈国都城。大军回国之后，子产身着戎装到霸主晋国献捷。郑国进攻陈国之时，并未得到晋国许可，所以晋人见到子产后即对他进行质问。子产毫无惧色，不卑不亢地为郑国的行动辩解，文中这样写道：

> 郑子产献捷于晋，戎服将事。晋人问陈之罪。对曰："昔虞阏父为周陶正，以服事我先王。我先王赖其利器用也，与其神明之后也，庸以元女大姬配胡公，而封诸陈，以备三恪。则我周之自出，至于今是赖。桓公之乱，蔡人欲立其出，我先君庄公奉五父而立之，蔡人杀之，我又与蔡人奉戴厉公。至于庄、宣，皆我之自立。夏氏之乱，成公播荡，又我之自入，君所知也。今陈忘周之大德，蔑我大惠，弃我姻亲，介恃楚众，以冯陵我敝邑，不可亿逞，我是以有往年之告。未获成命，则有我东门之役。当陈隧者，井堙、木刊。敝邑大惧不竞，而耻大姬，天诱其衷，启敝邑之心。陈知其罪，授手于我。用敢献功。"晋

人曰："何故侵小？"对曰："先王之命，唯罪所在，各致其辟。且昔天子之地一圻，列国一同，自是以衰，今大国多数圻矣，若无侵小，何以至焉？"晋人曰："何故戎服？"对曰："我先君武、庄为平、桓卿士。城濮之役，文公布命，曰'各复旧职。'命我文公戎服辅王，以授楚捷，不敢废王命故也。"士庄伯不能诘，复于赵文子。文子曰："其辞顺，犯顺不祥。"乃受之。

文中晋人对郑国行动的质疑有三点，一是陈国有何罪，二是郑国为何以大欺小，三是子产为何要穿戎服献捷。晋人的这三个问题，一个比一个尖锐。但是，子产的回答却非常有力。他每回答问题时，都要先帮助周代历史传统、礼法制度作为依据，使自己的回应有理有据。如晋人问他何故以大欺小，他先举出先王的命令："唯罪所在，各致其辟"，即只有有罪过，就要给予惩罚。然后又质问晋国人，从前各国的领土大小大致相当，现在大国土地多到数千里，不侵占小国又怎么到今日的地步？这里又是借周代的礼制，诘问晋国吞并小国的罪行，借以反驳他们。正因为子产处处以周代的礼法制度作为有力武器，才成功地为郑国辩解，挽回祖国的尊严。他的这番言论大义凛然，以至于晋国执政都感叹"其辞顺，犯顺不祥"。这里的"辞顺"就是指他的言论都完全合乎礼法。

又如《左传·昭公十三年》所载的《叔向告齐寻盟》一文，也是一篇以"礼"服人的妙文。这一年晋国提出"寻盟"，即又重申过去的盟约，要求诸侯各国在平丘会盟。此时晋国国内动荡不安，东方的齐国欲挑战晋国的霸主地位，所以齐国借故反对"寻盟"。于是晋国派大夫叔向前往通告齐国。文中这样写道：

叔向告于齐，曰："诸侯求盟，已在此矣。今君弗利，寡君以为请。"对曰："诸侯讨贰，则有寻盟。若皆用命，何盟之寻？"叔向曰："国家之败，有事而无业，事则不经；有业而无礼，经则不序；有礼而无威，序则不共；有威而不昭，共则不明。不明弃共，百事不终，所由倾覆也。是故明王之制，使诸侯岁聘以志业，间朝以讲礼，再朝而会以示威，再会而盟以显昭明。志业于好，讲礼于等，示威于众，昭明于神，自古以来，未之或失也。存亡之道，恒由是兴。晋礼主盟，惧有不治，奉承齐牺，而布诸君，求终事也。君曰：'余必废之，何齐之有？'唯君图之，寡君闻命矣。"齐人惧，对曰："小国言之，大国制之，敢不听从？既闻命矣，敬共以往，迟速唯君。"

文中叔向质问齐国人为何不参与会盟，已生二心的齐国人却振振有词地说，重申盟约是要讨伐变心的国家，大家都齐心协力，所以没有重申盟约的必要。于是叔向严厉地批评了齐国人，使得他们十分畏惧地参与了会盟。叔向在这段批评齐人的文字中，主要向齐人说明礼仪活动经常举行，既是为了让大家记住自己的职责，也是为了向百姓展示威严，向神灵显示信义，不能有丝毫懈怠。叔向学识渊博，精通礼制，在指责齐国人时，处处以礼法为依据，使得齐人无法辩驳。

春秋时期外交辞令与贵族文化的一大关联，就是它生于周代礼乐文化的土壤中，在思想观念上更为重“礼”、重“德”。这也是它与后世辞令的一大区别。外交辞令是用来解决外交纠纷的，它一般要起到在外交活动中为国家争取更大利益的作用。但是，在如何处理德、礼与力、利之间的关系上，不同时代的人显然有不同的看法。如果我们把春秋外交辞令和后世的辞令放到一处简单比较一下，就能明白它思想观念的特异之处。《战国策》这部历史著作，也以擅长辞令著称。春秋时期的外交辞令，《战国策》中的游说辞令，都是艺术精品，难分伯仲。但是，两种辞令中所体现出来的思想观念却大有不同。《战国策》中的游说文章，主题大多数是谈国与国之间关系的，也是一种变相的外交辞令。正因为战国时期是一个刘向所说的“兵革不休，诈伪并起”的时代①，所以《战国策》中的大多数文章宣扬的是一种赤裸裸的功利主义、利己主义。《战国策》中的著名人物如苏秦、张仪、范雎等人，在游说诸侯各国时，一方面为君主出谋划策，帮助国家转危为安、获取最大利益；一方面也使自己借助君王的势力摆脱困境，从而封侯拜相、飞黄腾达。如《苏秦始将连横说秦惠王》一文中，苏秦以“连横”之策游说赵王，赵王采纳他的计策后，“山东之国从风而服，使赵大重”；而苏秦本人则“封为武安君，受相印，革车百乘，锦绣千纯，白璧百双，黄金万溢”，他衣锦还乡后感叹道：“人生世上，势位富贵盖可忽哉！”又如《战国策》中的范雎，早年命运坎坷，遭受无数磨难。入秦后，以“远交近攻”之策游说秦王，使得山东各国臣服于秦，而他本人也被封为应侯，权倾天下。春秋时代的季札、叔向、子产等，与苏秦、张仪、范雎等，明显是两类截然不同的历史人物。他们所创作的辞令，在思想观念也有极大的差异。春秋辞令中所

---

① 刘向集录：《战国策·刘向书录》，上海：上海古籍出版社，1998 年，第 1195 页。

表现出来的德、礼观念，虽然产生于特定时代环境中，是一种贵族文化的产物，但也自有其不可磨灭的历史价值。

三、外交辞令高超的表达技法

春秋时期是一个崇尚辞令的时代，贵族们将大量的精力来创作辞令。春秋外交辞令之所以能够得到后世激赏的一个重要原因，就是这些辞令在文章表达技巧上有了很大的进步。贵族们费尽心思地推敲如何更为巧妙地表达观点，如何谋篇布局，才使得这些辞令达到了很高的艺术水平。不过，春秋辞令的创作者之间，似乎也在相互模仿学习，所以，当一个比较优秀的表达技巧出现之后，很快就会有人因袭这一模式。考察大量春秋外交辞令之后，我们就可以总结一些模式化的表达技法。这里简单分析几种春秋外交辞令中常用的、高超的表达技法。

1. 翻空出奇

创作辞令、文章最忌讳的一点，就是平铺直叙、没有任何起伏。正如清人遥游所说："文似看山不喜平。若如井田方石，有何可观？惟壑谷幽深，峰峦起伏，乃令游者赏心悦目。或绝崖飞瀑，动魄惊心。山水既然，文章正尔。"①春秋时代的贵族们在创作辞令时，肯定注意到了这一点。春秋时期的不少外交辞令，喜欢在说辞的开头处故意卖点关子、说一些惊人之语，来吸引听话的人，然后再逐步地展开他们将讲的内容，以期达到更好的言说效果。这样一种表达技巧，我们姑且称之为"翻空出奇"吧！

春秋时期的辞令中，最早开始成功地运用这种"翻空出奇"技法的是《左传》中的《阴饴甥对秦伯》一文。文章这样写道：

> 十月，晋阴饴甥会秦伯，盟于王城。秦伯曰："晋国和乎？"对曰："不和。小人耻失其君而悼丧其亲，不惮征缮以立圉也。曰：'必报仇，宁事戎狄。'君子爱其君而知其罪，不惮征缮以待秦命，曰：'必报德，有死无二。'以此不和。"秦伯曰："国谓君何？"对曰："小人戚，谓之不免，君子恕，以为必归。小人曰：'我毒秦，秦岂归君？'君子曰：'我知罪矣，秦必归君。贰而执之，服而舍之，德

① 遥游：《〈李觉出身传〉评语》，见阿英编：《晚清文学丛钞 · 小说戏曲研究卷》，中华书局，1960年，第293页。

莫厚焉，刑莫威焉。服者怀德，贰者畏刑。此一役也，秦可以霸。纳而不定，废而不立，以德为怨，秦不其然。'"秦伯曰："是吾心也。"改馆晋侯，馈七牢焉。

僖公十五年，秦在韩原之战中大败晋国，并抓获了晋国国君晋惠公。战后双方在王城和谈，晋国派大夫阴饴甥出面。和谈开始时，秦穆公先问晋国国内是否和睦，意在借机了解晋国政局及人心。在秦穆公看来，大败之后，如果晋国人心不稳，秦国就有可乘之机；如果晋国国内和睦，则不容小视。若依常人看来，阴饴甥自然应该回答国内和睦，以杜绝秦人觊觎之心。但令人吃惊的是，他居然回答不和。更出人意料的是他对自己这个回答的一番解释。他说国内的百姓和贵族们意见不和。百姓一心要报仇，所以在积极做战备；贵族们相信秦国，在准备和谈。言谈至此，我们才发现，这哪里是国内不和睦？分明是告诉秦国，我们上下一心，做好了和、战两手准备。秦穆公又问晋国人认为晋惠公会如何。阴饴甥的回答也非常精彩。他将晋国人分为小人和君子两类，分别谈两类人看法。他说小人见识短浅，认为国君必死无疑；而君子则认为秦国宽宏大量，必能赦免晋惠公。如此回答，实则是暗示秦穆公，若不赦免晋君，分明就是小人见识。阴饴甥的这段辞令立意奇特，构思巧妙，令人赞叹。有学者称赞它是"夹理夹志，变化多端，长短参差，有劲力，有姿态，宛曲周至，妙绝千古"①，洵非虚语！

这一技法在此文中运用之后，春秋辞令中后来有多篇模仿学习者。如《左传·僖公二十六年》中的《展喜犒师》一文，即是有代表性的一篇。文章的开头这样写道：

齐孝公伐我北鄙。卫人伐齐，洮之盟故也。公使展喜犒师，使受命于展禽。齐侯未入竟，展喜从之，曰："寡君闻君亲举玉趾，将辱于敝邑，使下臣犒执事。"齐侯曰："鲁人恐乎？"对曰："小人恐矣，君子则否。"齐侯曰："室如县罄，野无青草。何恃而不恐？"

齐桓公刚刚去世不久，他的儿子齐孝公就带兵入侵鲁国北部边境。展喜前来犒师，得意扬扬的齐孝公首先问他鲁国人害怕吗？在他看来，以齐国这样的大国，

---

① 洪顺隆：《左传论评选析新编》，台北：中国文化大学出版部，1982 年，第 269 页。

进攻鲁国这样的小国，估计鲁国人早已胆战心惊了。但是展喜的回答却十分有趣，也十分奇特。他说，鲁国的百姓都很害怕，但是贵族们却不怕。这样一个回答显然起到了吸引齐孝公注意力的作用，所以齐孝公马上追问为何。接着展喜才侃侃而谈，说明了鲁国人不害怕的原因。此文中展喜的回答，分明是阴饴甥对秦伯的翻版，但也非常精彩。

又如《左传·昭公五年》的《蹶由犒师》一文，也是这一类型辞令中的杰作。文章这样写：

> 楚子以馹至于罗汭，吴子使其弟蹶由犒师，楚人执之将以衅鼓。王使问焉，曰："女卜来吉乎？"对曰："吉。寡君闻君将治兵于敝邑，卜之以守龟，曰：'余亟使人犒师，请行以观王怒之疾徐，而为之备，尚克知之'。龟兆告吉，曰：'克可知也。'君若欢焉，好逆使臣，滋敝邑休怠，而忘其死，亡无日矣。今君奋焉，震电冯怒，虐执使臣，将以衅鼓，则吴知所备矣。敝邑虽羸，若早修完，其可以息师，难易有备，可谓吉矣，且吴社稷是卜，岂为一人。使臣获衅军鼓，而敝邑知备以御不虞，其为吉孰大焉。国之守龟，其何事不卜？一臧一否，其谁能常之？城濮之兆，其报在邲。今此行也，其庸有报志？"乃弗杀。

楚人进攻吴国，吴国使者蹶由前来犒师，却被楚人捉拿并要杀死他。蹶由临死之际，楚人问他来时占卜吉利与否。将死之人还有什么吉凶可言，楚人这里分明是在嘲弄他。但是蹶由的回答却楚人大惊，他说卜得吉兆。而后他有对自己的回答作了解释。他说自己出使，就是代表吴国来察看楚国的态度。楚国人若杀死自己这位使者，则吴国人必会为此大怒，并做好战备。以已之死，换得吴国的安定，对国家来说，可称大吉。蹶由的这一惊人的回答，以及他的这一番巧妙的解释，与前面两文有异曲同工之妙。

2. 铺陈渲染

铺陈渲染，就是以浓墨重彩将一连串有联系的事物、事件以一定顺利排列在一起，以增强气势和感染力的一种表达方式。中国古代文章中，《战国策》《谏逐客书》《过秦论》、汉代辞赋等不少作品，都以擅长使用这种表现手法著称。但事实上，春秋时期的外交辞令中，已开始广泛的运用这种手法，并以这种写法创作出了许多优秀的作品。

春秋外交辞令中，比较早地运用铺陈渲染手法的作品，是著名的《吕相绝秦》

一文。前文已多次提到这一作品。此文晋人写给秦国的绝交文书，文中以秦晋两国交往历史为线索，以铺陈渲染的手法，历数秦国多年对晋国的侵犯、欺诈、背叛种种罪状。这样一种写法，后人多认为它开了后世战国游说辞令的先河。值得注意的是，《吕相绝秦》的这种写法，在春秋外交辞令中并非个案。此文出现之后，尚有不少的辞令运用这种手段。如《子产坏晋馆垣》《蔡声子复楚伍举》《祝佗诉蔡长卫》等，都是同类型的杰作。《子产坏晋馆垣》前文已多次提过，文中以铺陈手法描绘晋文公招待宾客的场景，可说是精彩绝伦。《蔡声子复楚伍举》和《祝佗诉蔡长卫》二文虽然知名度不太高，但也都是少有的杰作。

《蔡声子复楚伍举》一文，《左传·襄公二十六年》和《国语·楚语上》都有记载，《左传》中文字更完整。楚国大夫伍举受人中伤逃离楚国，途经郑国时遇到好友蔡国大夫声子。声子得知伍举情况后，为帮助好友回国，他前往楚国游说令尹子木。声子游说子木的说辞，是一篇长达1100多字，在春秋外交辞令中是少见的长文。在此文中，声子反反复复地说明，正是楚国的严刑峻法导致人才纷纷出逃，以至于出现了令人叹息的"楚才晋用"的局面。文章后半段这样写道：

子仪之乱，析公奔晋。晋人置诸戎车之殿，以为谋主。绕角之役，晋将遁矣，析公曰：'楚师轻窕，易震荡也，若多鼓钧声，以夜军之，楚师必遁。'晋人从之，楚师宵溃。晋遂侵蔡，袭沈，获其君，败申、息之师于桑隧，获申丽而还。郑于是不敢南面。楚失华夏，则析公之为也。

雍子之父兄谮雍子，君与大夫不善是也。雍子奔晋，晋人与之？畜卩，以为谋主。彭城之役，晋、楚遇于靡角之谷。晋将遁矣，雍子发命于军曰：'归老幼，反孤疾，二人役，归一人，简兵搜乘，秣马蓐食，师陈焚次，明日将战。'行归者，而逸楚囚，楚师宵溃，晋降彭城而归诸宋，以鱼石归。楚失东夷，子辛死之，则雍子之为也。

子反与子灵争夏姬，而雍害其事，子灵奔晋，晋人与之邢，以为谋主，扞御北狄，通吴于晋，教吴叛楚，教之乘车，射御驱侵，使其子狐庸为吴行人焉。吴于是伐巢、取驾、克棘、入州来，楚罢于奔命，至今为患，则子灵之为也。

若敖之乱，伯贲之子贲皇奔晋，晋人与之苗，以为谋主。鄢陵之役，楚晨压晋军而陈。晋将遁矣，苗贲皇曰：'楚师之良，在其中军王族而已，若塞井夷灶，成陈以当之，栾、范易行以诱之，中行、二郤必克二穆，吾乃四萃于其王族，必大败之。'晋人从之,楚师大败,王夷师熸,子反死之。郑叛吴兴,楚失诸侯,则苗贲皇之为也。

这部分文字是声子辞令中最精彩的部分,吴闿生赞叹这一部分文字是"气极酣恣,春秋之奇文也"。① 文中声子成功地运用铺陈渲染的手法,将楚国逃亡晋国的子仪、雍子、子反和苗贲皇等四人的事迹,一一道来,产生了令人无法抗拒的感染力,打动了令尹子木。而且,声子在讲述四人事迹,把每个人的遭遇都刻画得生动逼真,真可说是一个讲故事的高手。洪顺隆称赞此文"痛快至极,雄壮之势令人震撼低徘回"。② 其实,此文之所以痛快、雄壮,也正是因为文中成功地铺陈四大段文字,使得全文形成了一种排山倒海的气势和力量。

《祝佗诉蔡长卫》一文见于《左传·定公四年》。这一年,周王室的刘文公及诸侯将在召陵会盟。各国到达郑地皋鼬,先排定诸侯歃血的先后次序,刘文公和晋人把蔡国排在了卫国的前面。在卫国人看来是分明是对本国的不敬,所以卫人祝佗前来向周大夫苌弘申诉。祝佗的申诉辞篇幅也较长,多达一千左右。文章的前半部分是这样写的:

昔武王克商,成王定之,选建明德,以蕃屏周,故周公相王室,以尹天下,于周为睦。分鲁公以大路、大旗,夏后氏之璜,封父之繁弱,殷民六族,条氏、徐氏、萧氏、索氏、长勺氏、尾勺氏,使帅其宗氏,辑其分族,将其丑类,以法则周公,用即命于周。是使之职事于鲁,以昭周公之明德。分之土田陪敦,祝、宗、卜、史,备物、典策,官司、彝器。因商奄之民,命以伯禽,而封于少皞之虚。分康叔以大路、少帛、綪茷、旃旌、大吕,殷民七族,陶氏、施氏、繁氏、錡氏、樊氏、饥氏、终葵氏,封畛土略,自武父以南,及圃田之北竟,取于有阎之土,以共王职。取于相土之东都,以会王之东搜。聃季授土,陶叔授民,命以《康诰》,而封于殷虚,皆启以商政,疆以周索。分唐叔以大路、密须之鼓、阙巩、沽洗,怀姓九宗,职官五正。命以《唐诰》,而封于夏虚,启以夏政,疆以戎索。三者皆叔也。而有令德,故昭之以分物。

---

① 吴闿生:《左传微》,合肥:黄山书社,2014年,第322页。

② 洪顺隆:《左传论评选析新编》,台北:中国文化大学出版部,1982年,第726页。

祝佗是春秋末期卫国著名的学者，学识渊博，口才出众，孔子曾多次赞誉此人。① 这段文字详尽地铺陈了西周初期分封鲁、卫、晋三叔的情形。文中不厌其烦地将周王室分赏三人的礼器、民众、土地、诰命文书等内容，一一罗列，令人目不暇接。祝佗之所以如此详尽地铺陈这段史实，也是想说明卫国在诸侯中的威望与地位，是与晋、鲁两国相当的。如此一来，自然就说明了周王室及晋国现在要将蔡国排至卫国前面的做法，是非常不妥的。冯李骅称赞此文是“粲花之舌，生花之笔，合成花团锦簇之文”，②是很有道理的。

3. 绵里藏针

宋代学者吕本中认为：“文章不分明指切而从容委曲，辞不迫切而意以独至，惟《左传》为然。如当时君臣相告相诮之语，盖可见矣。盖是当时圣人余泽未远，涵养自别，非后世人专学言语者也。”③其实，《左传》深受春秋贵族文化影响，“当时君臣相告相诮之语”其实也就是春秋时代的各种辞令。用“从容委曲、辞不迫切”来形容春秋辞令的风格，也十分妥帖。春秋时期的贵族深受礼乐文化影响，一言一行都要保持优雅从容的风度，文章辞令都追求“从容委曲”的风格。但是，春秋时期毕竟是一个动乱的时代，当各国使者在外交场合面对种种利益冲突之时，彼此之间难免剑拔弩张，此时言语沟通之时要保持从容委曲，并非易事。贵族们既要保持优雅风度，又要与人折冲樽俎之间，所以他们就创造出了一种“绵里藏针”的语言表达方式。这样一种辞令，表面上看起来从容优雅、不温不火，但是字里行间却又处处暗藏杀机。

《左传》《国语》中收录这种“绵里藏针”式的辞令数量较多，较早的成功运用这种手法的作品是《国语》中的《襄王不许请隧》一文。僖公二十五，晋文公出兵帮助周王室平定了内乱。周襄王准备赏赐给晋文公以酬谢他的功劳，但是得意忘形的晋文公却提出允许他死后安葬时使用天子专用的隧礼。此时衰弱周王室已完全无力抗衡晋国这样的大国，何况自己刚刚受到他们的帮助，所以面对晋文公

① 《论语·雍也》：子曰：“不有祝鮀之佞，而有宋朝之美，难乎免于今之世矣。”《宪问》：子言卫灵公之无道也，康子曰：“夫如是，奚而不丧？”孔子曰：“仲叔圉治宾客，祝鮀治宗庙，王孙贾治军旅，夫如是，奚其丧？”

② 冯李骅：《左绣》，台北：文海出版社，1967 年，第 1933 页。

③ 张鎡：《仕学规范》，见王水照编《历代文话》（第一册），上海：复旦大学出版社，2007 年，第 324 页。

的无礼举动,周襄王也只能委婉斥责之。周襄王这样回答:

> 昔我先王之有天下也,规方千里,以为甸服,以供上帝山川百神之祀,以备百姓兆民之用,以待不庭、不虞之患。其馀,以均分公、侯、伯、子、男,使各有宁宇,以顺及天地,无逢其灾害。先王岂有赖焉?内官不过九御,外官不过九品,足以供给神祇而已,岂敢厌纵其耳目心腹,以乱百度?亦唯是死生之服物采章,以临长百姓而轻重布之,王何异之有?
>
> 今天降祸灾於周室,余一人仅亦守府,又不佞以勤叔父,而班先王之大物以赏私德,其叔父实应且憎,以非余一人,余一人岂敢有爱也?先民有言曰:'改玉改行。'叔父若能光裕大德,更姓改物,以创制天下,自显庸也,而缩取备物,以镇抚百姓,余一人其流辟於裔土,何辞之有与?若犹是姬姓也,尚将列为公侯,以复先王之职,大物其未可改也。叔父其茂昭明德,物将自至,余何敢以私劳变前之大章,以忝天下,其若先王与百姓何?何政令之为也?若不然,叔父有地而隧焉,余安能知之?

文中表面上周襄王十分恭敬,对晋文公一口一个叔父地叫着,但他的话却处处柔中带刚。在这篇辞令的前部分,周襄王首先哀叹周王室无私地将域内的土地分给各地诸侯,除了生前死后的衣服用具与他人有所区别之外,也没有其他不同了。这分明是指责周王室在诸侯各国挤压之下,境遇悲惨。到了辞令后半部分,他又借用“改玉改行”的说法暗示晋文公,如果使用了天子的礼制,那就是要自己“创制天下”、改朝换代了。接着又感叹如果他私自变更礼制,无颜面对先王与百姓。最后还反问晋文公,若叔父在国内自行使用隧礼,我又从何得知。这分明又是警告晋文公,私用隧礼将辜负先王与百姓。周襄王在这段辞令中时而哀叹、诉苦,时而暗示、警告,让晋文公碰了个软钉子,诚惶诚恐地离开了。有学者认为此文“无一笔实写不许,而不许之意,一步紧一步,自使重耳神色沮丧”①,很好地总结了它绵里藏针、柔中带刚的特点。

又如《左传》中的《楚归晋智罃》和《子产却楚逆女以兵》二文,都是这类型文章中的杰作。《楚归晋智罃》一文见于《左传·成公三年》。晋、楚邲之战后双方交换俘虏,晋国俘虏知罃归国之际,楚共王与他交谈,于是有了这篇精彩的辞令。

① 吴楚材、吴调侯:《古文观止》,北京:中华书局,2006年,第89页。

文中两人四番问答层层递进，精彩纷呈。楚王前两次问智罃对楚国有怨恨或感激之情否。做了楚国俘虏的智罃，不可能无丝毫怨恨，但他却从容地回答既不怨恨也不感激。正如冯李骅所评："荀罃分明怨楚，不肯直说耳。"①楚王认为自己有恩于智罃，自然也应该受到智罃的回报，所以两次逼问智罃："何以报我？"于是智罃这样回答：

以君之灵，累臣得归骨于晋，寡君之以为戮，死且不朽；若从君之惠而免之，以赐君之外臣首；首其请于寡君，而以戮于宗，亦死且不朽。若不获命，而使嗣宗职，次及于事，而帅偏师以修封疆。虽遇执事，其弗敢违，其竭力致死，无有二心，以尽臣礼，所以报也。

这段回答非常精彩，表面上看委婉含蓄，实则暗藏锋芒。文中前半节智罃张口闭口都是"以君之灵"、"从君之惠"，似乎真得了楚王的恩惠。后半节谈到如何报答楚王时，智罃的话也似乎说得很谦恭，表示下次战场相遇"无有二心，以尽臣礼"。但所谓的"无有二心，以尽臣礼"，其实也正是表示要与楚人拼死一战的意思。文中智罃显然是满腹怨气，一心想要向楚国复仇，但是，他竟然还能通过如此委婉、含蓄地方式将这层意思表达出来，其语言表达能力之高令人赞叹。

《子产却楚逆女以兵》一文见于《左传·昭公元年》。郑国介于楚、晋两国之间，楚国对郑国一直有觊觎之心。这年楚国王子公子围前往郑国，迎娶大夫公孙段之女。郑国发现公子围带大批随从前来，意图不轨，所以机警地拒绝他入城。郑国人这样说道："以敝邑褊小，不足以容从者，请墠听命"。他们自谦城内狭小，无法容纳随从人员，要求楚国人驻扎城外。楚国人对此十分不满，与郑国展开外交交涉。双方唇枪舌剑，互斗心机，文中楚国使者伯州犁这样说；

君辱贶寡大夫围，谓围将使丰氏抚有而室。围布几筵，告于庄、共之庙而来。若野赐之，是委君贶于草莽也。是寡大夫不得列于诸卿也。不宁唯是，又使围蒙其先君，将不得为寡君老，其蔑以复矣。唯大夫图之。

伯州犁当然明白郑国人为何拒绝他们进城，但却不点破。他故意从春秋的婚礼仪式规矩来指责郑国，认为让公子围在城外迎亲不合礼法，让公子围回国后无

---

① 冯李骅：《左绣》，台北：文海出版社，1967 年，第 1933 页。

颜面对祖先。他的话似乎合情合理,无从辩驳。正如有学者所说:"州犁之对,辞婉而理直,郑似无可措辞。"①

此时双方的交涉已到了紧要关头,郑国大夫子羽这样回应他:

> 小国无罪,恃实其罪。将恃大国之安靖己,而无乃包藏祸心以图之?小国失恃而惩诸侯,使莫不憾者,距违君命,而有所壅塞不行是惧。不然,敝邑,馆人之属也,其敢爱丰氏之祧?

郑国人在不得已的情况下,才点破楚人意图,表示担心楚国包藏祸心。不过却又表示,这所以之所这样做也是为楚国考虑。郑国人解释说,假如诸侯因为楚国与郑国的冲突,从而对楚国有戒心,那么对楚国也是不利的。子羽一面点破楚国阴谋,但是一面话还是能说得如此委婉周详,真不愧为辞令高手②。冯李骅称赞子羽的回答是"此文直得妙,乃直而出之以曲,辞令之工无以复加已"③,其评论颇有见地。

春秋时期外交辞令的表现手法,除以上几种外,还有很多,这里不再一一赘述。春秋的外交辞令,与殷商、西周的文章相比,在文章表现手法上有了飞跃性的发展,这与春秋时期的贵族们的努力是分不开的,正是他们推动中国文学走上了康庄大道。春秋外交辞令中这些表达技法,对后世的散文、辞赋产生了极大的影响,自有其不可替代的价值。

四、外交辞令的贵族化语言特点

语言不仅是一种人际交流的符号,它还是装饰言说者身份的有力工具。不同阶层的人,运用语言的态度和方式存在极大的差异。语言无疑是体现身份差别的一个重要标志,使用文雅的语言、精致的辞令来修饰自己的身份,是贵族阶层的长项。尼采说:"只要有宫廷的地方,就有咬文嚼字的习惯,就有为所有从事写作的

---

① 吴楚材、吴调侯:《古文观止》,北京:中华书局,2006 年,第 72 页。

② 《论语·宪问》:"为命,裨谌草创之,世叔讨论之,行人子羽修饰之,东里子产润色之。"此处所说的子羽,就是《子产却楚逆女以兵》一文中的郑国大夫子羽。从"子羽修饰之"一语,也可看出子羽辞令水平高超。

③ 冯李骅:《左绣》,台北:文海出版社,1967 年,第 1933 页。

人所必须遵守的修辞规则。”①《礼记》中严格规定的不同身份人用语的不同已经很好地说明了这一点。如：

> 问天子之年，对曰：“闻之始服衣若干尺矣。”问国君之年，长，曰：“能从宗庙社稷之事矣。”幼，曰：“未能从宗庙社稷之事。”问大夫之子，长，曰：“能御矣。”幼，曰：“未能御也。”问士之子，长，曰：“能典谒也。”幼，曰：“未能典谒。”问庶人之子，长，曰：“能负薪矣。”幼，曰：“未能负薪也。”②

先民们显然已经完全意识到语言并不仅仅是一种交流信息的工具，它还有着丰富的文化内涵。华丽的衣着，优雅的举止是一种外表的修饰，优美的辞令则是对言语行为的装饰，加上高尚道德修养，这一切打造出了一个完美的贵族士大夫。

1. 谦辞、敬辞和委婉语的普遍使用

春秋时期的外交辞令非常注重遣词造句，其语言有着明显的贵族化倾向。它的语言贵族化倾向的第一个表现就是，外交辞令中开始大量地使用谦辞、敬语和委婉语。谦辞、敬辞和委婉语的使用，一方面是为了表现优雅的风度，另一方面则是为了凸显语言沟通者的身份。

谦辞和敬辞在中国起源很早，《尚书》中周天子常常自称“予一人”、“小子”，就有明显的自谦之意。但谦辞和敬语的大量使用，是在春秋时代。谦辞是表示自我谦虚之辞，今天我们常用到一些常用的谦辞用语，如“敝”、“小”、“敢”、“不”等都已经普遍运用。如春秋时期的贵族们常用“敝邑”自称本国，《左传》中“敝邑”一词出现多达120多次。像《左传·文公十七年》的《子家告赵宣子书》，一封二百多字的书信，竟然连用了六个“敝邑”。“小人”一词，在春秋时期常指的是没有地位的庶民。如《左传·襄公二十六年》的“小人恐矣，君子则否”。但是，有时贵族也把“小人”作为自谦之词来使用。如《左传·襄公三十年》：“三十年春，王正月，楚子使蒍罢来聘，通嗣君也。穆叔问：‘王子围之为政何如？’对曰：‘吾侪小人。食而听事，犹惧不给命，而不免于戾，焉与知政？’”这位使者蒍罢是楚国的大贵族，他自称小人，显然是自谦之辞。现在常用的“不”字类型的谦辞，如“不腆”、“不佞”、

---

① 见[德]诺贝特·埃利亚斯《文明的进程——文明的社会起源和心理起源的研究》，上海：上海译文出版社，2009年，第34页。

② 朱彬：《礼记训纂》，北京：中华书局，2007年，第69页。

“不敏”等在春秋时期已是常用语。如“有不腆先人之马”(哀公二十三年)、“寡人不佞,能合其众而不能离也”(僖公十五年)、“起不敏,敢求玉以徼二罪”。至于以“敢”表示冒昧、烦劳之意,在《左传》《国语》中比比皆是。敬辞是表示对他人恭敬之语。后世流行的敬辞种类繁多,如“垂”、“承”、“贵”、“敬”等。春秋时期普遍流行的敬辞种类似乎还不是很多,那时人最喜欢用的是“惠”和“辱”字。如“君惠徼福于敝邑之社稷,辱收寡君,寡君之愿也”(僖公四年)、“君之惠,不以累臣衅鼓”(僖公二十三年)“若惠顾敝邑,抚有晋国”、“虽朝夕辱于敝邑,寡君猜焉”(昭公三年)等等。春秋时期的使者,喜欢尊称他国为“大国”,如“今大国曰:‘尔未逞吾志。’”(文公十七年)、“以大国政令之无常,国家罢病”(襄公二十三年)等。有些某些辞令中偶然出现的敬语,颇为新颖。如《展喜犒师》一文,“寡君闻君亲举玉趾,将辱于敝邑,使下臣犒执事”一句中将他人的脚尊称为“玉趾”,十分有趣。又如《左传·襄公十四年》的“敢拜君命之辱,重拜大贶”一句中,“大”与“贶”连用,非常独特。

委婉语是在特定语境中,为顺利完成交流目标而采用一种曲折迂回的语言来进行表达。春秋时期是委婉语十分流行的时代,那时的贵族们很喜欢在辞令中运用委婉语。因为委婉语既能避开某些忌讳的事物,帮助贵族们保持优雅的风度;又能造成一种含混多义的艺术效果,保持一种独特的神秘感。《左传》《国语》中成功运用委婉语的辞令不胜枚举。如《左传·僖公三十三年》记载,任职于郑国的秦国人杞子、逢孙、杨孙勾结秦穆公,准备偷袭郑国。郑国人发现他们的阴谋之后,派大夫皇武子前往驱逐杞子等三人。皇武子是这样对三人说的:“吾子淹久于敝邑,唯是脯资、饩牵竭矣。为吾子之将行也,郑之有原圃,犹秦之有具囿也。吾子取其麋鹿,以闲敝邑,若何?”郑国是个小国,不能公开与秦国撕破脸皮。所以皇武子在这里隐藏了驱逐三人的真实原因,只是表示郑国无力供应粮食物资,这个理由实在是妥帖又有趣。如《左传·成公二年》,鞌之战中,晋军大败齐国,晋国大夫韩厥追赶齐国国君,将要抓获他时,韩厥下车对齐君说了这样一番话:“寡君使群臣为鲁、卫请,曰:‘无令舆师陷入君地。’下臣不幸,属当戎行,无所逃隐,且惧奔辟而忝两君,臣辱戎士,敢告不敏,摄官承乏。”韩厥本来是一马当先、冲锋在前追赶上了齐君,但是为了照顾他的颜面,所以含蓄地说“无所逃隐”。当然,文中的“敢告不敏,摄官承乏”两句都是很精彩的自谦之词。

2. 语言形式美的刻意追求

好的文章，都很注重语言形式上的美感。王力先生认为："语言的形式之所以是美的，因为它有整齐之美、抑扬的美、回环的美"。① 春秋时期的不少辞令，已经开始有意识地注意语言的形式之美。当然，春秋辞令的语言形式美，主要是一种整齐美，其表现主要是整齐句式、对仗手法的运用。

上古时期的著作，如《尚书》《周易》，还很少有意识地使用整齐句式。春秋时期的不少辞令开始刻意地在文中运用这一手段了。如《左传·成公九年》记载了楚囚钟仪与晋侯对答一事，文中范文子是这样评价钟仪的：

> 文子曰："楚囚，君子也。言称先职，不背本也；乐操土风，不忘旧也；称大子，抑无私也；名其二卿，尊君也。不背本，仁也；不忘旧，信也；无私，忠也；尊君，敏也。仁以接事，信以守之，忠以成之，敏以行之。事虽大，必济。君盍归之，使合晋、楚之成。"

这段文字中的句式运用，很值得注意。文中二字句、三字句、四字句交替使用，变幻灵动，冯李骅称赞它是"愈整愈变，不见其板，但见其活。自有笔墨以来，未有见此前歌后舞之乐。"②又如《左传·襄公三十一年》所载的《子产坏晋馆垣》一文，也是语言形式美运用的典范之作。文中有一段文字是这样写的：

> 侨闻文公之为盟主也，宫室卑庳，无观台榭，以崇大诸侯之馆，馆如公寝，库厩缮修，司空以时平易道路，圬人以时塓馆宫室。诸侯宾至，甸设庭燎，仆人巡宫，车马有所，宾从有代，巾车脂辖，隶人牧圉，各瞻其事，百官之属，各展其物。公不留宾，而亦无废事。忧乐同之，事则巡之，教其不知，而恤其不足。宾至如归，无宁灾患？不畏寇盗，而亦不患燥湿。今铜鞮之宫数里，而诸侯舍于隶人。门不容车，而不可逾越，盗贼公行，而天厉不戒。宾见无时，命不可知。若又勿坏，是无所藏币，以重罪也。敢请执事，将何所命之？虽君之有鲁丧，亦敝邑之忧也。若获荐币，修垣而行，君之惠也，敢惮勤劳？

这段文字把晋国晋文公时代和当下招待宾客的情形作了对比。尤其写晋文

① 王力：《语言的形式美》，见王力：《龙虫并雕斋文集》（第一册），北京：中华书局，2015 年，第 435 页。

② 冯李骅：《左绣》，台北：文海出版社，1967 年，第 881 页。

公时代招待宾客的情形时，连用了十多个整齐的四言句式，将那时的条件优越、秩序井然、热情周到都生动地展现了出来。类似的例子，在《左传》《国语》尚有很多。

对偶也是展现语言形式美的有效手段之一。刘勰在《文心雕龙》中说："造化赋形，支体必双；神理为用，事不孤立。夫心生文辞，运裁百虑，高下相须，自然成对。"①这段话生动地说明了对偶的功能。春秋时代的大量辞令中，已广泛地运用了对偶的手法。《左传·僖公十五年》所载的如《阴饴甥对秦伯》一文，阴饴甥回答秦伯问话时这样写道：

> 对曰："小人戚，谓之不免，君子恕，以为必归。小人曰：'我毒秦，秦岂归君？'君子曰：'我知罪矣，秦必归君。贰而执之，服而舍之，德莫厚焉，刑莫威焉。服者怀德，贰者畏刑。此一役也，秦可以霸。纳而不定，废而不立，以德为怨，秦不其然。'"

这段文字中从"贰而执之"以下八句，都是整齐的四言句式。难得的是，它们还两两对仗："贰而执之"对"服而舍之""德莫厚焉"对"刑莫威焉""服者怀德"对"贰者畏刑""纳而不定"对"废而不立"。正是因为整齐四言句式及对仗手法的运用，才使得这段话各位精炼有力，很有打动人的效力。又如《左传·成公八年》，晋国派使者来要求鲁国将汶阳之田让给齐国。季文子在向晋国韩穿申诉时说："信以行义，义以成命，小国所望而怀也。信不可知，义无所立，四方诸侯，其谁不解体？"其中"信以行义"与"义以成命"、"信不可知"与"义无所立"四句也是两两对仗，都是非常精彩的格言警句。特别是"信以行义，义以成命"两句，兼用的对仗与顶真两种修辞手法。又如《吕相绝秦》一文中也有不少精彩的对偶语句。如"跋履山川，逾越险阻"、"文公即世，穆为不吊"、"阙翦我公室，倾覆我社稷"等，都是对仗十分工整、文字也很简洁凝练。

前文已多次提到，春秋时期的辞令是贵族们修饰身份的一种有力的工具。正因为如此，他们才会投入大量的精力来创作、润色辞令，来雕琢打磨语言。他们显然已经注意到了语言形式的问题，所以春秋的辞令才会在语言形式美上有了飞跃性的发展，为后人提供了不少宝贵的经验。

① 范文澜：《文心雕龙注》，北京：人民文学出版社，2006年，第588页。

3. 引经稽古手法的广泛运用

引用既是一种修辞手法，也是一种很有效的议论说理手段。引用在古代文学中也被称为事类、隶事，刘勰在《文心雕龙·事类》中："事类者，盖文章之外，据事以类义，援古以证今者也。"①引用手法的运用，在中国文学中有悠久的历史。上古著作《尚书》已出现这一手法。如《多士》一篇中，周公即借用过他人的话："我闻'上帝引逸'"。又如《无逸》一文中，周公引用殷商中宗、高宗、纣等历史人物的事迹，向成王说明"君子所其无逸"的道理。不过，直到春秋时期，引用的手法才得到广泛的应用。春秋时期的辞令中已经开始大量的引用经典的历史文献和历史故事。

关于引用的分类，王希杰提出了这样的看法："根据引用语的内容，也可以把古代的引用，分为'引经'和'稽古'两大类。引经，就是引用权威性的或有说服力的话来证明自己的观点。稽古，就是引用前人的事迹或历史故事来证明自己的观点。"②春秋辞令中的引用，引经和稽古这两种类型都已经出现，并且已经开始广泛地运用。

春秋时期是一个学术、文化繁荣的时代，大量的经典文献已逐步成型。陈来认为："从西周到春秋，代表文化发展的一大景观，是文献的原始积累和这些文献的经典化。这种文献的发展十分惊人，使得文明的发展取得了至少在形式方面的极大突破。"③从《左传》《国语》等书的相关记录来看，春秋时期流行的经典文献数量已不少。这些文献除了常见的《诗》《书》《易》之外，还有各种各样的《志》《书》，如《周志》《军志》《仲虺之志》《郑书》等。有时还有一些不知出处的"闻之曰"，大概也是引用前人之语。春秋辞令中，最常引用的是《诗》和《书》，这也可见这两种著作在当时极为流行，也很具有权威性。春秋时代的贵族们极爱引诗，据清代学者劳孝舆的统计，《左传》中除赋诗之外，引诗 75 次、解诗 33 次，共计 108 次。④ 春秋外交辞令中，以引诗方式增强说服力、折服对手的文章甚多。如《左传·成公二年》的《齐国佐不辱使命》一文，国佐的三处引诗也非常精彩。尤其是

① 范文澜：《文心雕龙注》，北京：人民文学出版社，2006 年，第 614 页。
② 王希杰：《汉语修辞学》，北京：商务印书馆，2010 年，第 419 页。
③ 陈来：《古代思想文化的世界》，北京：生活·读书·新知三联书店，2009 年。第 168 页。
④ 劳孝舆：《春秋诗话》(丛书集成初编本)，上海：商务印书馆，1936 年，第 42 页。

第二处引诗最为精妙:“故《诗》曰:‘我疆我理,南东其亩。’今吾子疆理诸侯,而曰‘尽东其亩’而已,唯吾子戎车是利,无顾土宜,其无乃非先王之命也乎?”他此处引诗,是为了质问晋人“尽东其亩”的无理要求。此诗出自《小雅·信南山》,诗中“南东其亩”一句,正是是对晋人“尽东其亩”的最好反驳。又如上文提到过《左传·成公七年》晋人命鲁国将汶阳之田让与齐国一事。当时季文子向晋人申诉时,曾引《诗》如下:“诗曰:‘女也不爽,士二其行。士也罔极,二三其德。’七年之中,一予一夺,二三孰甚焉?士之二三,犹丧妃耦,而况霸主?霸主将德是以,而二三之,其何以长有诸侯乎?《诗》曰:‘犹之未远,是用大简。’行父惧晋之不远犹而失诸侯也,是以敢私言之。”文中季文子前后两处引诗,均是十分巧妙。前者引《卫风·氓》中四句,这四句诗本是一位弃妇指责丈夫变心的话,季文子借以批评晋国外交政策朝令夕改。后者引自《大雅·板》,意为谋略无远见,故我来规劝。《左传》中引《书》之处,据顾栋高的统计也有22处。① 外交辞令中引《书》,有多处运用得十分妥帖。如《左传·襄公二十六年》的《蔡声子复楚伍举》一文,蔡国大夫声子劝谏楚令尹子木,让他召回楚国大夫伍举。文中他这样引《书》:“故《夏书》曰:‘与其杀不辜,宁失不经。’惧失善也。”声子所引的《夏书》此篇,今已失传。此处引用的这一句堪称至理名言。声子借这句话,想要劝令尹子木为政要以宽大为本,不能随便猜疑他人。这一句用在文中非常合乎情理。

值得注意的是,某些外交辞令中有时会引用一些并非出自经典著作的“古人有言”或“谚曰”。所谓的“古人有言”,可能是一些古老的格言警句。如《左传·文公十七年》的《郑子家告赵宣子》一文,文中这样写:“古人有言曰‘畏首畏尾,身其余几’,又曰‘鹿死不择音’。小国事大国,德,则其人也;不德,则其鹿也。”这里所引的两句格言,后世仍广为流传。如《左传·襄公二十四年》记载的鲁国大夫叔孙豹与晋国执政范宣子的一番对话非常有名。范宣子问:“古人有言曰,‘死而不朽’,何谓也?”叔孙豹这样回答:“豹闻之,大上有立德,其次有立功,其次有立言。虽久不废,此之谓不朽。”叔孙豹的这个“闻之”,大概也是古人之言。他的这几句后来成为脍炙人口的经典名句。又如《左传·昭公七年》:“子产曰:古人有言曰:‘其父析薪,其子弗克负荷’施将惧不能任其先人之禄,其况能任大国之赐?”某些

① 顾栋高:《春秋大事表·春秋左传引据诗书易三经表》,北京:中华书局,1993年,第2565页。

辞令中也常常引用一些民间谚语，来增强文章说服力。如《左传·昭公十二年》："子产不待而对客曰：'……谚曰："无过乱门"，民有乱兵，犹惮过之，而况敢之天之所乱？'"又如《左传·昭公十九年》："令尹子瑕言蹶由于楚子曰：'彼何罪？谚所谓"室于怒，市于色"者，楚之谓矣。舍前之忿可也。'乃归蹶由。"这些民间谚语鲜活生动，至今广为流传。

春秋时期的某些辞令中，也开始引用前人的历史事迹来说理。如前文提到过的《展喜犒师》一文，文中有一节这样写："昔周公、大公股肱周室，夹辅成王。成王劳之而赐之盟，曰：'世世子孙，无相害也。'载在盟府，大师职之。"此处展喜引用的是西周初期齐、鲁两国的祖先姜太公、周公两人结盟之事，借以说明齐、鲁两国自古以来就是友好邻邦。又如前面提到的《左传·襄公二十五年》的《子产献捷于晋》一文，子产在文中先列举大量历史事实，介绍了周王朝及郑国对陈国的多次慷慨帮助之举，借以说明陈国的忘恩负义。《左传·襄公二十六年》的《蔡声子复楚伍举》和《左传·定公四年》的《祝佗诉长蔡于卫》两篇都是长于"稽古"的名文。《蔡声子复楚伍举》一文，声子为劝令尹子木召回伍举，铺陈了许多历史事实，说明楚国如何因错误施政导致人才出逃晋国，造成了"楚才晋用"的局面。《祝佗诉长蔡于卫》一文中，祝佗则是广征博引，以大量事实历史事迹、历史文献，说明晋国人在会盟时把蔡国排在卫国之前是错误的行为。这两文可以说是春秋外交辞令中长于"稽古"的典范性作品。春秋时期的贵族们之所以如此的喜欢引经据典，固然是因为经典有相当的权威性，引用它们可以增强文章的说服力。但是同时，他们如此热衷引经稽古，还有一个目的，就是要展示他们渊博的学识、精深的文化修养。因为这正是显示他们在精神上、文化上高贵之处的最好方式。当然，他们的这一做法，客观上也极大地推动了中国语言文学的进步。

春秋时期的外交辞令文学艺术水平高超，是中国古典散文的一座高峰。外交辞令产生于春秋时期的贵族外交活动环境中，是贵族文化的直接产物。春秋时期有崇尚辞令的社会风气，贵族们将辞令当作了修饰身份的工具，借之来展现自己的学识、风度，这一点并不可取。但他们将大量热情和精力投入到辞令创作中，使得辞令在文章表现技法、语言艺术等多方面有了巨大进步，客观上导致了中国散文的大发展、大繁荣，其贡献也是不容忽视的。

第五章

春秋贵族政治与各类文体、语体

春秋时代是中国古代散文文体演变发展史上的一个非常重要的阶段。后世通用的不少文体,如诰命、盟誓、箴铭、哀诔和书信等,在这一时代都已出现。同时,《左传》《国语》中还详尽记录贵族君臣言论的各种如讥语、赞语、问答和劝谏等各种"语"类。这些都为后世文体的进一步发展,奠定了非常坚实的基础。不过,春秋时代的这些文体和"语体",都是产生于春秋贵族文化这一环境中,与春秋时期的贵族政治有着极为密切的关切,这是我们必须注意的问题。

第一节　春秋时代的各种文体概说

现当代学者一般认为:"《周易》中的卦、爻辞,《尚书》中殷、周文告等,可以说是我国散文的萌芽"①,而"中国的古代文体学观念至秦汉已经日益明确,中国传统意义上的主要文体也多在秦汉时代定型。"②而《左传》成书的春秋战国之际,则正处于中国古代文体由萌芽向定型渐进的过渡期当中。从《左传》中所收录的各种较为正式的历史文献来看,春秋时代的文体已开始走向繁复多样,除了有沿袭《尚书》而来的政府文告外,盟誓、箴铭、书信、檄文、诔等各种各样在后世广泛使用的文体,此时都已出现了。宋代学者陈骙在《文则》一书中对《左传》中文体进行

① 褚斌杰:《中国古代文体概论》,北京:北京大学出版社,2003 年,第 4 页。
② 刘跃进:《〈独断〉与秦汉文体研究》,《文学遗产》2002 年第 5 期,第 11 页。

了探讨，列出了具有代表性的命、誓、盟、祷、谏、让、书、对等八类，并对其特点作了简要分析①。张高评甚至认为："后世文章体裁如论辩、诏令、奏议、书说、传状、箴铭、颂赞、辞赋、哀祭叙记、典志诸体，皆滥觞于《左传》也。"②这里对《左传》中所收录的几种较为典型的文体作一粗略分析。

一、诏令体

诏令也即帝王的诏令文告，中国古代产生最早的文体之一。陈骙所举《左传》"八体"，第一体"命"，即天子诏令。明人徐师曾说："夫诏者、昭也，告也"③，《尚书》中《大诰》《康诰》和《酒诰》等篇虽名为"诰"，其实都是比较典型的帝王的文告。周初的许多诏书，如《大诰》《康诰》等作，都出于周公之手，以成王之名义宣示天下。此时正值周代文化的开创期，虽然这些诏书大都质朴无文、佶屈聱牙，却都大气淋漓，多言"天"、言"命"，处处显示这些新朝开创者敢于承担大业的勇气和胸怀。到春秋时代时，王权衰落、王纲解纽，周王室也很难再创作出周初那样气势磅礴的诏令。但是，在实权丧失之后，天子诏令和森严的礼制，是周天子所仅存的维护其帝王尊严和地位的两大法宝，所以春秋时代周王室格外的看重诏令和礼制。春秋时代的几位天子如周襄王、周定王和周景王对礼法典制的熟悉令人印象深刻。如《国语・晋语》所载，僖公二十五，晋文公平定王室内乱之后居功自傲、忘乎所以，请周襄王允许他使用仅有天子才可用的隧葬之制。周襄王当面拒绝他，并援引先代礼制将他斥责了一番，使得一代霸主晋文公也碰了一鼻子灰，乖乖地"受地而还"④。又如《左传・宣公十六年》所记，晋国执政、一代贤臣范武子至周王室朝拜，不熟悉天子飨客之礼，周定王亲自为他解说。诏令是礼制之外显示天子身份、威严的另外一件重要工具，自然不能草率为之。

从《左传》所收录的几篇文字来看，春秋时代天子的诏令有着比较明显的摹古倾向。不论在文字上，还是在篇章结构的处理上，它们都比较明显地在学习和模

---

① 陈骙：《文则》，北京：人民文学出版社，1962 年，第 37—42 页。

② 张高评：《左传之文学价值・自序》，台北：文史哲出版社，1982 年，第 4 页。

③ 徐师曾：《文体明辨序说》，北京：人民文学出版社，1982 年，第 112 页。

④ 徐元诰：《国语集解》，北京：中华书局，2002 年，第 51—54 页。

仿周初的帝王文告。从周初到春秋时代，经过了数百年的发展演变，中国的语言文字在语法、词汇上都已有长足的发展。《左传》中收录子家、子产等人书信，基本上可以肯定是未经改动的当时的原文。从这些文字来看，春秋中期时代流行的书面文字已不像《尚书》中所载的周初政府文书那样古奥，这时的语言已十分通顺、流畅，与战国、两汉的著作已无太大差别。《左传》中所采入的同一时期的周天子诏令中的文字，虽然不像《尚书》中的《大诰》等篇章那样艰深，但却还是保留了不少有代表性的古雅的词汇和语法结构。在称谓方面，诏令中常使用“余一人”“我一人”这样的词语表示“我”的意思。如成公二年的“所使来抚余一人”，昭公九年的“虽戎狄其何有余一人”昭公三十二年的“俾我一人无征怨于诸侯”。这样一种用法在周初即较为流行，较为可靠的周初的文字如《尚书》的《多士》中即有“予一人惟听用德”①，《康诰》有“予一人以怿”②，《酒诰》有“惟我一人弗恤”③，其他尚有很多。诏书中某些语词的用法在春秋时代的文书中已不太通用，如僖公十二年周襄王对管仲的诏命：“舅氏，余嘉乃勋，应乃懿德，谓督不忘。往践乃职，无逆朕命。”这里的“乃”，都是第二人称代词，且反复使用了三次。《尚书》中常有这样的用法，如《立政》“宅乃事，宅乃牧，宅乃准，兹惟后矣”④，但是春秋时代已很少如此使用。从篇章结构看，诏书总是先提先人功绩而后才叙及今人事迹。如襄公十四年，周灵王对齐灵公的诏令，开篇先说：“昔伯舅大公，右我先王，股肱周室，师保万民”，而后才是“今余命女环，今余命女环，兹率舅氏之典，纂乃祖考，无忝乃旧”。这种文章结构，完全是从周初的诏令沿袭而来。如《康诰》一篇中，成王分封其弟康叔时，也是先叙文王的功绩，而后又劝诫、勉励康叔。春秋天子诏令这种明显的摹古倾向，一方面是可能是因为政府的官方文书一定程度上形成了某种固定模式，但另一方面，周王室显然也有意用这种摹古诏书显示其凌驾于诸侯之上的正统地位。

春秋天子诏令的另一突出特点是，它们的文章风格不再像周初诏书那样质朴大气，而是变得更为典雅委婉，这也是政治形势变化之后周王室不得不做出的让步与调适。这一点在昭公三十二年的周敬王所发出的命诸侯城成周的诏书中，表

① 孙星衍：《尚书今古文注疏》，北京：中华书局，2004 年，第 429 页。
② 孙星衍：《尚书今古文注疏》，北京：中华书局，2004 年，第 369 页。
③ 孙星衍：《尚书今古文注疏》，北京：中华书局，2004 年，第 383 页。
④ 孙星衍：《尚书今古文注疏》，北京：中华书局，2004 年，第 470 页。

现得已十分明显。诏书这样写道：

> 天降祸于周，俾我兄弟并有乱心，以为伯父忧，我一二亲昵甥舅，不遑启处，于今十年，勤戍五年。余一人无日忘之，闵闵焉如农夫之望岁，惧以待时。伯父若肆大惠，复二文之业，弛周室之忧，徼文、武之福，以固盟主，宣昭令名，则余一人有大愿矣。昔成王合诸侯，城成周，以为东都，崇文德焉。今我欲徼福假灵于成王，修成周之城，俾戍人无勤，诸侯用宁，蝥贼远屏，晋之力也，其委诸伯父，使伯父实重图之。俾我一人无征怨于百姓，而伯父有荣施，先王庸之。

这段文字堪称是春秋天子诏令的典范之作，冯李骅评论说："唐皇文字，写得如许清婉，汉人诏令差堪仿佛。"①这一诏令中仍然保留了一些周初诏令中的标志性语词，如"余一人""俾""庸"等，典雅之风一如故常。但是它却又将春秋外交辞令的委婉之风融入其中，像"闵闵焉如农夫之望岁"、"其委诸伯父，使伯父实重图之"等语，写得又十分哀婉恳切，这无论是其前的西周、还是后世的诏书都十分罕见。此时周王室刚刚经历数年的王子朝之乱而初步安定，但府库空空，连修筑成周城墙之资也需要仰仗诸侯的施舍，天子境地的窘迫可想而知。这一封诏令表面是天子的公告，实质是一封求援甚至是乞讨的文书，天子做到这个地步实在是可怜。

成公二年，巩朔至成周献捷时，周定王命单襄公诘责他的一段辞令，虽不是正式的诏令，但是也有诏令的性质，这里稍带讨论一下。这段辞令这样写道：

> 蛮夷戎狄，不式王命，淫湎毁常，王命伐之，则有献捷。王亲受而劳之，所以惩不敬、劝有功也。兄弟甥舅，侵败王略，王命伐之，告事而已，不献其功，所以敬亲昵、禁淫慝也。今叔父克遂，有功于齐，而不使命卿镇抚王室，所使来抚余一人，而巩伯实来，未有职司于王室，又奸先王之礼。余虽欲于巩伯，其敢废旧典以忝叔父？夫齐，甥舅之国也，而大师之后也，宁不亦淫从其欲以怒叔父，抑岂不可谏诲？

这段天子诘责之辞堂皇正大而又缜密严谨，是一篇很出色的文字，罗大经称赞它"王命肃肃，尚有西都之气"②，确实如此。它开篇就先点出周朝的王章典制，

---

① ［日］贯名苞校订增加：《翻刻左绣》卷二十六，嘉永甲寅须静堂课本。

② ［日］贯名苞校订增加：《翻刻左绣》卷十二，嘉永甲寅须静堂课本。

气象阔大;对王章略作解释之后,即又依据王章层层递进地诘责晋人的罪行。中间“今叔父克遂”一小节,句式古奥,曲折变化甚多,冯李骅称赞它“曲折奥衍,文笔最古”①,最是意味深长。此文虽然有“西都之气”,但是此时的周王室却已今非昔比了。朝堂之上诘责巩朔之后,文后记周天子私下还向巩朔赔礼道歉一番,正与大气的诏命相映成趣。

二、盟辞、誓词与祝祷辞

盟辞、誓词和祝祷辞,虽然具体分工各异,但都是十分庄重肃穆的告于神明之辞,这里放在一处讨论。先说盟辞,盟辞也是春秋时代一种十分重要官方文体,其重要性甚至超过了周王的诏令。王权衰落之后,诸侯各国之间的冲突与摩擦日益加剧,世家大族与公室的关系日渐紧张,有时为了维护各国外交关系的稳定,有时为维持国内政局的安定,贵族们常常要举行会盟仪式,而后订盟立誓。刘勰在《文心雕龙》中解释“盟”时说:“盟者,明也,祝告于神明者也”,并且说“夫盟之大体,必序危机,奖忠孝,共存亡,戮心力,祈幽灵以取鉴,指九天以为正,感激以立诚,切至以敷辞,此其所同也。”②从《左传》的记载来看,“盟”是比较庄重的,结盟的各方一般要歃血为盟,且有正式的“载书”。《左传》中收录的盟辞数量众多,诸侯盟辞比较重要的有僖公二十八年的践土之盟、成公十二年宋西门外的弭兵之盟、襄公十一年郑亳北之盟等;卿大夫与民众在国内订盟的以僖公二十八年的卫国大夫宁武子主持的宛濮之盟最为知名。

盟辞是用于“祝告于神明”的,所以要格外的严肃、庄重。为了达到肃穆庄重的文字效果,盟辞中经常使用一些较为古雅的词汇。而为了清楚明确地表达意图,盟辞的语句一般也都十分精练短小,以三言、四言句式居多,很少有长句。如践土的盟辞:“皆奖王室,无相害也。有渝此盟,明神殛之。俾队其师,无克德祚国,及而玄孙,无有老幼。”这里的“奖”“俾”“队”“克”“祚”等动词,都十分古雅,在春秋时代的书面语中都已很少这样使用。但这样有了这一连串古雅的动词,才使整篇盟辞显得十分峭拔有力。又如郑亳北之盟的盟辞:

---

① ［日］贯名苞校订增加:《翻刻左绣》卷十二,嘉永甲寅须静堂课本。

② 范文澜:《文心雕龙注》,北京:人民文学出版社,2006 年,第 177 页。

凡我同盟,毋蕴年,毋壅利,毋保奸,毋留慝,救灾患,恤祸乱,同好恶,奖王室。或间兹命,司慎司盟,名山名川,群神群祀,先王先公,七姓十二国之祖,明神殛之,俾失其民,队命亡氏,踣其国家。

这一盟辞分前后两节,前一节盟誓约定之要求,后一节则是违反约定之后将会遭遇的惩罚。约定的八项内容都用灵活的三言句式叙来,而且前四项用了四个以"毋"打头的句子贯通一气,后面四句改换句法,整体十分流畅自然又富于变化。而后面诅咒的内容,则以典重的四言句式为主,不厌其烦地罗列见证盟誓的神灵达十种之多,其盟誓之庄重非比寻常。

僖公二十八年,宁武子和卫国民众在宛濮订盟之盟辞,在《左传》的诸多盟辞中较为特殊。盟辞的内容是这样的:

天祸卫国,君臣不协,以及此忧也。今天诱其衷,使皆降心以相从也。不有居者,谁守社稷?不有行者,谁扞牧圉?不协之故,用昭乞盟于尔大神以诱天衷。自今日以往,既盟之后,行者无保其力,居者无惧其罪。有渝此盟,以相及也。明神先君,是纠是殛。

宛濮之盟举行于城濮之战后、卫国危机重重之时。当初晋文公重耳流亡过卫时,卫人无礼他;城濮之战时,卫人又站在楚国一边,所以开战之后晋国即派兵攻伐卫国。楚国战败之后,极为恐惧的卫成公逃出卫国避难,直到卫国人与晋国结盟之后,他才又回到卫国。卫成公即将回国之际,大夫宁武子忧虑追随成公的臣子和留在国内的民众不能齐心合力共渡难关,所以召集众人共同立下盟誓。这一盟辞的独特之处,就在于它重点不在于双方之间信义的订立,而在于向众人解释说明国家的重重危难,请大家和衷共济、共渡难关。所以它并不像普通盟辞那样干脆利落,它是先是深沉恳切地先民众交代当下危难,又心平气和的开导大家,使得不管是"行者"还是"居者"都能尽释前嫌而共同辅佐即将回国的君主。文中开头两次举出天意,既巧妙解说国难的由来,又交代当下国君归来的局势,"起手便传缠绵悱恻之神"①。下文又两次分别从"行者""居者"两面开解,"婉转真挚"②。因为重在相互谅解,所以诅咒之言也十分简略,一带而过。

① [日]贯名苞校订增加:《翻刻左绣》卷七,嘉永甲寅须静堂课本。
② [日]贯名苞校订增加:《翻刻左绣》卷七,嘉永甲寅须静堂课本。

《左传》中也记录了不少誓词，但都较为简略，且有较为固定的模式，一般用“有如 + 名词”结构来表达。如僖公二十四年重耳的誓词：“所不与舅氏同心者，有如白水”，又如定公十四年蔡侯的誓词：“余所有济汉而南者，有如大川！”唯有哀公二年的赵简子在与郑国交战之前的誓师之词，文字较长，值得注意：

> 范氏、中行氏，反易天明，斩艾百姓，欲擅晋国而灭其君。寡君恃郑而保焉。今郑为不道，弃君助臣，二三子顺天明，从君命，经德义，除诟耻，在此行也。克敌者，上大夫受县，下大夫受郡。士田十万，庶人工商遂，人臣隶圉免。志父无罪，君实图之。若其有罪，绞缢以戮，桐棺三寸，不设属辟，素车朴马，无入于兆，下卿之罚也。

此誓词共分三节，第一节说明与郑人交战缘由，第二节言明战胜立功后对将士的奖赏，第三节则宣称自身若有罪臣必受重罚，文字颇为慷慨激昂。尤其第三节中，着落到自己身上时，特别提出若自己有罪，则死后只能受“桐棺三寸，不设属辟，素车朴马，无入于兆”的薄葬待遇，说得很具体，也很恳切。由此处也可以看出，厚葬在当时应当还是一种很流行的安葬方式。

祝祷辞，一般认为是“飨神之词也”，在先秦时代中的社会生活中有着很特殊的作用。《周礼·春官》中有“太祝”之官，专门“掌六祝之辞，以事鬼神祇，祈福祥，求永贞”①。《周礼》属后出之书，其中材料未必完全可靠，但古人对祝祷之辞的重视也可见一斑。且春秋时代也尚有专门负责祝祷的官员，在《左传》中多次出现，如“祝史正辞”（桓公六年）、“祝祓社”（襄公二十五年）、“祝史陈信于鬼神”（襄公二十七年）。

《左传》中收录了两者内容很详尽的祝祷辞，一是襄公十八年的荀偃祷于河神之辞，一是哀公二年晋郑之战中卫国太子蒯聩战前的祷告之辞。襄公十八年所记的祝祷辞，是晋国率领诸侯讨伐齐国即将渡河，主帅荀偃向河神祷告之言，祷辞这样写道：

> 齐环怙恃其险，负其众庶，弃好背盟，陵虐神主。曾臣彪将率诸侯以讨焉，其官臣偃实先后之。苟捷有功，无作神羞，官臣偃无敢复济。唯尔有神裁之。

① 孙诒让：《周礼正义》，北京：中华书局，2008 年，第 1985 页。

为表示对神灵的恭敬，祷辞中不管是对敌人齐灵公，还是对君主晋平公以及荀偃自己，都直呼名讳“环”、“彪”和“偃”，其庄重肃穆之情透出于字里行间。祷辞中所使用的一些动词如“怙恃”、“陵虐”、“先后”，都古雅而有力度，使得整篇祷辞显得即虔诚恭敬，又斩截有力。陈骙认为《左传》中的“祷”之一体，有“切而悫”的特点①，这篇祷辞足以当之。

与荀偃相较，哀公二年的蒯聩的祷辞就大异其趣了。哀公二年，晋、郑交战时，流亡晋国的卫太子蒯聩也跟随晋军主帅赵简子一同上阵。蒯聩的祷辞是这样的：

> 曾孙蒯聩敢昭告皇祖文王，烈祖康叔，文祖襄公：郑胜乱从晋午在难，不能治乱，使鞅讨之。蒯聩不敢自佚，备持矛焉。敢告无绝筋，无折骨，无面伤，以集大事，无作三祖羞。大命不敢请，佩玉不敢爱。

上文中荀偃的祷辞，是他作为三军统帅向河神祷告，实质有誓师的性质，所以典重而大气。而蒯聩的祷辞则是战前他个人向先祖祷告，让祖先保佑他在战场之上无损无伤、克敌制胜。蒯聩得罪其父卫灵公，逃亡晋国避难，他寄人篱下，惶惶如丧家之犬，所以祷告之时所说的祷辞虽不大气，但十分恳切。“无绝筋，无折骨，无面伤”的誓愿略有琐碎之感，但是却也很贴切于他个人的身份。

三、书信体

关于书信，刘勰在《文心雕龙·书记》中解释说：“书之为体，主言者也”，又说“书者，舒也。舒布其言，陈之简牍，取象于夬，贵在明决”②。书信虽然也“陈之简牍”，但却大不同于政府公文，他更多的是异地的朋友之间相互交流思想、情感的工具。《左传》中所收录的几封各国公卿相互往来的“书”，如文公七年的子家与赵宣子之书、襄公二十四年的子产与范宣子书、昭公六年叔向与子产书及子产的回书，应当是中国现存最早的一批书信。

《左传》所收录的这几封书信，虽然都是贵族卿大夫论政的文字，但它们彼此也还略有差异。如子家与赵宣子之书、子产与范宣子书从内容来看，都是郑国大

① 陈骙：《文则》，北京：人民文学出版社，1962 年，第 39 页。
② 范文澜：《文心雕龙注》，北京：人民文学出版社，2006 年，第 455 页。

臣尽力在霸主晋国面前为自己的国家争取更多的利益,但写法却大为不同,子家的书信是外交辞令的变体,而子产的书信则更像一篇进谏之辞。郑国作为一个介于晋楚之间的小国,其地理位置极为特殊,自然也就成了晋楚两大国极力争夺的对象。文公十七年,正值晋灵公在位之际,郑国正臣服于晋国,这一年六月诸侯会盟于扈时郑穆公却没有前来,晋国人怀疑郑国有二心,两国关系面临考验。于是郑国执政子家给晋国执政赵宣子(即赵盾)写了一封信解释此事。信件一开篇,子家即细数自郑穆公即位十八年来历年郑国朝于晋之事,以大量事实说明郑国对晋国的忠诚,是“蔑以过之矣”。然后子家又进一步论说道:

古人有言曰:‘畏首畏尾,身其余几。’又曰:‘鹿死不择音。’小国之事大国也,德,则其人也;不德,则其鹿也,铤而走险,急何能择?命之罔极,亦知亡矣。将悉敝赋以待于儵,唯执事命之。

文公二年六月壬申,朝于齐。四年二月壬戌,为齐侵蔡,亦获成于楚。居大国之间,而从于强令,岂其罪也。大国若弗图,无所逃命。

这里第一段文字,子家引了两则前人之言,来形象地比喻大国不体恤小国时小国的处境和心态,明言晋国如再加逼迫,则郑国不得不反抗了。其中“鹿死不择音”的比喻极为生动,所以子家才又顺着此言发挥出了“德,则其人也;不德则其鹿也”两句。第二段文字中,子家又历数近年郑国与齐、楚交往之事,具体说明小国“居大国之间而从于强令”的无奈处境。其中“亦获成成于楚”一句,一个“亦”将郑楚关系说得十分暧昧,暗示假如晋国再如此欺凌,郑国可能就要转而投楚了。这封书信前半段表明忠心,而后半段又坦率说明小国处境,请晋国勿再无礼逼迫,“是一首极放肆、极畅快文字”①。襄公二十四年的子产与范宣子书,与子家之信相似,也是郑国大臣写给晋国执政的书信,但是信的写法和风格却与子家之信大为不同。范宣子当政时,晋国向诸侯索要价值高昂的贡品,郑国人十分忧虑之时,子产写信给范宣子批评他的做法,请他轻币重德。子产的书信开篇即说:“子为晋国,四邻诸侯不闻令德,而闻重币,侨也惑之”,正像吴楚材评论的“劈起将令德与重币对较,持论正大”②。然后子产又两相对比,详细说明重币的危害、令德的好

---

① [日]贯名苞校订增加:《翻刻左绣》卷九,嘉永甲寅须静堂课本。

② 吴楚材、吴调侯:《古文观止》,北京:中华书局,2006年,第59页。

处。最后,他又说道:“毋宁使人谓子:‘子实生我’,而谓‘子浚我以生’乎? 象有齿以焚其身,贿也。”全文以一个有力的反诘和一个形象的比喻结束,令人回味无穷。子产的这封书信目的在于劝谏,它的风格和《左传》中收录的许多劝谏之辞一样,都是剀切详明的文字。

如果说子家、子产的书信还尚未完全与政府公文分离,尚属于是外交辞令或劝谏之辞的变体,那么,昭公七年所载的叔向与子产之书及子产的回书这两封书信,则已经与后世的书信没有什么差别,它们完全是贵族卿大夫相互之间交流对政治、对时局看法的文字。子产和叔向无疑都是春秋末期政坛上著名的政治家,他们不论是在政治才干,还是德行、学识上,都是当时第一流的人物,他们的言行自然也备受关注。虽然都出身于贵族世家,子产和叔向却分别代表着变革时代中两种截然不同的政治立场。子产更像是一个实干家,他顺应形势,勇于开拓创新。他在郑国主政时,“使都鄙有章,上下有服,田有封洫,庐井有伍”,他又不毁乡校,使民众能畅所欲言,这些举措都为春秋后期政治开出了不少新气象。昭公六年,子产“又铸刑书”,即将刑法铸于鼎上而颁示于民众,可以说是中国政治、法律发展史上的一大进步。但是,子产的这一做法却招来了叔向强烈的批评。相比于子产,叔向是一个政治上极为保守的贵族人物,他和不少贵族、甚至是时代稍后于他的孔子,都担忧税赋、法律上众多革新,将会危及周代传统礼法制度,并进而导致整个社会道德风气的衰败。子产的变革完全顺应历史形势、满足了民众的需要,而叔向等人的忧虑却也很有道理,春秋战国之际社会风气的衰坏也正说明了这一点,这正是道德与历史的二律背反规律在这一时代中的显现。叔向的书信写的恳切典重,书信的开头他劈头就说:“始吾有虞于子,今则已矣。”“始吾有虞于子”,先抬高子产,意为我曾经寄托厚望于您,但是随后的“今则已矣”则是重重地摔下,尤其句尾使用了“已矣”这样两个连用的语气词,其失望的神情可想而知。在书信的正文中,叔向先从先王治民的体制来分析说明铸刑书将会带来的危害。叔向认为,先王主之以德而辅之以刑,而今却使“民知有辟,则不忌于上,并有争心,以征于书”,世道人心将难以收拾。接着,他又历举夏、商、周三代史记,说明刑法的出现都是在末世时。最后,他才将批评的矛头直指子产,指责他在郑国的一系列措施,虽然想“靖民”,却难以起到作用。而此次的铸刑书,更是使得“民知争端矣,将弃礼而征于书。锥刀之末,将尽争之。”他还预言:“终子之世,郑其败乎。”叔向的这封书信诚恳、郑重，又广征博引、典赡笃实，甚至还以预言诫劝，不但不说他用心良苦，对子产真正尽到了朋友之道。而子产的回书却十分简略，仅有二十几个字几句话，他在信中这样说：

若吾子之言，侨不才，不能及子孙，吾以救世也。既不承命，敢忘大惠？

子产的回书虽简略，但也很峻切。对叔向的指责他没有作出太多回应，他只是表明自己的举措，其本心是为了“救世”。面对日益混乱的局势，仅仅抱住先王的礼制不放是不行的，只有奋发有为，尽力挽救时局、帮助民众才更有意义。子产仅仅拈出了“救世”两字回应叔向，并且没有作任何说明，是因为救世需要靠行动，而他已经在行动了。子产当然明白叔向之所以指责他，是在尽朋友之道，所以他依然真诚地回应：“既不承命，敢忘大惠？”《左传》中所收录的这两封书信，使我们看到两千多年前两位一流的政治家相互切磋交流政治主张的情形，的确难能可贵。有趣的是，叔向与子产相互致书交换政治看法之事，与宋代的两位著名政治家司马光和王安石相互投书论政之事颇有相似之处。司马光是北宋政坛保守首领，王安石变法之时，他以一封洋洋洒洒长达3000多字的长信《与王介甫书》，指责王安石新法之危害、批评王行政举措的失当。而王安石则以仅有四百字左右的一封《答司马谏议书》驳斥司马光观点，此信言辞犀利，成为后世传颂之名篇。叔向与子产，司马光与王安石，四位政治家相隔一千多年，其行事、言论却多有相似之处，实在令人赞叹。

四、檄文及箴铭、哀诔、歌谣

檄文，是军队出师之前的一种宣传文书，明人吴纳解释说：“按《释文》‘檄，军书’，春秋时，祭公谋父称文告之辞，即檄之本始。至战国张仪为檄告楚相，其名始著。”①檄文的名称虽然在战国时才出现，但《左传》中收录一些文章，已经是比较正式的檄文。刘勰即认为：“齐桓征楚，诘苞茅之阙；晋厉伐秦，责箕部之焚；管仲吕相，奉辞先路：详其意义，即今之檄文。”②这里刘勰举出了《左传》中的两篇文字，一篇是僖公四年齐桓公讨伐楚国时管仲诘责楚国人之辞令，另一篇是著名的

① 吴纳：《文章辨体序说》，北京：人民文学出版社，1982年，第40页。

② 范文澜：《文心雕龙注》，北京：人民文学出版社，2006年，第377页。

《吕相绝秦》,认为它们是现存最早的檄文。管仲诘问楚国之言,属于外交辞令,并不能算作檄文,而《吕相绝秦》一文无论从内容和形式上看,都确实是一篇杰出的檄文。

檄文主要的作用是奉辞伐罪、鼓舞士气,基于这样一种实用功能它形成了一些较为独特的文体特点。一般情况下,檄文先要"述此休明"、"叙彼苛恶"①,宣示出师作战的正当性;然后,要"指天时,审人事,算强弱,角权势"②,说明出兵之后必能大胜敌人,使得我军士气高涨、敌人闻风丧胆。《左传》中所载的《吕相绝秦》一篇已经很好地做到了以上几点。这篇文字作于成公十三年,此时,晋军正准备率领诸侯讨伐秦国。这篇文字先历数数世以来自晋献公以来晋国如何有德于秦人、秦人如何忘恩负义,简要说明"诸侯备闻此言,斯是用痛心疾首,昵就寡人"的出师缘由,向秦国提出了"矜哀寡人,而赐之盟"的要求。此文最为后世激赏的一点是,它在历数秦晋关系时,能够巧妙地回护晋国的过失,将罪责、过失全都推卸到秦人一面,造成一种晋国光明正大、忠厚有德而秦人阴险狡诈、卑鄙猥琐的强烈对比效果,说明晋国及诸侯之兵乃正义之师,使得军民能同仇敌忾、共御强敌。本来秦晋两国交往,功过是非,各占一半。但是,文中叙晋国过错时极力回护、回避甚至是歪曲,叙秦国的功德时又轻轻一点、一带而过。如晋献公死后晋国内乱之际,秦国送晋惠公、晋文公回国,多次助晋国度过难关,但是晋惠公却忘恩负义,在秦国大饥之际也不予资助,才使得秦、晋两国之战发生了韩原一战。但文中对秦晋关系史上最重要的这一段是这样说的:

> 天祸晋国,文公如齐,惠公如秦。无禄,献公即世。穆公不忘旧德,俾我惠公用能奉祀于晋。又不能成大勋,而为韩之师。亦悔于厥心,用集我文公,是穆之成也。

韩原之战,过错本在晋国一方,但是文中用"又不能成大勋"一句解释战争起因,反倒像是秦人有罪。而"亦悔于厥心,用集我文公"一句,则直接把过错推到了秦人身上,似乎是秦人认识到自己在韩原一战的过错,才送晋文公归国以赎罪。最后虽然承认送文公归国,"是穆之成也",但穆公的功劳也是建立在"亦悔于厥

---

① 范文澜:《文心雕龙注》,北京:人民文学出版社,2006 年,第 378 页。
② 范文澜:《文心雕龙注》,北京:人民文学出版社,2006 年,第 378 页。

心”的基础上，这样一来，功过相抵，秦穆公也就只是勉强有功而已。如此强词夺理、搬弄是非却又不漏痕迹，作者文字技巧之高超也可见一斑。正如吴楚材所说：“秦晋权诈相倾，本无专直。但此文饰词驾罪，不肯一句放松，不使一字置辨，深文曲笔，变化纵横，读千遍不厌也。”①

另外，昭公二十六年的王子朝告诸侯书，也很值得注意，张高评说它“虽未有檄名，已具其实”②，确实如此。昭公二十二年，周景王欲杀单旗等人而立王子朝为太子，但是计划未能付诸实施，景王就因心疾猝死。单旗等人素来与王子朝不和，他们乘机拥立王子朝之弟为天子，却激怒了王子朝及其党羽，两派混战，周王室陷入内乱之中。最终，单旗等人借助晋国的势力击败了王子朝，使得他不得不逃往楚国。襄公二十六年，王子朝逃到楚国之后不久，即向诸侯散发了一份告诸侯书。这份文书的目的是要揭露单旗、刘狄等人以及晋国废长立幼扰乱周室的罪恶，而号召诸侯讨伐他们，正因为它有奉辞伐罪的明确目的和功能，所以将它作为一篇檄文来看待也并无不可。相比于《吕相绝秦》一篇，王子朝此文要光明正大的多，它基本上是诚恳地阐述事实，并无多少躲闪回护之辞。吴闿生称赞王子朝的文书：“此文工绝，在春秋文告当为第一篇文字”③，虽然不无溢美之嫌，却也很有几分道理。王子朝的这篇文告洋洋洒洒，长达六百余字，文章结构严谨，遣词用句都极为精练典雅，能得人称赞并非偶然。文告的一开篇，王子朝即高屋建瓴地先举出武王克殷、分封诸国之后对诸侯的诰书，点明当年武王已确定诸侯的职责，是王室“迷败倾覆而溺入于难”时，诸国需“振救之”。接着他历数从夷王至景王的王室的多次危难，以及诸侯奋力救助王室的种种功绩。而后才详述当前王室内乱之际单旗、刘狄等人“帅群不吊之人，以行乱于王室”的罪行，以及晋人帮助奸人的过错，号召诸侯“奖顺天法，无助狡猾，以从先王之命”。最后他又一处郑重举出选定继承人时须遵循的先王之命，庄重向诸侯宣示单、刘等人“赞私立少”的做法违背了王命，请“伯仲叔季图之”。文告开篇出劈手即引王命，结尾处仍以王命收束，文中叙述往日旧典、论说今日祸乱，也都完全依照王命，使得整篇文字堂皇正大，令人难以反驳。文中词句的运用也极为考究，显然经过精心地推敲。如历举诸侯

① 吴楚材、吴调侯编：《古文观止》，北京：中华书局，2006 年，第 52 页。

② 张高评：《左传之文学价值 · 自序》，台北：文史哲出版社，1982 年，第 13 页。

③ 吴闿生：《左传微》，合肥：黄山书社，1995 年，第 908 页。

拯救王室的功绩时,文中分作两层,每一层各用一句“则是兄弟之能用力于王室也”、“则是兄弟之能率先王之命也”收束,这两个长句格外有力而意味深长。又如文中模仿单旗等人口吻时写道:“谓:‘先王何常之有? 唯余心所命,其谁敢讨之?’”将单旗等人骄横之貌刻画得形象生动,令人印象深刻。又如文中叙单旗等人的罪行时写道:“侵欲无厌,规求无度,贯渎鬼神,慢弃刑法,倍奸齐盟,傲很威仪,矫诬先王。”七个四言句式,一气呵成,最终仍落到“矫诬先王”上,指明单、刘等人的行为是犯上作乱。而讲到自己逃亡楚国时的境地时说:“兹不谷震荡播越,窜在荆蛮,未有攸厎”,虽然是流窜是逃亡,但却还是颇有天子的气象。即使拥护周室的鲁国大夫闵子马,他评论子朝文告时,也只能批评子朝本人“无礼甚矣”,对于文告本身,他不好赞叹却又难以批评,仅说了个“文辞何为”了事。从闵子马的这一反应来看,王子朝的文告一定是打动了不少人。

除过上述所举几种较为典型的文体外,《左传》中短小的箴铭、哀诔和歌谣韵文等也值得注意。箴,是一种规诫性的韵文文体,正如吴纳所说:“盖箴者,规诫之辞也。”襄公四年所载的《虞人之箴》,是一篇非常大气的箴文,文中说道:“芒芒禹迹,画为九州。经启九道,民有寝庙,兽有茂草,各有攸处,德用不扰。在帝夷羿,冒于原兽,忘其国恤,而思其麀牡。武不可重,用不恢于夏家。兽臣司原,敢告仆夫。”箴文的开头至“德用不扰”一句为第一节,这一节叙先王经划九州时的场景,开阔大气,令人想见上古时人众稀少、原野广阔、群兽奔腾于茂草中的情形。后面一节则引后羿沉溺田猎以致丧甚败家的事迹,劝诫后世君主。铭,则是刻于金属器皿上称颂功德的文字,《文心雕龙·铭箴》中说:“铭者,名也。正名审用,贵乎慎德”①。僖公二十五年,卫国灭亡刑国之后,卫国大夫礼至制作铭文说:“余掖杀国子,莫余敢止”,他将杀人作为功劳,还称“莫余敢止”,骄横之态跃然纸上。昭公七年所收录的正考父的铭文颇为有趣,铭文中说:“一命而偻,再命而伛,三命而俯,循墙而走,亦莫余敢侮。饘于是,鬻于是,以糊余口”。它展示的是铭文主人极为谦恭的处事态度,正与上文所举礼至铭文形成鲜明对照。这则铭文的文字也颇为幽默风趣,受国君一命、二命乃至三命的封赏,在他人看来是无上的荣誉,但正考父却把它当作了压力,层层加压之后,以至于压得他只能趴在地上。本来像他这

① 范文澜:《文心雕龙注》,北京:人民文学出版社,2006 年,第 193 页。

样的贵族,每日饱食大鱼大肉也并非难事,他却张口一个饘,闭口一个鬻,每日以稀饭糊口就知足了。如此谦恭礼让、知足常乐的贵族确实不多见。

诔,是一种哀悼死者的文体,它一般要"累其德行,旌之不朽",①即列举死者的德行,称扬他而使之不朽。哀公十六年所载的鲁哀公哀悼孔子之文,应当是现存最早的诔文。诔文中这样说:"旻天不吊,不憖遗一老,俾屏余一人以在位,茕茕余在疚!呜呼哀哉。尼父,无自律。"鲁哀公的这则诔文,文字很简略,遣词用句都有明显的摹古倾向,如"俾屏"这样的动词、"茕茕余在疚"这样的句式均是典型的周初文字风格。可惜仿古仿得过了头,连"余一人"这样的天子自称的称谓语也挪了过来,不但有僭越之嫌,还将他不学无术、食古不化的老底也露出来了。

《左传》中也收录了不少民间歌谣。如僖公二十八年城濮之战时晋国民众所歌之谣:"原田每每,舍其旧而新是谋",乃是晋国民众以轮耕为比喻,劝晋文公勿再念楚国昔日恩惠,而因果断与之开战。又如宣公二年所载宋国人嘲弄华元的歌谣:"睅其目,皤其腹,弃甲而复。于思于思,弃甲复来。"又如襄公四年所记鲁国人谩骂臧文仲的歌谣:"臧之狐裘,败我于狐骀。我君小子,朱儒是使。朱儒,朱儒,使我败于邾。"又如襄公十七年宋国所唱之歌谣:"泽门之皙,实兴我役,邑中之黔,实慰我心。"还有襄公三十年所记的郑国人先攻击后赞颂子产的两则歌谣:"取我衣冠而褚之,取我田畴而伍之,孰杀子产,吾其与之"、"我有子弟,子产诲之,我有田畴,子产殖之,子产而死,谁其嗣之?"这些歌谣都出于当时的民众之口,虽然文辞质朴,但是往往形象生动、爱憎分明而又富于生活气息,自有其不可替代之价值。

第二节　春秋时代的典型"语"类文体(上)——"问答文"

《左传》中除了收录了各种较为诏令、盟辞等体制很完善、功能很明确的文体外,还记载了大量的贵族卿大夫行政或日常时的嘉言善语。搜集贵族卿大夫言论并编撰成书的工作,可能在《左传》之前就已经开始了。《国语》就是这样一部偏

---

① 范文澜:《文心雕龙注》,北京:人民文学出版社,2006 年,第 212 页。

重于收录人物言论的“语”书，它将当时各国所流行的记录贵族公卿言论的单篇文字，汇集到了一起而编撰成书。1973年马王堆汉墓出土的帛书，被学者们命名为《春秋事语》，也是一种记录春秋时事“语”书，全书分为十六章，每章是一篇独立的小短文。张政烺先生认为：“（每章的言论部分）内容既有意见，也有评论，使人一望而知这本书的重点不在讲事实而在记言论。这在春秋时期的书籍中是一种固定的体裁，称之为‘语’。语，就是讲话。语之为书既是文献记录，也是教学课本。”①由此也可见《左传》《国语》中记载贵族人物言论的篇章，很可能是当时流行的一种文章体裁。张岩研究《左传》《国语》中各种记录人物言论的篇章之后，将它们划分为四种“典型文体”，即训语文体、劝谏文体、赞语文体和问答文体②。他所划分的这四种文体未必完全恰当，但却对我们分析探讨《左传》《国语》中收录的各种言论颇有启发。《左传》中的“语”类文章，以“问答文”和“劝谏文”最具有代表性，这里先讨论《左传》中三种类型的“问答文”。

问答体是《左传》所收录的“语”类中较为典型、较为重要的一种。它的形式也较为简略，一般是两个人物就某一问题进行一种一问一答式的交流。《左传》中所收录的问答体篇章，数量相对较少，据张岩统计，仅有27篇左右③。但是这些文章的篇幅都比较长，内容丰富，文学价值也很高。从《左传》中收录的这二十多篇问答体文章的内容来看，它们可以粗略地分为三种类型，一是评论型的篇章，这些篇章往往是对当时的时事作出一些评论分析，成公六年的“韩厥论迁都”、襄公四年的“魏绛论和戎”、如襄公十四年的“师旷论卫人出其君”、昭公十三年的“韩宣子、叔向论子干归国”、昭公三十二年的“史墨论季氏出其君”等。二是说明型的篇章，这一类篇章一般是对一些历史传说、典章制度做一些解释说明，如昭公元年的“子产论实沈、台骀”、昭公四年的“申丰论藏冰之道”、昭公十七年的“郯子论以鸟名官”、昭公二十九年的“蔡墨论龙”等。三是理论型的篇章，这类篇章既不评论时事又不解说历史典章，而是探讨一些较为抽象的理论，如襄公三十三的“北宫文子论威仪”、昭公二十五年的“子太叔论礼”、襄公二十一的“晏子论和同”等。

《左传》中以问答体形式评论时事的篇章中，评论者大都学识渊博，既能全面

---

① 张政烺：《〈春秋事语〉解题》，《文物》1977年，第1期。

② 张岩：《从部落文明到礼乐制度》，上海：上海三联书店，2004年，第407—411页。

③ 张岩：《从部落文明到礼乐制度》，上海：上海三联书店，2004年，第411页。

把握时事大局，又能广征博引纵论古今；文章一般立论高远，分析论证又逻辑严密，对后世论说文影响甚大。

如昭公十三年的“韩宣子、叔向论子干归国”一篇，也十分精彩。这篇文字长近千字，以论证分析周详严密取胜。韩宣子、叔向所讨论的人物子干，是楚国公子、楚灵王之弟，灵王弑君篡位之后，子干逃亡至晋国。昭公十三年，观从、朝吴等人准备发动政变推倒灵王时，邀请子干归国，准备立他为王。子干从晋国回国后，晋国执政韩宣子和大夫叔向就子干归国谋反一事进行了一番讨论。在这篇文字中，韩宣子层层追问，叔向逐一解答，韩宣子的追问十分高明，而叔向的回答更是胜义迭出。韩宣子先问子干能成功夺位否，叔向回答：“难”。韩宣子又追问：“同恶相求，如市贾焉，何难?”他认为子干等人共同憎恨楚灵王而相互需求，如商人做买卖一般，会有什么难的？于是叔向又从无人、无主、无谋、无民和无德等五方面全面分析，认为子干很难成功，而子干之弟弃疾将会成功。韩宣子的再一次追问，他问：“齐桓、晋文不亦是也?”这里韩宣子之所以将齐桓、晋文当年的境地和子干的情况放在一起比对，是因为齐桓、晋文都是地位不高的庶子，他们都逃亡在外多年，又都成功回国继位。这一次韩宣子的提问十分高明，令人显然很难应对。但是叔向却又一次从容的化解了韩宣子的问题，他是这样回答的：

齐桓，卫姬之子也，有宠于僖。有鲍叔牙、宾须无、隰朋以为辅佐，有莒、卫以为外主，有国、高以为内主。从善如流，下善齐肃，不藏贿，不从欲，施舍不倦，求善不厌，是以有国，不亦宜乎？我先君文公，狐季姬之子也，有宠于献。好学而不贰，生十七年，有士五人。有先大夫子余、子犯以为腹心，有魏犨、贾佗以为股肱，有齐、宋、秦、楚以为外主，有栾、郤、狐、先以为内主。亡十九年，守志弥笃。惠、怀弃民，民从而与之。献无异亲，民无异望，天方相晋，将何以代文？此二君者，异于子干。共有宠子，国有奥主。无施于民，无援于外，去晋而不送，归楚而不逆，何以冀国？

叔向将齐桓、晋文和子干三人事迹放在一处细致周详地比对之后，他以大量的事实说明子干在许多方面难以与齐桓、晋文相比，所以他断定子干很难成功。这段文字在论述时以排比句式为主，间以散句，既有气势又有流利婉转，很有特点。如叙晋文公事迹时，连用了四个以“有”字开头的排比句式，将国内外各方势力积极扶持文公的情形刻画得极为生动。“献无异亲，民无异望”一句中，连用两个“无”、两个“异”字，颇有韵味，指明文公能成功，是因为他是不二人选、唯一选择。文中这里将不同时期、不同境况中历史人物放在一起进行比较找出其相似、相异处的论述方式，对后世很多的史论文字颇有启发，司马迁将此文稍作改动后全篇收入了《史记·楚世家》中①，也必定是因为看中它的这一点。

《左传》中以问答体形式解说历史传说、典章制度的文字也很有特点。作为一部编年体史书，因为受到体裁的限制，一些记载古史、介绍制度的说明性文字很难安插。作者也正是借这样一种问答体的形式，来保存这些珍贵的史料。说明、解释性的文字要写得精彩生动而不沉闷很不容易，需要作者仔细地安排篇章结构、精心地打磨字句，使得文章有韵味而经得住推敲。如昭公十七年的“郯子论以鸟为官”，是一篇介绍上古官制的文字。郯子来朝鲁之时，叔孙昭子向他问起了“鸟名官”的事。于是郯子向昭子介绍了这一上古官制。这篇文字的结构很有特点，它时而先总后分，时而先分后总，有详有略，因而毫无呆板之感。郯子先从上古时云官、火官等多种官制说起，而后才以一句“我高祖少皞挚之立也，凤鸟适至，故纪于鸟，为鸟师而鸟名”导入“以鸟为官”的正题。“为鸟师而鸟名”一句，实则又总括了下文的“五鸟”官。接着介绍“五鸠”官时，却是先罗列五鸠名号及其职位，最后才以一句“五鸠，鸠民者也”总结。将最为重要的五鸟、五鸠之官说明后，对于职位较低的五雉、九扈知作了简略的解释。最后又以“自颛顼以来，不能纪远，乃纪于近。为民师而命以民事，则不能故也”收束全篇，警策有力。唐锡周评论这篇文字说：“题只‘鸟名官’三字，窘者何处生发耶？看他偏从四面八方写来，题前一衬，题后一托，结成异彩。中间实疏正面，条分缕析，灿若云霞，左氏此种文，真空前绝后之作。”②

又如“蔡墨论龙”一篇，更是一篇异常生动的说明文字。孙执升评论说：“张华《博物志》、王嘉《拾遗及》逊此典奥。”③昭公二十九年，龙出现在晋国绛都郊外，晋国执政魏绛向史官蔡墨请教与龙有关之事。龙是一种十分神奇的动物，所以关于龙便有了诸多的神秘传说。魏绛所询问的就是一个有趣的传闻：“吾闻之，虫莫知于龙，以其不生得也，谓之知，信乎？”于是蔡墨便将有关人与龙的传说娓娓道来，

① 司马迁：《史记》，北京：中华书局，1982 年，第 1710 页。

② ［日］贯名苞校订增加：《翻刻左绣》卷二十三，嘉永甲寅须静堂课本。

③ ［日］贯名苞校订增加：《翻刻左绣》卷二十六，嘉永甲寅须静堂课本。

成就了这篇奇妙文字。蔡墨对龙的这番的论说，围绕魏绛所问的一个“知”展开。他首先回应魏绛的提问说：“人实不知，非龙实知”，即并非是龙有智慧，而是而今的人不了解龙。于是，他开始讲起了上古时了解龙、蓄养龙的“豢龙氏”和“御龙氏”的故事。蔡墨所叙豢龙氏、御龙氏的事迹，从舜时代的飂叔安讲起，一直到夏朝孔甲时代道德刘累，它其实就是上古时代人认识龙、蓄养龙这种动物的一段简史。接着魏绛又问起为什么现在没有活捉过龙？蔡墨认为，上古时代，每种事物均有管理它官员，没有专门官员，这种事物就隐伏起来了。于是，他又讲起了上古管理金木水火土的“五行之官”，将“五行之官”一一讲明之后，才又回答了魏绛的问题：“龙，水物也，水官弃矣，故龙不生得。”而后蔡墨还举出《周易》中文句，证明上古时代龙是“朝夕见”的。蔡墨的这篇论龙的文字，内容异常丰富，既记叙人与龙交往之历史、又阐述人类管理龙的“水官”，还征引典籍中对龙的记载，先秦时代人类关于龙的认识，可以说尽备于此篇之中了。俞宁世说：“读郯子论官，知万物皆备于人之理。读史墨（按：即蔡墨）论龙见，知人能尽万物之性”①，所言甚是。

值得注意的是，《左传》中已经开始有一些篇章，以问答的形式探讨一些较为抽象的理论问题，如“北宫文子论威仪”、“子太叔论礼”和“晏子论和同”等篇章，已经表现出来相当高的理论水平。“晏子论和同”已为人熟知，不再多言，这里以“子太叔论礼”一篇为例，简略探讨一下这类文章的文体特点。昭公二十五年的黄父之会上，子太叔见到了赵简子，赵简子向他请教“揖让、周旋之礼”，子太叔回答他说：“是仪也，非礼也。”赵简子便又向他请教“何为礼”，于是子太叔便高谈阔论，对礼作了一番系统的论述。赵简子这段论礼的言论，立论高远，是从礼的本质来论说的。子产有言：“夫礼，天之经也，地之义也，民之行也”，子太叔引用子产之言后，引申出了这样一个观点：“天地之经，而民实则之”，以此言作为全文的论点。这句话的要点其实在一个“则”字，天地虽神圣，但是礼制毕竟还由人来定的，人是“则”天地来制礼的。下文即分为三层来阐述人如何在物质生活、社会关系和个人情感等三方面效法天地制定各种礼制规则。最后他又总结全文道：“礼，上下之纪，天地之经纬也，民之所以生也，是以先王尚之，故人之能自曲直以赴礼者，谓之成人。大，不亦宜乎？”一番论述之后，由文章开头的“民”效法天地以制礼，又落脚

① ［日］贯名苞校订增加：《翻刻左绣》卷二十三，嘉永甲寅须静堂课本。

到"人之能自曲直以赴礼"。如此看来,子太叔的这段论礼之言,其实已经是一篇观点明确、首尾完整、层次清楚又逻辑严密的哲学论文了。

第三节 春秋时代的典型"语"类文体(下)——"劝谏文"及其演变

"劝谏文"是《左传》中另外一种很典型的"语"类,它主要记录的时贵族卿大夫对君主或执政的失当举动进行谏阻或劝导的言论。"劝谏文"在春秋时代的政治活动当中占据着突出位置,其重要性仅次于外交辞令。值得注意的是,随着时代的推移,春秋时代"劝谏文"的劝谏方式、文体特点也在慢慢地发生着变化。这一文体的功能由"谏"渐渐地转变成"说",战国时代的"游说文"的出现,与这一转变有着很大的关系。

一、"劝谏文"的特点及其与春秋贵族文化的关系

"劝谏文"往往是这样一种模式的文章——贵族士大夫或是其他官员援引周朝的礼制、结合现实的状况对君主的错误举动进行纠正。进谏是春秋时代的卿大夫参与政治活动的一种重要形式,"谏"字在《国语》和《左传》中大量出现,并且还形成了表示不同进谏方式、特点的词汇,如"固谏"、"强谏"、"骤谏"等,《左传》《国语》中收录的大量"劝谏文"正是对他们参与政治活动时的进谏言论的记载。据张岩的统计,《左传》中可以归入"劝谏文"一类的短文共有 221 篇,而《国语》书中近一半左右的文章可以归入"劝谏文"一类。从这一点,我们也可以看出,"劝谏文"确实是春秋时代影响巨大的一种文体。

对于"谏"字,郑玄有一个精辟的解释,他说:"谏,正也,以道正人行。"①用"以道正人行"来概括"劝谏文"的内容特点十分合适。这里的"正道",在"劝谏文"中一般即是周代的礼法制度,进谏者往往依据经典或典章,劝阻君主或执政的失礼、失当举动。如隐公三年的"石碏谏宠州吁"一文,就是一篇典型的"劝谏文"。卫

① 贾公彦:《周礼注疏》,北京:北京大学出版社,2000 年,第 271 页。

庄公已立太子,却又溺爱、放纵他庶子州吁,对于庄公这种失当的做法,老臣石碏进行了谏阻。他说:

> 臣闻爱子,教之以义方,弗纳于邪。骄、奢、淫、逸,所自邪也。四者之来,宠禄过也。将立州吁,乃定之矣。若犹未也,阶之为祸。夫宠而不骄,骄而能降,降而不憾,憾而能眕者,鲜矣。且夫贱妨贵,少陵长,远间亲,新间旧,小加大,淫破义,所谓六逆也。君义,臣行,父慈,子孝,兄爱,弟敬,所谓六顺也。去顺效逆,所以速祸也。君人者,将祸是务去。而速之,无乃不可乎?

石碏的进言,批评庄公宠爱、纵容州吁的做法,是将他引到邪路上。如果继续这样,他必将会走上犯上作乱之路。然后他又指出溺爱州吁有六大害处,而认真教导他则会有六大好处,劝庄公应速改变自己的错误做法。石碏的这篇谏言,文字精练,从正、反两面透辟地阐明了自己的观点,很有说法力。而且文中的句式变化多端,有典重的四言句、有灵活的三言句,还有精警的二言句,很有艺术感染力。可惜庄公的反应却是"弗听",使得石碏无奈地告老而去。

仔细分析之后,我们可以看出《国语》和《左传》中"劝谏文"的作者,大多数都是贵族卿大夫。这些贵族卿大夫又往往都与君主有着较为密切的亲缘关系,他们拥有自己的封邑和属民,某些贵族还拥有私人武装,因而君主对他们也极为尊重、甚至是忌惮。正是因为这个缘故,春秋时代的卿大夫往往忠正敢言,敢于直斥君主的过错。《诗经》中的《抑》据说是"卫武公刺厉王"的诗,诗中说道:"於乎小子,未知臧否!匪手携之,言示之事。匪面命之,言提其耳。"①"卫武公刺厉王"未知真伪,但从全诗来看,它确实是老臣反复劝告周王的诗。类似的诗篇,《诗经》当中尚有不少,从中我们也可以大致推测出西周及春秋初期贵族元老进谏君主时的情形。他们的"谏",事实上是包含一种纠正、甚至是教导的意味在其中。《左传》中隐公五年的"臧僖伯谏观鱼"、桓公二年的"臧哀伯谏纳郜鼎"、文公十八年的"季文子出莒太子仆"等都是类似的篇章。

《左传》中的"劝谏文"在文体形式上也很有一套自身的特点,这些文章往往引经据典、仗义执言,喜欢用典重的四言句式来阐述道理,又常常使用排比、铺张的修辞手段来增强文章的说服力。桓公二年的"臧哀伯谏纳郜鼎"、僖公二十四年

---

① 孔颖达:《毛诗正义》,十三经注疏本,北京:中华书局,2003 年,第 554 页。

的“富辰谏襄王以狄伐郑”等篇都是著名的篇章。如“富辰谏襄王以狄伐郑”一篇,叙富辰劝阻周襄王向狄人借兵讨伐与周王室结怨的郑国。富辰的进谏之言这样说的:

> 臣闻之:大上以德抚民,其次亲亲,以相及也。昔周公吊二叔之不咸,故封建亲戚以蕃屏周。管、蔡、郕、霍、鲁、卫、毛、聃、郜、雍、曹、滕、毕、原、酆、郇,文之昭也。邘、晋、应、韩,武之穆也。凡、蒋、邢、茅、胙、祭,周公之胤也。召穆公思周德之不类,故纠合宗族于成周而作诗,曰:“常棣之华,鄂不韡韡,凡今之人,莫如兄弟。”其四章曰:“兄弟阋于墙,外御其侮。”如是,则兄弟虽有小忿,不废懿亲。今天子不忍小忿以弃郑亲,其若之何?庸勋、亲亲、昵近、尊贤,德之大者也。即聋、从昧、与顽、用嚚,奸之大者也。弃德、崇奸,祸之大者也。郑有平、惠之勋,又有厉、宣之亲,弃嬖宠而用三良,于诸姬为近,四德具矣。耳不听五声之和为聋,目不别五色之章为昧,心不则德义之经为顽,口不道忠信之言为嚚,狄皆则之,四奸具矣。周之有懿德也犹曰“莫如兄弟”,故封建之。其怀柔天下也,犹惧有外侮。扞御侮者,莫如亲亲,故以亲屏周。召穆公亦云。今周德既衰,于是乎又渝周、召,以从诸奸,无乃不可乎?民未忘祸,王又兴之,其若文、武何?

富辰的这篇文章典重而大气,是春秋时代“劝谏文”中颇有代表性的篇章之一。这篇谏文分前后两部分,前一部分叙周初旧制,征引诗文,后一部分阐述道理。前半部分叙周初旧制时,完全用铺陈手段,大气磅礴地将周初分封天下诸侯的场面展示出来了,也以此来说明周王朝手足兄弟遍布天下。文征引《诗》篇时,又贴切地加以解释说明,典雅而有韵味。后面一部分在前文基础上阐述道理,论述精密严谨、环环相扣。文中的句式变化也很有特点,先是以二言句式排列说理,后又换用“耳不听无声之和为聋”等四个排比长句论述,先精警后舒缓,对照鲜明,极有感染力。余宁世评论此文说:“前纡徐,后剀切,皆千秋龟鉴之言”①,将此文特点概括的很好。

“劝谏文”的贵族政治、文化内涵,在相当程度上决定了它的文章风格,使得它只能是一种庄重典雅、平实质朴的论说文。许多的“劝谏文”平铺直叙、引证繁琐,

---

① [日]贯名苞校订增加:《翻刻左绣》卷六,嘉永甲寅须静堂课本。

因而在说服力上也往往欠佳,多数时候都是以“王不听”为结局。随着封建宗法制度的一步步解体,“劝谏文”的数量也慢慢地减少,渐渐淡出了人们的视野,各式各样的新文体开始崭露头角。

二、“劝谏文”的转型与“谏”、“说”的过渡

从春秋中期开始,大量优美、精彩的外交辞令开始出现了。王权衰落之后,列国之间的争斗与交流也日益增强,外交辞令的大量出现也正是适应这时的历史转变而出现的。关于春秋时代外交辞令的特点,学者多有探讨。如陈彦辉就将春秋辞令的特色总结为“揣摩心理、设意迎合”“委婉其词、隐晦其说”“言近而旨远,辞浅而意深”“柔中带刚、刚柔相济”四点①。“劝谏文”在功用上和春秋辞令相去甚远,“劝谏文”多用于劝导、纠正君主的失误,而春秋辞令多是用于外交场合的折冲与交锋。但外交辞令的说理方式和语言风格显然也深刻地影响了“劝谏文”。春秋后期出现的几篇“劝谏文”已明显不同于春秋早期的“劝谏文”,可见“劝谏文”开始悄然转型。

尤其值得注意的是,春秋后期的不少艺术成就高超的新型“劝谏文”均出自于南方的楚国。不少学者已指出,楚国的政治、文化均与中原大有不同之处。从西周以来,楚国长期游离于周王室的控制之外。东周列国之中,楚国又最先称王。楚国的宗法分封制不像中原各国那样严密,它的王权相对集中专制得多。韩席筹在探讨春秋时楚国强盛的原因时指出:“盖法纪严肃,权不下移也。”②楚国的多位令尹在战败之后自裁,令尹子南也因权势过大被楚王处死,楚国的执政大臣未能善终者在春秋各国是最多的。面对的强势的王权,楚国诸臣在进言、劝谏之时,很难像中原各国的贵族大夫那样依仗家族实力和宗法来训导君主。比如薳启疆及大夫子革,在劝阻楚灵王的荒唐举动之时,都不得不调整进言的策略,用更为婉转、更为巧妙的方式表述自己的观点。

襄公二十六年所载的“蔡声子复楚伍举”一文,深为后世学人激赏,实际上它就是一篇多有创新的“劝谏文”。蔡国的大夫声子想要向楚国令尹子木进谏,请求召回逃亡异国的好友楚大夫伍举。声子的这篇“劝谏文”不但使用了揣摩对方心

① 陈彦晖:《春秋辞令研究》,北京:中华书局,2006 年,第 120—125 页。

② 见韩席筹编注:《左传分国集注》,南京:江苏人民出版社,1963 年,第 668 页。

理、微言谲谏的方法,而且成功运用排比铺陈的手法制造声势,已然完全改变了传统“劝谏文”典雅朴实的风貌。声子在文章的一开头就出语惊人:“楚虽有材,晋实用之”,这样一个匪夷所思的观点,吸引了令尹子木,使他忍不住追问缘由。声子在简略陈述楚国滥用刑罚、迫使人才“逃死于四方”的事实后,又用排比铺陈的手法,列举了析公、雍子、子灵和苗贲皇等楚国大夫四人帮助晋国战胜楚国的事例。这一段文字,吴闿生称它“气极酣恣驰骤,春秋之奇文也”①,确实是一段非常有说服力的文字。用了一大段文字说明了楚才晋用的事实后,声子才举重若轻地巧妙一转,将话题转到了伍举身上。有了上文大段的铺垫,对于伍举的逃亡望归状况,声子似乎只是随口一提,就已经起到了四两拨千斤的作用,使得令尹子木忧惧万分,立即召回伍举。

又如昭公五年的“薳启疆对楚灵王”一文,王源称它“纯乎战国文字矣”②,也是一篇开拓性贡献的论说文。晋国重臣韩宣子、叔向送晋女到楚国成婚,傲慢狂悖的楚灵王准备扣押这两位晋国使者。楚国大夫薳启疆从容进谏阻止了楚王的荒唐举动。薳启疆的谏词妙在以滑稽的口吻道出庄重之语,对答巧妙,冯李骅说它“时而正言,时而反言,既似放慢,又似著急,声情跃然,洵传神之笔”③。从逻辑推理的角度来看,这篇文字所采用的,事实上是一种比较典型的“归谬法”,先假定他人观点正确,最终推导一个荒谬的结论。对于楚王异想天开的提议,他却出语惊人的答以“可也”两字,这看起来简单的两字实则有无限深意。接着,他开始顺着“可也”的角度往下进一步推论要侮辱对手,必须先防备对手的策略。在充分说明防备对手的必要之后,他又以铺陈的手法渲染晋国实力的强大,暗示楚王楚国并不足以对抗晋国。最后他还不忘调侃一下:假如大王不顾大众的死活,那么,“何不可之有”?薳启疆在逻辑学尚不发达的春秋时代,已采用了暗合“归谬法”的论说方式,其思致之巧妙可谓惊人。全文以“可也”开始,以“何不可之有”结束,回环圆密。钱钟书指出:“此节文法,起结呼应衔接,如圆之周而复始”。④ 钱先生又以大量的例证指出后世的不少文章学习了这种“回环”的写法,可见这篇文

---

① 吴闿生:《左传微》,合肥:黄山书社,1995 年,第 695 页。

② 王源:《左传评》卷七,清康熙居业堂刻本。

③ [日]贯名苞校订增加:《翻刻左绣》卷二十一,嘉永甲寅须静堂课本。

④ 钱钟书:《管锥编》(第一册),北京:生活·读书·新知三联书店,2008 年,第 378 页

字的影响之大。又如昭公十二年所载的“子革对楚灵王”一篇，以从容对答取胜，直启后来《战国策》中“触龙说赵太后一篇”，也很有特色。

随着时代的变迁，春秋末期的论说文体与早期的“劝谏文”相比而言，已经有了很大的进步，它在论说技巧、方式及语言修辞上都有了很大的提高。虽然不少学者指出这时的不少文章已“开战国西汉门户”①，但是细致分析这些文章即可发现，它们其实只是形式上初露战国文字端倪，实质仍属于春秋文字。如“薳启疆对楚灵王”一文，文中依然大量引用周代典章礼制、征引大量先人事迹，其指归仍在于周室礼乐文化。尤其文章中大量的四言句式，显然是早期“劝谏文”的遗风。“子革对楚灵王”一篇，子革最终仍是引用周穆王大夫祭公谋父的《祈招》一诗，对诗歌略加阐释，以劝导楚王。这些正说明春秋后期的论说文虽然在形式、技巧上有创新，但思想主旨还基本没有脱出周代礼乐文化的范围。受思想观念的限制，春秋的论说文在文字技巧上逐步成熟之后，很难再有新的发展。先秦论说文大放异彩的重任，也只能由后来的战国士人来完成了。

三、“游说文”与战国士人群体

战国是一个急剧变革的时代，经过春秋三百年的混乱和争斗，周代的分封宗法制度已然彻底崩溃，周代礼乐文化制度已被许多人忘到了脑后，只有孔子的一帮门徒们还在孤独地宣传着他们礼乐理想。曾经垄断着各国政治、文化的贵族世族也都渐次衰落了，私学开始流行，出身于社会底层的士人群体成为这个时代新的知识阶层。与实力雄厚的春秋贵族相比，这一批新兴的士人大多出身低微，深受贫困的折磨。如苏秦游说秦王不成功，“黑貂之裘弊，黄金百斤尽，资用乏绝”，回到家中时，“羸縢履蹻，负书担囊，形容枯槁，面目黧黑”，以至于家人都报以冷眼（《秦策一》）。张仪游说楚国时，楚相曾怀疑他盗取自己的玉璧，将他毒打一顿（《史记·张仪列传》）。对于这一批新兴的士人而言，“游说”不仅仅是为了表达政治见解，也是其摆脱生存困境、获取功名利禄的手段。《战国策》中游说成功的士人动辄被封赏万金，苏秦在游说成功之后，封相受金，衣锦还乡，父母妻嫂恭敬相迎，苏秦感叹：“人生世上，势位富贵，盍可忽乎哉！”这些未必是真实的历史事

① 王源：《左传评》卷七，清康熙居业堂刻本。

件，却直白地传达出了战国策士们的心理诉求。纵横家、法家的主张大行其道，功利主义乃成为这一时代的主潮流。

“游说文”是这个时代最流行的文体，《战国策》基本上就是一部“游说文”的总集。“游说”的重点在一个“说”字，“说”是《战国策》中最常见的动词之一，许慎将“说”的解释为“说释”，段玉裁指出“说释即悦怿”，“说释者，开解之义，故为喜悦”①。刘勰也说：“说者，悦也，兑为口舌，故言咨悦怿。”②“兑为口舌”的说法出自《周易》，解说实属荒诞不经。但“言咨悦怿”的说法却很有道理。“说”的本义大概是通过言语交谈、开解，达到使对方喜悦的目的。《战国策》中多数游说成功的文章，总会在结尾处加上一句“王大悦（说）”。与春秋时代的“谏”相比而言，虽然“谏”和“说”均是向君主进言，但“说”明显少了“谏”以道正人的训导意味，而更多的是强调揣摩推测对方心理、兜售宣传主张的重要。

战国时代的各国诸侯已大不同于春秋时代的各国君主，这时的诸侯各国疆域辽阔，实力雄厚，集权专制日益加强，君主大都独断专行，很少受宗族势力羁绊。面对着威权煊赫的君主，游说者们很少能够像孟子那样“说大人则藐之，勿视其魏魏然”（《尽心上》）。他们不得不注意推敲游说的手段，揣测君主的心理，以求达到预期的目的。“游说”的终极目标是能够使君主“大悦”，采纳游说者主张，给予应有的封赏。这一个“大悦”是很重要的，它说明游说者成功地影响了君主的心理、说服了君主。“游说”成为士人们重要的谋生手段，为了成功宣传、推广他们的政治主张，他们必须认真地总结研究“游说”的手段和技巧，使他们的游说能够达到使君主“大悦”的效果。不少研究者已指出，《战国策》中的许多篇章都出于策士的虚拟，并非史实。如苏秦和张仪不少游说之词，模式相同，并且不合史实，显然是战国策士模仿之作。又如《战国策·齐三》所载“楚王死”一篇，熊宪光已指出它其实是一篇类似于游说策略教科书的文字。它以“楚王死，太子在齐质”作为一个具体情境，设想了各种游说手段及最终会出现的结局③。显然，“游说术”已经成为士人推敲、研究的一种专门技能。战国末期的韩非还写作了一篇《说难》来说明“游说”君主的种种不易之处。

① 段玉裁：《说文解字注》，杭州：浙江古籍出版社，2006 年，第 95 页。
② 范文澜：《文心雕龙注》，北京：人民文学出版社，2006 年，第 328 页。
③ 熊宪光：《战国策研究》：重庆：重庆出版社，2005 年，第 124 页。

“游说”活动的流行、“游说”技巧的总结与研究，带动了战国时代论说文的繁荣和发展。于是章学诚所说的“文章之变尽”①的时代真正到来了。当战国时代的游士们摆脱了思想主题的束缚，潜心钻研游说技巧时，先秦论说文开始有了长足的进步。《战国策》中论说方式、技巧之花样繁多，达到了无以复加的地步。这其中有苏秦、张仪的铺张扬厉、危言耸听式的谲词，它将春秋时代的铺陈手法发展到了极致，铺叙山川形势、人口物产，动辄数千言，并辅助以夸张、恫吓，以气势压人，使人难以辩驳。又有范雎、乐毅等人的剖肝沥胆、直陈肺腑式的进言，它更注重情感对人的强烈感染力，在以情动人之后，再加以利害关系的透辟解析，让人难以抗拒。再如“触龙说赵太后”，则是与人从容交流，如话家常，如谈琐事，在潜移默化中影响他人，使人自然而然地采纳自己的建议，同样可以取得惊人的效果。尤其值得注意的是，《战国策》中开始引入大量的寓言、故事，以辅助说理，这些寓言、故事多来源于民间，为文章增添了盎然趣味。扬之水以为《战国策》表现了一种“最初的平民趣味”②，即是指此而言。民间寓言、故事经战国策士的随手点染，往往能发挥出神奇的功效，“狐假虎威”、“鹬蚌相争”等活泼的寓言已成为民族语言的瑰宝。《战国策·齐一》所载“靖郭君将城薛”一文中，靖郭君的门客将其要提出的建议浓缩为“海大鱼”三字的谜语，《战国策·宋卫》中一个鲁莽率真的乡间农妇的故事也被用来阐述道理，不登大雅之堂的民间智慧在策士们的游说中都派上了用场。《战国策》中游说方式的多样性、平民化走向，正说明论说文开始完全自由地发展起来。

事实上，开始认真地揣摩游说之术、将论说艺术推向高峰的，不仅仅是战国的策士群体，战国各个学派的大师们也深受时代风潮的影响。孟子是继孔子之后又一位儒学大师，他也是一位论辩大师，他坦言：“予岂好辩哉？予不得已也！”（《滕文公上》）孟子奔走于各国之间，一边宣传儒家的主张，一边与形形色色的对手论战，他虽然是一个思想界的大师，但他游说与论辩的艺术却丝毫不逊色于战国的策士们。只有到了战国末期荀子、韩非的时代，真正结构严谨、逻辑严密的学术论文出现时，“游说之文”的影响才渐渐地退潮。但严密的学术论文的出现，也未尝不是在“游说之文”的基础之上发展出来的。

---

① 章学诚著、叶瑛校注：《文史通义校注》，北京：中华书局，2005 年，第 61 页。

② 扬之水：《先秦诗文史》，北京：中华书局，2009 年，第 66 页。

不管是春秋时代的“劝谏之文”，还是战国时代的“游说之文”，均是中国古代的知识阶层在参与政治活动时渐渐摸索出来的适合时代形式的文体。从佶屈聱牙的《尚书》典谟训诰体到春秋时代的劝谏文，从劝谏文到战国时代的“游说文”，直至战国末叶严密的学术论文的诞生，中国的论说文体终于完成了自身的转变。在这看似微末的文体变迁背后，我们隐隐地感受到了时代的沧桑巨变，我们也看到了先秦时代文学和文化、政治的密切联系。

第六章

《左传》与春秋时代的贵族文化

《左传》成书于春秋、战国之际，适逢新旧文化交替之际，它自然也就有了总结前一时代的意味，春秋时代风云变幻的时事这时得到了全面的记录。两百多年的春秋史事实上是一部贵族社会的衰亡史。从西周时创制的分封宗法制度和礼乐文化，在宗周王权衰落之后，又进一步走向了全面的解体。正如张树国所说："《左传》以编年的形式对贵族社会的衰亡史展开了历史陈述，作者用巴尔扎克式的笔调，写出了贵族阶级的物质生活和文化精神，以及贵族阶级的衰亡命运，充满了挽歌的情调。"①《左传》对贵族家族兴衰的生动记叙，以及《左传》中大量的记述贵族轶事的"志人小品"，既是对春秋贵族文化很好地总结，也有极高的文学价值。本文即从这两点，探讨一下《左传》与春秋时代贵族文化之间的关联。

第一节　《左传》对贵族文化的态度及其思想渊源

同样是对春秋时代的记叙，《史记》和《左传》的态度差异巨大。《史记》的《吴太伯世家》《齐太公世家》等十几篇《世家》中相关文字拼合在一起也就是一部《春秋史》。《史记》中的这些文字，更像是精简后的《左传》，大量的细节性的贵族轶事被略去，赋诗活动也很少记录，紧张激烈的战争和政变事件成了记事最主要的内容。司马迁所关注的是倜傥非常之人，他对优雅的贵族人物、精致的贵族人物

---

① 张树国：《春秋贵族社会衰亡期的历史叙事》，北京：中国社会科学出版社，2008 年，第 1 页。

并没有太多兴趣。《左传》极其推重的郑国政治家子产，司马迁只在《循吏列传》用一两百字作了简略的介绍，然而他却在《赵世家》中用大量笔墨记叙了妄诞不可信的赵氏孤儿一事。

《左传》的作者却毫不掩饰他对贵族贤人及精致的贵族文化的好感。对于一些代表着高雅的贵族文化品位的人物，如子产、叔向、晏婴和季札等，作者用大量的笔墨记录他们的言语和事迹，抑制不住地表示对他们的赞叹。如子产，冯李骅说："《左传》大抵前半出色写一管仲，后半出色写一子产。"①子产事迹的详细记叙姑且不论，子产的外交书信、辞令记录在《左传》中的数量，是他人远远无法相比。在《左传》作者的眼中，子产无疑是春秋时代贵族士大夫的典范。书中一旦写到子产出场，常使人眼前一亮，带给人一种温暖和悦之感。又如季札，如果子产表现的是贵族人物的成熟、干练，那么，季札则表出现出了一种高洁的品格。《左传·襄公二十八年》的"季札观周乐"一节更是罕见的精妙的论乐文字，季札高华的人格与美妙的周乐简直达到了浑然一体的境地。季札随后的历聘各国，到处结交各地贤人，则更像是一场春秋群贤会。钟惺说："吴季札是古今第一有交情人"，又说："季札历聘，必识其贤者，无一处一时不肯草草，真天下有心人也。"②《左传》的这一段文字写得更是悠扬婉转，对春秋贤达人物的仰慕之情溢于言表。对于贵族贤人的钦慕，实际也是对贵族文化的一种赞叹，因为优秀贵族人物本身就是一种立体、鲜活的贵族文化。对赋诗和辞令等贵族文化活动，《左传》的作者是如数家珍、津津乐道。《左传》重礼重德，书中论说礼制的文字更是俯拾皆是，而礼仪与道德正是贵族文化的精髓。作者又常借"君子曰"含蓄地表示自己的看法，君子也多从礼法的角度批评事件。

对于春秋贵族社会的衰亡，《左传》的态度正如张树国所说，是"充满了挽歌的情调"，表达了一种鲜明的哀悼和惋惜之情。对于在兼并战争中灭亡的诸侯国，作者无疑表现的极为痛心。鲁文公五年，楚国人灭亡了蓼国，臧文仲听说之后，感叹道："皋陶、庭坚不祀忽诸。德之不建，民之无援，哀哉。"臧文仲的话一定程度上代表了作者的看法，蓼国是一个上古族姓国家，代表着一种古老的文化，它的灭亡，其实也是一种文化渐渐消失。春秋后期，大批的世族在激烈的政治斗争中落败，

① 冯李骅：《左绣》，台北：文海出版社，1967 年，第 60 页。

② 见洪顺隆：《左传论评选析新编》，台北：中国文化大学出版部，1982 年，第 754 页。

贵族社会的衰落之势已挽回。这时在《左传》中已很难看到如城濮之战那样神采飞扬的文字，取而代之的是一片凄凉萧索的景象。如像叔孙豹这样忠直刚正、才干过人的贵族贤达，却晚景凄凉，被小人以毒计玩弄致死。百年大族如鲁国臧氏、晋国栾氏、中行氏和范氏等纷纷覆灭。晋国大夫叔向和齐国贤臣晏婴两人对论时事的一段文字，显露是一种典型的末世情怀。晏子一开口就说："此季世也，吾弗知其为陈氏矣。"（昭公三年）对于陈氏家族在齐国用小恩小惠收买人心、谋夺齐国政权之事，晏婴也是无可奈何。叔向也感叹晋国的公室被高门世族挖空，作为公室的成员，他深感家族前景危机重重。这段文字中蕴含的显然是作者对于贵族社会桑榆晚景的无尽悲哀。

《左传》作者对于贵族文化的这种特殊好感，一方面是因为战国初期时贵族文化的流风余韵一时尚未消退，但是另一方面更是源于孔子儒学的巨大影响。一般认为，《左传》的作者是与孔子同时而稍后的鲁君子左丘明，孔子编成《春秋》之后，"左丘明惧弟子人人异端，各安其意，失其真，故因孔子史记具论其语，成《左氏春秋》"①。这一说法自唐宋以后即受到不少人怀疑，学者们或信或疑，争讼至今而未有定论。《左传》的作者是否即左丘明、《左传》与《春秋》的究竟如何姑且不论。有一点可以肯定，《左传》的作者必定深受孔门儒学的影响，或者很可能是一个儒家学者。书中大量征引孔子及子贡的言语，作者思想倾向又与儒家极为接近，正说明这一点。

一般认为，孔子是儒家学说的开创者，他推广私学，培养大批弟子，开创了下层士人广泛参与政治的新局面。不过，孔子的学说，却并非完全的创新，而是有述有作、推陈出新。他在大量吸纳周代的贵族文化之后，创建了自己的学术体系。对于这一点，孔子并不讳言，他自称"述而不作"，并表示了对周文化的极度仰慕之情："周监于二代，郁郁乎文哉，吾从周。"（《论语·八佾》）孔子的言行举止及思想观念都体现出了极为浓重的贵族文化品位。《论语》的《乡党》一章是对孔子公私起居、生活起居的全面记录，为我们了解孔子的为人提供了很好的材料。他的饮食和衣饰有一大堆琐碎的规矩。食物要"食不厌精，脍不厌细"，"失饪、不时、割不正、不得其酱"的食物是不食用的，"沽酒市脯"也是不能食用的。衣服的讲究也不

① 司马迁：《史记》，北京：中华书局，1982年，第509—510页。

少,“补以绀緅饰,红紫不以为亵服”。穿着时还要注意颜色、材料的搭配,“缁衣,羔裘;素衣,麑裘;黄衣,狐裘”。至于不同场合下的容貌表情和举止言行,更像是高超的表演艺术。与不同的人说话有不同表情和语速,“朝,与下大夫言,侃侃如也;与上大夫言,訚訚如也。君在,踧踖如也,与与如也”。在朝堂的不同地方要有不同的体态,进入公门,要“鞠躬如也,如不容”;经过国君的座位,要“色勃如也,足躩如也,其言似不足者”;而出了朝堂,走下一个台阶,就“逞颜色,怡怡如也”,走完台阶,就可以“趋进,翼如也”,小跑几步,像飞鸟展翅。孔子很好的学习了春秋时的各种贵族礼仪,他在践行这些礼仪,甚至比贵族们做得更好,更恰如其分、富于艺术美感。

孔子思想观念与春秋时代的贵族贤人们与多有相通之处,他也强调对民众要“道之以德,齐之以礼”(《论语·为政》),想要保存周代的礼乐制度。鲁昭公六年(公元前536年),子产把刑法铸在了鼎上,叔向写信批评他“弃礼而征书”,将会导致“锥刀之末、将尽争之”的局面。昭公二十九年赵简子再次铸刑鼎时,孔子也批评说:“民在鼎矣,何以尊贵?贵何业之守?贵贱无序,何以为国?”成文法的出现,是中国社会的一大进步,因为在刑法面前贵族和平民在形式上是平等的。不管是叔向还是孔子,都十分担心成文法的出现,将会对礼乐制度造成极大的冲击。这样一种观念,基本上还是贵族立场上的保守看法。孔子也十分看重《诗》的实用和教化功能。“诵《诗》三百,授之以政,不达;使于四方,不能专对,虽多,亦奚以为?”(《论语·子路》)“不学《诗》,无以言。”(《论语·季氏》)孔子这些对《诗》的看法,很可能是在考察了春秋时代的外交赋诗活动后得出的结论。事实上,在孔子的时代,外交上的赋诗活动已经很少进行了。孔子也未曾料想到,从战国直到后世,赋诗活动几乎绝响,《诗》在外交上发挥巨大作用的时代一去不复返了。

孔子在一定程度上可以说是春秋时代贵族文化的集大成者,他系统地整理了上古的文化典籍、极为熟悉周代的礼乐文化,又熟练地掌握了曾为春秋时代贵族群体所垄断的各种专门知识。从《论语》的相关记载来看,孔子的人格,也体现了一种极为优雅高贵、温润含蓄贵族气质。只是孔子的高贵,更多的是精神上的高贵,他反对世官世禄的贵族政治,他将经他改造过的贵族文化推广到了民间,为士人群体的崛起奠定了基础。《左传》对贵族文化的态度,也应当是直承孔子而来,因为去古不远，也因为熟知贵族文化的优劣，他自然而然对这一文化系统的崩溃表现出了一种同情与哀叹的态度。

第二节 《左传》家族叙事的艺术成就

《左传》之前的先秦叙事作品，其题材还十分单调，多是记叙战争、行政、祭祀和会盟等军国大事。《尚书》的《金縢》《顾命》等篇，是叙事较为生动的篇章，一篇叙周公遭成壬误解之事，一篇记成王临终之际嘱托群臣，均是关乎国政大局的大事。出于西周时代的长篇青铜铭文如《毛公鼎》《散氏盘》等，也多是铭记祖先功绩和周王室的封赏。《左传》的记事显然已不仅仅限于一些战争、外交和会盟等大事，它所关注的事件题材更为广泛。《左传》的作者在叙事上是一个多面能手，他能够十分熟练地处理好各种各样的题材，大到战场厮杀、诸侯会盟，小到家常琐事、巫鬼神怪，均能操控自如、描摹生动。相比战争一类的场面较为宏大、激烈的大事件，《左传》记叙贵族家族兴衰的一些篇章则较为细腻委曲，处处显露着作者对人情世态的深刻体察，别有一番艺术风味。

一、贵族家庭日常生活的细致描绘

《左传》可以说是最早开始关注和记叙贵族家族兴衰起伏的著作。相比于战争、会盟等军国大事，家族兴衰是一种完全崭新的题材，正如汹涌奔腾的长江大河不同于曲折宛转的小河溪流。记叙战争或诸侯会盟时，作者十分注意篇章结构的裁剪布置，用两方或多方并进的对照结构将事件的进程逐步明晰地展示出来。对于春秋时代的贵族家族兴衰，作者则使用了一种截然不同的叙事技巧和叙事风格来处理它。

《左传》中一些记叙贵族家族内部矛盾冲突的篇章，往往并不刻意地安排篇章框架，却常常从细微的生活场景、琐屑的恩怨纠葛入手，努力以直叙手法还原当日贵族社会生活的画面。描摹日常生活的场景，是后世小说常用的叙事手段。晚清时代的学者别士就曾说："如《水浒》武大郎一传，叙西门庆、潘金莲等事，初非有奇事新理，不过就日用寻常琐屑叙来，与人人心中之情理相印合，故自来言文章者推为绝作。”①但是,《左传》的不少篇章中已经开始有意识地用十分细腻的笔法描绘贵族日常生活的场景。如襄公二十三年的“臧武仲出奔”一篇中,叙臧武仲帮助季武子立悼子为继承人时,文中这样写道:

> 访于臧纥,臧纥曰:“饮我酒,吾为子立之。”季氏饮大夫酒,臧纥为客。既献,臧孙命北面重席,新尊絜之。召悼子,降,逆之。大夫皆起。及旅,而召公鉏,使与之齿,季孙失色。

这一段文字所叙的正是臧武仲行事鲁莽、不计后果而公然越俎代庖助季武子废长立幼的场景。臧武仲虽然才干过人,但却有着争强好胜、不知收敛锋芒的毛病,这一次他的老毛病又显露出来了。季武子向他询问后嗣之事,他自告奋勇地要“为子立之”。这里季氏一族立嗣的一番场景,显然经过精心地铺排,描绘得十分细致生动。“季氏饮大夫酒,臧纥为客”一句,先交代了到场的主人与宾客,暗示了宴会的正式与隆重。随后作者又详细地记叙了臧武仲在宴会上的一系列惊人的举动。在季武子献酒之后,臧武仲先“命北面重席,新尊絜之”,显然是要十分郑重地迎接尊贵之客。然后他又命人招来悼子,并且亲自“降,逆之”。臧武仲作为上宾都如此尊重悼子,也使得众大夫不得不起身行礼,如此一来悼子的地位也就得到众人的认可。等到宴会进行到旅酬阶段,即众宾客按照长幼尊卑相互敬酒而排定席次之时,臧武仲才找来了季武子的长子公鉏,“使与人齿”让他与宾客们相互排列次序,宣示悼子之地位远比公鉏尊贵。如此一来,悼子继承人的地位也就得到了确认。这一段文字中对宴会场景的描绘,完全是以大量可靠的细节为架构的,所以也就格外地鲜活、生动,很好地还原了当日情形。《史记》的《魏其武安侯列传》一篇所叙武安侯田蚡宴饮列侯宗室的场景,颇受后人推崇,也是以细致详尽取胜,其实《左传》早已如此着笔。

又如昭公四年的“叔孙竖牛之乱”,记叙叔孙竖牛将其父叔孙豹愚弄致死,使得鲁国叔孙氏一族陷入了一场灾难之中。文中叙述竖牛以奸计蛊惑叔孙豹,使得他错杀误逐两子孟丙、仲壬一段文字十分精彩,作者如此记叙道:

> 田于丘莸,遂遇疾焉。竖牛欲乱其室而有之,强与孟盟,不可。叔孙为孟

① 别士:《小说原理》,见阿英编:《晚清文学丛钞》(小说戏曲研究卷),中华书局,1960 年,第 23 页。

钟，曰："尔未际，飨大夫以落之。"既具，使竖牛请日。入，弗谒。出，命之日。及宾至，闻钟声。牛曰："孟有北妇人之客。"怒，将往。牛止之，宾出，使拘而杀诸外。牛又强与仲盟，不可。仲与公御莱书观于公，公与之环，使牛入示之。入，不示。出，命佩之。牛谓叔孙："见仲而何？"叔孙曰："何为？"曰："不见，既自见矣，公与之环而佩之矣。"遂逐之，奔齐。

这段文字虽然重在突出竖牛的奸诈，但却完全是从日常生活的细节着手来写，将贵族家庭生活场景描绘得很细腻、很逼真。写孟丙之死，即从叔孙豹为他铸钟一事写起。钟在周代是十分重要的乐器，铸钟一直被认为是很庄重的大事。周景王将铸无射而为之大林时，单穆公曾郑重谏阻他。直至战国时代齐宣王时，钟铸造完毕之后还要举行衅钟仪式，以牛的鲜血涂抹于钟的表面①。叔孙豹为孟丙铸钟，又让他邀请宾客举行一个隆重的衅钟仪式，使得年轻的儿子能有机会与鲁国的公卿大夫周旋应酬。孟丙的为人显然也十分孝顺，他邀请好宾客欲设宴之时，虽正值叔孙豹生病，但还是很恭敬地通过正在照料父亲的竖牛询问举行宴会的时日，父子之间的慈爱和睦也可见一斑。竖牛之所以能成功离间他们父子间关系、使得叔孙豹杀死孟丙，也是因为他洞悉了叔孙豹婚姻上的隐私，借此挑逗起他的猜忌之心。叔孙豹虽很爱其子，但与其前妻却颇有嫌隙。孟丙、仲壬都是叔孙豹流亡齐国时其前妻所生之子，他从齐国归鲁之后，正准备接妻子回国之际，他所认识的齐国好友公孙明却娶了她，所以叔孙豹对前妻及公孙明极为怨恨。竖牛并未将孟丙准备宴请宾客之事告知叔孙豹，待到孟丙与宾客饮宴并试击新铸之钟，钟声传至叔孙豹处时，竖牛才借机进谗言："孟有北妇人之客"。这里的"北妇人"指叔孙豹的齐国前妻，"北妇人之客"，指公孙明。孟丙私自与他的仇人往来，自然引起了叔孙豹的震怒，使得他误杀了孟丙。写仲壬之被逐，又从鲁昭公赐仲壬玉环一事着笔。仲壬闲游于公宫之际，昭公赐环与他，表示对他的宠信。对于国君所赏赐的物品，仲壬不敢擅自佩带，先托竖牛向父亲叔孙豹请示。竖牛并未将玉环给叔孙豹看，却假托叔孙之命，允许仲壬佩带它。而后竖牛却向叔孙豹中伤仲壬，说他主动晋见国君，又擅自佩带国君所赐玉环，使得叔孙豹将仲壬逐出了鲁

① 《孟子·梁惠王章句上》："王坐于堂上，有牵牛而过堂下者，王见之，曰'牛何之？'对曰：'将以衅钟。'"。见焦循：《孟子正义》，北京：中华书局，2009 年，第 80 页。

国。文中用一种写实的笔法对叔孙豹和孟丙、仲壬父子三人的生活起居作了较为详尽的记叙,父子间仇怨的产生,也完全因为小人借父子在生活琐事上误会之际离间挑拨而致。如此写来,格外地贴近现实生活,也就显得十分生动、逼真。

类似的文字尚有不少,零零散散地涉及贵族家庭生活的许多方面。如襄公二十八年的"庆氏之乱"一篇,叙庆封一家生活的荒唐糜烂。又如昭公二十六年的"季平子逐君"一篇中,叙季氏一族与郈氏结怨时,还叙及两家斗鸡的场面:"季、郈之鸡斗。季氏介其鸡,郈氏为之金距。平子怒,益宫于郈氏,且让之。"虽然文字十分简洁,但是却将斗鸡时花样百出的场面刻画得十分生动,同时也写出了这群贵族的荒唐纨绔之态。又如哀公十四年的"桓魋之乱",叙宋国向氏一族的衰落。文中记宋景公欲命人前往联络向巢驱逐桓魋时,文中这样写道:

> 左师每食击钟。闻钟声,公曰:"夫子将食。"既食,又奏。公曰:"可矣。"以乘车往,曰:"迹人来告曰:'逢泽有介麇焉。'公曰:'虽魋未来,得左师,吾与之田,若何?'君惮告子。野曰:'尝私焉。'君欲速,故以乘车逆子。"

古时世家大族有"钟鸣鼎食"传统,这里所记向巢一家之事即是很好的佐证。此处写向巢一家进食时,不但将食时要鸣钟,而且进食完毕之后,还要鸣钟,并且钟声还是宋景公自其宫中远远听到,足可见向氏一家钟声之响亮、声势之煊赫。宋景公所派去请向巢的皇野,以邀其前去打猎的谎言诱向巢前来。皇野的一番言语也是如话家常、贴切妥当。当日春秋时代君主与贵族世家日常交往的情形也可见一斑。《左传》对贵族家庭中日常生活场景的描绘,比起后世中国古代世情类小说来,尚属于稚嫩的萌芽状态,但作者的这一番尝试,也不无开拓之功。

二、人情世态、恩怨纠葛的透彻洞察

前文中笔者已多次提到,春秋时代是一个贵族世家占据十分重要地位的社会,贵族世家内部矛盾、家族与家族的摩擦及家族与公室的冲突,自然都受到了《左传》作者的高度关注。《左传》家族叙事的另一大成就即是作者作者用以细腻工致的笔法、透彻练达的洞察力,以贵族家族为中心,将贵族社会中的种种人情世态、恩怨纠葛生动地呈现出来。

《左传》所叙贵族社会中的世态包罗万象,家庭婚恋胶葛、个人恩怨纠缠及种种争权夺利的阴谋应有尽有,众多篇章也大都细致委婉、曲尽人情。《左传》中有

不少篇章叙及贵族家庭内部的婚恋纠葛。如鲁国的穆伯与襄仲结怨一事,即是因为婚姻缘故引起的兄弟反目事件。穆伯和襄仲是同祖兄弟,都是鲁国国内极有势力的人物。穆伯即公孙敖,鲁国三桓的孟孙氏一族的头面人物。襄仲是鲁庄公之子,长期担任鲁国执政。穆伯已在莒国娶两妻戴己与声己,戴己已逝,而声己尚在。文公七年,他又前往莒国为襄仲迎亲之时,见襄仲之未婚妻貌美,便"自为娶之",使得襄仲欲"攻之"。经人劝阻,穆伯将新娶之莒女送回莒国,襄仲才与他和好。但文公八年,穆伯却又趁着到周王室吊丧的时机,没有到成周,就"以币奔莒,从己氏焉"。穆伯最终还是舍弃了他在鲁国的显赫地位,选择了莒国的美人,他与襄仲的恩怨直到他死也没有解开。文公十四年,穆伯在莒国去世。第二年,经过他留在鲁国的儿子惠叔的一番努力,穆伯的灵柩才顺利回到鲁国安葬。安葬穆伯之时,文中这样写道:

声己不视,帷堂而哭。襄仲欲勿哭,惠伯曰:"丧,亲之终也,虽不能始,善终可也。史佚有言曰:'兄弟致美,救乏、贺善、吊灾、祭敬、丧哀,情虽不同,毋绝其爱,亲之道也。'子无失道,何怨于人?"襄仲说,帅兄弟以哭之。

穆伯不顾手足情谊,抛开家室、逃离鲁国而追随莒国美人的做法,显然是因小失大、令人不齿的。这段文字所叙的正是穆伯前妻声己、同族兄弟襄仲对穆伯的态度,多有可玩味处。对于声己的态度,文中仅有"不视,帷堂而哭"六个字的简洁记叙,但是这六个字中却颇有深意。不管是不视穆伯的灵柩,还是以帷幕遮堂的举动,声己的做法显然都不合乎常规的礼制。她正是用这种做法表示她对抛弃自己和家人而追寻一己之欢的丈夫的怨恨。但无论如何,穆伯又毕竟曾是她的丈夫、孩子的父亲,两人毕竟曾有过深厚的情感,所以她依然要哭。襄仲的态度则更为有趣。他与穆伯有夺妻之恨,"欲勿哭"是理所当然的反应。当他听了叔仲惠伯的一番劝告之后,从"帅兄弟而哭之"。"襄仲说"一句,其实已暗中透露出了襄仲内心真实的想法,他之所以要哭穆伯,正是因为如此才可以向众人展示他的宽宏大量、他的"亲之道"。这段文字之后还补叙了穆伯在莒国时与己氏所生的两个儿子的事迹,可以算作穆伯出逃事件的余波:

他年,其二子来,孟献子爱之,闻于国。或谮之,曰:"将杀子。"献子以告季文子。二子曰:"夫子以爱我闻,我以将杀子闻,不亦远于礼乎?远礼不如死。"一人门于句冥甗,一人门于戾丘,皆死。

孟献子是穆伯之孙,惠叔去世之后,他成为孟孙氏一族的继承人。穆伯在莒国所生之两子,也即是献子的两位叔父。两人来到鲁国之后,鲁国人传言两人要杀死孟献子而夺取孟孙氏家业。两人为表明心志,均英勇战死。贵族家族权利争夺之急剧、两人之心志清白,均令人唏嘘不已。作者将穆伯和襄仲两人因为争夺一美人而引发的一系列家族中的恩怨纠葛娓娓叙来,文字虽十分朴实,但却颇有意味,令人印象深刻。

《左传》中叙贵族家族中婚恋纠葛之类事迹尚有很多。如昭公元年所叙郑国徐吾犯之妹择婿一事,常为人所提及。公孙楚与公孙黑也是同祖兄弟,公孙楚出于七穆游氏一族,而公孙黑则出身驷氏一族,二人都是郑国大贵族,均欲娶徐吾犯之妹。兄弟两人争执不下之时,徐吾犯只好令其妹自行择婿。文中所叙择婿及其后兄弟二人相搏的场面颇为有趣:

> 子皙盛饰入,布币而出。子南戎服入,左右射,超乘而出。女自房观之,曰:"子皙信美矣,抑子南,夫也。夫夫妇妇,所谓顺也。"适子南氏。子皙怒,既而櫜甲以见子南,欲杀之而取其妻。子南知之,执戈逐之。及冲,击之以戈。子皙伤而归,告大夫曰:"我好见之,不知其有异志也。故伤。"

这段文字中对子皙、子南、徐吾犯之妹几个人物的言行举止的记叙,均十分细腻生动、个性鲜明。如子皙,处处刻画他的虚伪做作、奸诈骄横,择婿时,他要"盛饰入,布币而出",欲通过精心的装扮、丰厚的礼品打动女方。被拒之后,又欲用武力手段抢婚。被子南击伤之后,羞恼之余,不但对人掩盖其受伤真相,还以谗言中伤子南。子南其人虽有冲动莽撞的毛病,但却颇有英武之气,做事光磊磊落。徐吾犯之妹的言语也颇为符合她的身份,冯李骅称赞其言"抑扬妙绝,香口如生"①,洵非虚言。女方择婿、兄弟相搏的场景也在大量逼真的细节支撑下生动的展示出来了。又如昭公二十五年的"季平子逐君"一篇中所叙季姒之事也很值得注意。季平子是鲁国执政,他有两位叔父季公鸟和公若。季公鸟早卒,其兄公若及族人公思展、家臣申夜姑公共管理他的家务。季姒是季公鸟之妻,她与人私通,却又担

① 冯李骅:《左绣》,台北:文海出版社,1967 年,第 1433 页。

心公若等人责罚,便以谗言中伤公若等人。文中这样记叙道:

> 及季姒与饔人檀通,而惧,乃使其妾抶己,以示秦遄之妻,曰:"公若欲使余,余不可而抶余。"又诉于公甫,曰:"展与夜姑将要余。"秦姬以告公之,公之与公甫告平子。平子拘展于卞而执夜姑,将杀之。

此处对季姒为掩盖奸情而精心设计奸计的一番记叙可谓曲尽其妙。她先命侍女扑打自己,以苦肉计邀买他人的同情心,又以谗言中伤公若等人。她中伤公若之言,尤其是"活写浪妇撇清口角"①,文中的"使"字,与襄公二十一年的"美而不使"之"使"字意义相近,均是"使其视寝"之义②,用在此处却十分恰当,既简洁凝练,却又含蓄委婉。季平子也正因为季姒的这番中伤之言错杀了申夜姑,因而与其叔父公若结怨,使得公若联结鲁昭公及其他失势世族共同进攻季平子,掀起了鲁国的一场政治动乱。

至于记叙世家大族人物之间的恩怨纠结、争权夺利的篇章更是屡见不鲜。此类篇章的突出特点是作者往往是不吝笔墨地详细记叙种种琐屑小事,交代人物之间摩擦冲突的缘由、细述事件进程中的种种曲折起伏,其文字之细腻工致并不输于后世描写人情世态的小说。如襄公二十三年的"臧武仲出奔"一篇,可以说是《左传》家族叙事类篇章的典范之作。文中虽然重在交代鲁国的大贵族臧武仲在国内政治斗争中失势而逃离鲁国这一重大事件的经过,但是作者却着眼全局,把臧氏、季孙氏和孟孙氏三家的恩怨纠葛娓娓道来,将贵族家庭生活的图景生动鲜活地呈现了出来。冯李骅称赞此篇"逐件叙事,串如匹练,而描写生动、声情各肖,是一首有哭有笑文字"③。这篇文字的精妙处首先在于它巧妙的结构,作者完全以几件有趣的日常琐事穿插连缀起来,几番腾挪辗转之后却又巧妙地导入事件主线,才将臧武仲出奔这件大事交代出来,构成了一篇生动鲜活的文字。文中入手先从季氏一族中季武子选立继承人写起,缓缓引出臧武仲助季武子立其次子悼子为后而与其长子公鉏结怨一事。而后作者却放下此篇主角臧武仲不表,却细细交代季平子长子公鉏的事迹,写公鉏在未能成为武子继承人后如何抱怨,又如何经

---

① 冯李骅:《左绣》,台北:文海出版社,1967 年,第 1813 页。
② 取自杨伯峻解释。见杨伯峻:《春秋左传注》:北京:中华书局,2000 年,第 1460 页。
③ 冯李骅:《左绣》,台北:文海出版社,1967 年,第 1212 页。

人劝谏后“敬共朝夕、恪居官次”而重得父亲的宠信。接着又记叙了孟孙氏的家臣丰点在孟庄子去世后，勾结公鉏，以奸诈手段拥立孟庄子的庶子羯为孟孙氏一族继承人。至此才叙公鉏借助孟孙氏一族的帮助，挑拨季平子与臧武仲的关系，使得平子将臧武仲逐出了鲁国。在事件看似已结束时，作者却补叙了武仲奔齐后臧为僭立及季平子因武仲出奔而召集鲁人盟誓两事。文中的几件事，如季平子立后、闵子马谏公鉏、孟孙羯之立、臧武仲出奔，初看似乎是各自独立的，但细看时，却又是以臧武仲与公鉏结怨为线，暗中联结在一起。

此文的结构固然十分巧妙，但它以细腻鲜活的笔触对贵族家族中人情世态的描绘则更为精彩。文中的几段文字艺术水平都达到了极高的水准，完全做到了“描写生动、声情各肖”。如开篇时所叙季平子向家臣申丰征询立嗣意见一段文字即颇为生动：

> 季武子无嫡子，公弥长，而爱悼子，欲立之。访于申丰，曰：“弥与纥，吾皆爱之，欲择才焉而立之。”申丰趋退，归，尽室将行。他日，又访焉。对曰：“其然，将具敝车而行。”乃止。

申丰虽然只是季氏一族的家臣，但却是德高望重的元老人物，季武子家事难以决断时，自然想到了他。文中对申丰言行的描写十分有趣。季武子第一次讯问他时，他没有发表意见，却“趋退，归，尽室将行”，即快步跑开，召集家人准备出走。再次被询问时，申丰就很不客气地回答：“如果再这样逼问我，我就要套上车走人了”。申丰深知立嗣一事是季氏一族大事，此时也正是家族内部权力争夺最为激烈之时，如插手此事，稍有不慎即可能招致严重后果，所以才如此坚决的推拒。这里的一段生动的文字，很好地将申丰面临季氏家族矛盾之际惶恐不安而谋求自保的心态很好地刻画出来了。又如丰点勾结公鉏立孟孙羯一段文字也十分精彩：

> 孟孙恶臧孙，季孙爱之。孟氏之御驺丰点好羯也，曰：“从余言，必为孟孙。”再三云，羯从之。孟庄子疾，丰点谓公鉏：“苟立羯，请仇臧氏。”公鉏谓季孙曰：“孺子秩，固其所也，若羯立，则季氏信有力于臧氏矣。”弗应。己卯，孟孙卒，公鉏奉羯立于户侧。季孙至，入，哭，而出，曰：“秩焉在?”公鉏曰：“羯在此矣。”季孙曰：“孺子长。”公鉏曰：“何长之有？唯其才也，且夫子之命也。”遂立羯，秩奔邾。

这段文字对贵族家族中的人情世态的刻画真可谓奥妙曲折、入木三分。贵族家族不同于平常百姓,人与人之间没有太多亲情可言,更多是权势、利益的权衡与争夺。本没有多少瓜葛的几个人物丰点、孟孙羯和公鉏,却因为各个不同的利益勾结在了一起。丰点和公鉏都可以说是洞悉人情世故而又懂得巧妙运用的人物。丰点仅仅是孟孙氏家的一介车夫,却能帮助孟孙羯成为孟孙氏一家的主人,关键在于他看到了公鉏在季孙氏一族中的特殊地位及又悉知他仇恨臧武仲的心理,所以便借助公鉏之力来完成了他不可能做到的事。公鉏深知其父季武子虽然表面上与臧武仲十分亲密,但内里对对臧氏一族的势力颇为忌惮,所以他敢于向其父提出了立羯为孟孙氏之后的提议。季武子也是一个十分虚伪的人物,他内心中早已认同了公鉏的主张,他却为了表现其正直无私,在反复推托之后才默许了公鉏的做法。作者用了仅仅不到两百字,却已将贵族间复杂的利益纠葛、几个人物微妙的心态滴水不漏地和盘托出,其惊人的事件概括能力、洞悉世态的观察力实在是令人叹服不已。

《左传》中摹写贵族家族中人物之间争权夺利、钩心斗角的文字尚有很多,如襄公二十七年的"崔杼之死"一篇叙齐国崔、庆两族的相互倾轧,昭公八年、昭公十年记齐国的陈桓子与栾、高两族之间的剧烈争斗,昭公二十五年的"季平子逐君"一篇,都是十分精彩的文字,此处不再一一评说。

三、贵族家族衰落图景的生动展示

春秋时代是一个贵族政治、文化逐渐走向衰亡的历史时期,许多显赫一时的世家大族都在这时走到了穷途末路。《左传》的作者所生活的时代去古不远,他深受贵族文化的浸润,因而也就对这些曾经活跃于历史舞台、支撑起贵族社会文化的世家大族有一定的同情之感。他以较为沉痛地笔调,详尽地记叙了一个又一个贵族世家的衰败,将春秋时代贵族群体凄凉的桑榆晚景逼真地展示了出来。

《左传》中所记的各国的主要的世家大族有四五十家之多,除过少数家族因材料不足而命运不详外,作者对大多数家族衰败的结局都有交代。值得关注的是,书中对其中十几个大家族的衰败原委经过有详尽的描述,这些文字大都生动、细致,有较高的文学价值。所谓"幸福的家庭都很相似,不幸的家庭则各有各的不幸",《左传》的作者在记叙各个大家族的没落时,非常注意探究它们不同衰亡的缘由,因而也就向我们展示了一副千姿百态的春秋末世贵族家族衰败图景。

春秋时代的大家族大都实力雄厚、势力庞大,它们的衰亡,往往是多方面因素结合的结果,但是《左传》作者却往往尽力抓住最突出的一点做细致地铺写,将道德劝诫的寓意融入其中,实现惩恶劝善的目的。如晋国郤氏一族的灭亡,一面是因为郤氏一族的显赫权势对晋厉公的君权构成了极大的威胁,使得厉公不得不铤而走险铲除之;另一面则是因为三郤的为人均十分骄横,在晋国国内树敌太多,不得人心。作者写郤氏之亡时却处处着眼于三郤的骄纵,刻意在书中多次表现这一点。成公十四年,郤犨聘问卫国之际,在宴会上之上态度傲慢,宁惠子就批评他"夫子傲,取祸之道也"。成公十六年,郤至到成周献捷,与单襄公谈话时,"骤称其伐",即多次炫耀自己的功劳。单襄公事后批评他:"位于七人之下,而求掩其上,怨之所聚,乱之本也。"成公十七年,叙郤氏一族的灭亡经过时,作者又详细交代了三郤如何因其蛮横无理而与胥克、夷阳五、长鱼矫及栾书等众人结怨,并藐视晋厉公,最后导致众人群起而攻之,将郤氏一家灭门。文中叙郤至与晋厉公结怨时这样写道:

> 厉公田,与妇人先杀而饮酒,后使大夫杀。郤至奉豕,寺人孟张夺之,郤至射而杀之。公曰:"季子欺余。"

郤至公然在晋厉公面前射杀厉公的侍从,其人之蛮横无礼、藐视君主也可见一斑。等到晋厉公与胥童等人准备铲除郤氏一族时,三郤才有所觉悟。郤至极力劝阻郤錡勿犯上作乱,也是因为他深知此时郤氏一家已众叛亲离,作乱也没有成功的希望。文中对三郤临死之时的凄惨之状刻画的也极为细致:

> 壬午,胥童、夷羊五帅甲八百,将攻郤氏。长鱼矫请无用众,公使清沸魋助之,抽戈结衽,而伪讼者。三郤将谋于榭,矫以戈杀驹伯、苦成叔于其位。温季曰:"逃威也。"遂趋。矫及诸其车,以戈杀之,皆尸诸朝。

郤錡、郤犨出其不意的被人杀死在座位之上,郤至匆忙之中逃上车,没来得及逃走也被杀死,三人的尸体还被暴露在朝堂之上以示众。作者之所以如此用心的记述三郤的骄纵蛮横、如此细致地描写三郤悲惨的死状,其劝诫世人的良苦用心也不言而喻。

又如襄公二十五至襄公二十八所记的"崔、庆之乱",既是一系列惊险的政变事件,其实也是对齐国的崔、庆两大世族灭亡经过的记录。作者将这一延续了四年的变乱事件记叙得跌宕起伏、波澜壮阔。文章的主旨,依洪顺隆先生之言,可以用“淫放招致乱亡”六字总括①。齐庄公之死、崔、庆两族之亡,均是因为“淫放”所致。庄公之死姑且不论,单看崔、庆两族。崔杼所以会犯上作乱、弑杀庄公,据文中作者之暗示,也是因为他贪图美色而误娶了新寡不久的棠姜。在娶棠姜之前,东郭偃曾以崔杼与棠姜都属姜姓一族为理由谏阻他;崔杼犹豫不决而命人占卜,陈文子察看卦象之后也劝他“不可娶也”,因为卦辞显示:“入于其宫,不见其妻,凶,无所归也。”这条卦辞,也成了一条文中的一条隐藏的线索,下文的一系列事件都绕着它展开。崔杼不听劝阻,固执地娶了棠姜之后,崔氏一家便发生了一连串的变乱事件。先是庄公与棠姜私通,崔杼不堪绿帽压顶,愤而杀死庄公。后来又因为崔杼溺爱他与棠姜所生之幼子崔明,使得其长子崔成、次子崔强愤愤不平,父子兄弟反目成仇。崔氏内乱之际,庆封则乘虚而入,以帮助崔杼平乱为名,杀死了崔杼的三子、逼死其妻。当崔杼“御而归之”时,发现“至则无归矣”,当初卦辞上的预言竟然神奇地变为现实,他也凄凉地自缢而亡。至于庆氏一族的灭亡的缘由,作者在“庆氏之乱”的一开篇即已明确的交代了:“齐庆封好田而耆酒,与庆舍政,则以其内实迁于卢蒲嫳氏,易内而饮酒。数日,国迁朝焉。”这里的“易内而饮酒”的“易内”,与昭公二十八年的“晋祁胜与邬臧通室”之“通室”一词语义相近,均是“易妻”之义,②其淫乱放纵可谓近于禽兽。正当庆封、庆舍父子荒唐胡为之时,齐庄公的旧部卢蒲癸、王何等人回到了齐国,他们联合国内的栾、高等族,设计圈套杀死了庆舍,将庆封逐出了齐国。洪顺隆先生认为“崔、庆之乱”这一长篇文字,是“以‘淫’之主题将所有事实贯穿起来,如网在纲,条理清楚”③,可谓一语中的。

但文中也还有另外一条副线,即“诈”。文中将诸多奸邪人物如崔杼、庆封、卢蒲嫳、卢蒲癸以及陈氏一族的陈文子父子等人的相互欺诈、相互倾轧,描绘得惊心动魄、活灵活现,令人赞叹不已。如崔杼一家内乱之际,崔杼的长子崔成与次子崔强求助于庆封,庆氏家臣、阴险的卢蒲嫳为庆封出谋划策:“彼,君之仇也。天或者

① 洪顺隆:《左传论评选析新编》,台北:中国文化大学出版部,1982年,第708页。

② 杨伯峻:《春秋左传注》,北京:中华书局,200年,第1491页。

③ 洪顺隆:《左传论评选析新编》,台北:中国文化大学出版部,1982年,第708页。

将弃彼矣。彼实家乱,子何病焉?崔之薄,庆之厚也。”于是,庆封便暗中帮助崔成、崔强杀死了其弟崔明的党徒东郭偃等人。崔杼愤而离家出走之后,却又前往求助庆封。此时文中这样写道:

> 遂见庆封。庆封曰:“崔、庆一也,是何敢然?请为子讨之。”使卢蒲嫳帅甲以攻崔氏。崔氏堞其宫而守之,弗克,使国人助之,遂灭崔氏,杀成与强,而尽俘其家,其妻缢。嫳复命于崔子,且御而归之。至则无归矣,乃缢。

庆封一面帮助崔成、崔强两人制造了崔氏一家的内乱,一面又对故作大义凛然之貌,当着崔杼之面谴责崔成、崔强两人,表示要为崔杼讨伐两人,其城府之深、用心之险恶令人发指。庆封讨伐崔成、崔强之时,不但杀死了两人,而且还“尽俘其家”,即将崔氏一族的人众与财货都据为己有,逼得崔杼之妻也自缢身亡,其残忍和贪婪实在是无以言表。出人意料之外的是,如此残忍、奸诈的庆封,却又碰到了更为险恶的对手卢蒲癸。卢蒲癸是齐庄公的旧部,他和王何等人在庄公被杀后逃出了齐国,崔杼死后他和王何等人又回到了国内,他们处心积虑地要为灭亡庆氏一族,为庄公复仇。庆封虽然是玩弄阴谋的大家,但他将崔杼一家灭门之后颇有踌躇满志之感,所以将执政大权交给了其子庆舍,自己却只顾荒唐放纵,使得卢蒲癸等人有了可乘之机。庆封以两面三刀手段对付崔杼,卢蒲癸则更是将庆封之子庆舍玩弄于股掌之上。卢蒲癸骗取庆舍的信任之后,庆舍将女儿嫁给了他,他也毫不推拒地接受了。庆舍的家臣曾问他,你与庆舍均是姜姓子孙,怎能娶其女。卢蒲癸则回答:“宗不余辟,余独焉辟之?赋诗断章,余取所求焉,恶识宗?”由此处也可看出卢蒲癸是一个为达目的不择手段的人物,庆氏父子败在此人之手也是理所应当的。卢蒲癸与其党羽欲攻庆氏之前,先占卜一番,文中如此记叙:

> 卢蒲癸、王何卜攻庆氏,示子之兆,曰:“或卜攻仇,敢献其兆。”子之曰:“克,见血。”

卢蒲癸等人居然将卦象拿给他将要攻击的庆舍本人看,也足可以见出庆舍的愚笨、卢蒲癸等人的奸诈,他们并不把庆舍放在眼里。更为有趣的是,正在卢蒲癸等人与庆封父子激烈缠斗之际,作者还将齐国另外的一大家族陈氏的陈文子父子的事迹插入其中。崔、庆两族灭亡之后,陈氏一家无疑是最大的获利者。当卢蒲癸等人欲设谋暗杀庆舍时,陈文子之子陈无宇正与庆封一起在郊外狩猎,文中这样写道：

庆封田于莱，陈无宇从。丙辰，文子使召之，请曰："无宇之母疾病，请归。"庆季卜之，示之兆，曰："死。"奉龟而泣，乃使归。庆嗣闻之，曰："祸将作矣。"谓子家："速归，祸作必于尝，归犹可及也。"子家弗听，亦无悛志。子息曰："亡矣。幸而获在吴、越。"陈无宇济水，而戕舟发梁。

对于即将发生的政治阴谋，陈文子必定已有所觉察。为了使儿子顺利地从庆氏一家脱身，文子编造了一个"无宇之母疾病"的借口命人将他召回。陈无宇也非常聪明、机警，他马上明白了父亲的意图。为了欺骗庆封父子，他甚至装模作样地"奉龟而泣"，演技之高超令人佩服，虽然如此诅咒其母有不孝之嫌。他过河之后，马上便"戕舟发梁"，显然是为了阻止庆氏家人的追赶。这几处细节描写，将陈氏父子之奸谲刻画得惟妙惟肖。如此工于心计、残忍邪恶的一群小人居然聚到了一起，而且相互争斗、斫杀也真可算得上是一桩奇事了。作者能将一大群邪恶人物的交锋如此从容如此滴水不漏地记叙出来，也足可见其叙事手段之高明。王源评论道："点染映带，波浪屡起，裁剪得宜，安顿恰妙，运用不测，而后成一篇天工文字"①，可作此篇总评。

昭公八年至昭公十年的"栾、高之亡"一篇，记叙的"崔、庆之乱"后齐国另外的两大族栾氏、高氏两家覆灭的经过。栾、高两族的祖先，均是齐惠公之子，两家是齐国新生的贵族，很有势力。崔、庆两族灭亡之后，齐国出现了陈氏与栾、高两族共掌国政的局面。栾、高两族灭亡之后，齐国政治格局发生巨大转变，执政大权彻底落入陈氏一族手中，所以此篇也重在记叙陈无宇如何以奸诈手段击败对手。这篇文字虽然也是记叙贵族世家的衰灭，但却很独特，很富于喜剧色彩。昭公八年栾、高两家发生误会之际，陈无宇便欲乘虚而入，文中这样记叙道：

齐子尾卒，子旗欲治其室。丁丑，杀梁婴。八月庚戌，逐子成、子工、子车，皆来奔，而立子良氏之宰。其臣曰："孺子长矣，而相吾室。欲兼我也。"授甲，将攻之。陈桓子善于子尾，亦授甲，将助之。或告子旗，子旗不信。则数人告。将往，又数人告于道，遂如陈氏。桓子将出矣，闻之而还，游服而逆之，

① 王源：《左传评》卷七，清康熙居业堂刻本。

请命。对曰:“闻强氏授甲将攻子,子闻诸?”曰:“弗闻。”“子盍亦授甲?无宇请从。”子旗曰:“子胡然?彼,孺子也,吾诲之犹惧其不济,吾又宠秩之,其若先人何?子盍谓之?《周书》曰:‘惠不惠,茂不茂。’康叔所以服弘大也。”桓子稽颡曰:“顷、灵福子,吾犹有望。”遂和之如初。

这段文字极为生动,也十分幽默。栾、高两家误会之时,家人告知子旗高氏欲进攻他,子旗却坚决不信。而此时作为旁观者的陈无宇却十分积极,他欲挑动两家内斗,从而于一旁得利。所以他正全副武装,欲联合高氏一家进攻子旗。但是,子旗却于此时突然前来拜访他,使得陈无宇十分慌乱,不得不“游服而逆之”。陈无宇又借机表示要助子旗进攻高氏,不料却被子旗正言训教了一番,于是他又“稽颡”表示赞赏子旗的看法。文中将陈无宇的颠三倒四、两面三刀,与子旗的豁达坦诚处处对照来写,因而使得无宇的举动显得更为可笑。但可笑之余,却也让人看到了陈无宇的奸诈面目,正如朱轼所言:“忽而授甲,忽而游服,忽而请从,忽而稽颡,乍看极好,细看乃是活画一机诈人,笔笔化工。”①昭公十年,陈无宇终于又连同鲍氏一家来进攻栾、高两家,文中这样写道:

齐惠栾、高氏皆耆酒,信内多怨,强于陈、鲍氏而恶之。夏,有告陈桓子曰:“子旗、子良将攻陈、鲍。”亦告鲍氏。桓子授甲而如鲍氏,遭子良醉而骋,遂见文子,则亦授甲矣。使视二子,则皆将饮酒。桓子曰:“彼虽不信,闻我授甲,则必逐我,及其饮酒也,先伐诸?”陈、鲍方睦,遂伐栾、高氏。

这一节文字如上文一样,也很风趣。陈、鲍两家误信谣言,装备人马欲进攻之时,陈无宇却在大街上碰到了酒后驾驶的高氏一家之主子良。陈、鲍又派人察看栾、高两家,却发现他们正准备饮酒。陈、鲍两家如此草木皆兵、处心积虑,不料面对的却是两个正沉溺醉乡的酒鬼,岂不可笑?相比于崔、庆两家,栾、高两族之亡更像是一场闹剧。但也正是在这场闹剧谢幕之后,陈氏一族也真正开始独霸齐国的国政。

《左传》中叙贵族家族衰亡的文字,除上述有代表性的两篇外,尚有很多。如前文多次提到的襄公二十一年的“栾盈之乱”、昭公二十一年的“华、向之乱”、昭公二十八年的“祁氏、羊舌氏之亡”等,都是很出色的文字。正如上文所述,《左

① [日]贯名苞校订增加:《翻刻左绣》卷二十二,嘉永甲寅须静堂课本。

传》的作者在记叙这些贵族世家的衰亡时,往往从道德伦理的角度着眼,探究它们衰落的缘由,给世人以劝诫、警醒,这些篇章也无一例外地遵循这一原则。如昭公二十八年的"祁氏、羊舌氏之亡"一篇,作者在简略记叙因叔向之子获罪而使得羊舌氏一族被晋侯灭门一事之后,却以追叙手法详细地交代了当年叔向欲娶申公巫臣之女时其母极力劝阻他一事。申公巫臣之妻即春秋时代知名一时的美女夏姬,申公巫臣为了她逃出楚国而定居于晋。夏姬之女也必定是一时的美女,所以叔向才会欲娶她为妻,但却遭到了母亲的强烈反对。文字详细地记叙了叔向之母的言论,她广征博引,向叔向说明了"甚美必有甚恶"的道理,使得叔向惧而"不敢取"。但晋平公却强使叔向娶了申公之女,最终申公之女生下了杨食我,而正是杨食我导致羊舌一族的灭门。这里作者显然是将羊舌氏之亡的原因,归结为叔向错娶了美女申公巫臣氏。叔向之母的一番言论,大概是中国历史最早的、很系统的"红颜祸水"论了,有趣的是,它却出自一个女性之口,其荒谬之处也不值一驳。此处之事也正说明,《左传》的作者是一个深受周代礼法及儒家思想影响的学者,他有着强烈的捍卫伦理道德教条的责任感,他将这样一种意识贯穿在他对历史事件的分析评说中时,有时就难免有莫大的局限性。我们应当同情、赞赏他淑世化民的博大胸怀,但对他的局限性也需要有一些提防。

《左传》家族叙事的艺术成就,主要体现在它对贵族家族内部日常生活、人情世态的细腻描绘上。这一点长期以来没有得到后人应有的重视。后世《史记》《汉书》等史传著作中也有一些篇章中有对日常琐事、人情世态的描绘,但论其文字数量、艺术水平,似乎尚不及《左传》。虽然宋元之后各种世情小说开始走向成熟,《金瓶梅》《红楼梦》等作品的艺术水准更是达到了前所未有的高度,但是《左传》的开创之功也不应忽视。

第三节　《左传》中的志人小品与贵族文化

《左传》是春秋时代贵族社会文化的集大成之作,其中收集了大量贵族人物的琐闻趣事。这些贵族轶事一般篇幅短小,文字简洁,有较高的文学价值,可以暂且称之为“志人小品”。这些“志人小品”,与六朝的志人小说有不少相似之处,是志人小说真正的源头。相比于《世说新语》等志人小说的成熟之作,《左传》中的“志人小品”虽然还略显粗朴,但是它们是春秋贵族文化的产物,反映了春秋时代的社会风尚,也自有其不可取代的文化、艺术价值。

一、《左传》志人小品:志人小说的源头

志人小说是一种独具中国文化特色的叙事文体。它一般篇幅短小,语言凝练,叙事则生动活泼,记言则韵味悠长,写人则遗形取神。这样一种文体深受中国文人的喜爱,从六朝时代的《语林》《世说新语》等著作诞生以来,后世模拟之作层出不穷,形成了中国古代小说时上的一大景观。学界一般认为,志人小说肇端于六朝时期的《语林》《世说新语》,但若要追溯它的源头,则不得不提到先秦时代的史学兼文学巨著《左传》。《左传》中的“志人小品”,不仅仅在内容和形式上与六朝的志人小说很相似,而且它们所赖以滋生的社会文化环境还有不少相似处:春秋与魏晋时代都是一种贵族文化为主导的社会。如此看来,《左传》志人小品与六朝志人小说的关系,比我们想象的要复杂得多,先将这两者放在一起探讨一下,无疑能够帮助我们更好地认识《左传》志人小品的特点及其价值。

鲁迅先生在探讨魏晋志人小说的渊源时说:“记人间事者已甚古,列御寇、韩非皆有录载,惟其所以录载者,列在用以喻道,韩在储以论政。若为赏心而作,则实萌芽于魏而盛大于晋,虽不免追俗尚,或供揣摩,然要为远实用而近娱乐矣。”① 寻找与志人小说相似的先秦时代的作品时,鲁迅先生首先想到了《韩非子》中的内外《储》和列子中的《说符》一篇,因为它们均是书中专门汇辑短篇寓言、历史故事的篇章。这些寓言、历史故事篇幅短小,并且都以记“人间事”为主,从形式和内容上说,是比较接近于六朝志人小说的。但鲁迅又指出它们或“用以喻道”,或“储以论政”,多偏重于实用价值,并非“为赏心而作”,也自然无“娱乐”的功能,所以它们也就与六朝志人小说并没有太大关系。

从志人小说的文体形式、作品内容以及它的艺术特色来看,志人小说应当具备三个基本的特征:第一,从文体上说,它必须篇幅短小,简洁精练,一则故事有时

① 鲁迅:《中国小说史略》,北京:人民文学出版社,2006年,第60页。

仅有十几字或几十字，多也不可超过三、四百字。第二，从内容上看，它必须是记“人间事”，不是记录鬼怪故事。但是“人间事”，一般是以人物的日常琐闻轶事为主，并不像史著那样以军国大事为重。第三，它必须有更多的审美和娱乐的价值，并非为了专为说教、论道的实用目的而作。《韩非子》和《列子》中的寓言、历史故事在形式和内容上都接近于志人小说，但它们讲道理、说教的目的十分明确，审美、娱乐的价值相对较为不足，也就不能算作真正的志人小说。那么，志人小说是否真如鲁迅所说，是“萌芽于魏而盛大于晋”呢？鲁迅之所以在追溯志人小说的渊源时首先想到《列子》的《说符》篇和《韩非子》的内外《储》，是因为这些篇章的编排形式，与魏晋的志人小说《语林》《世说新语》等多有相似之处，它们均是短篇故事的汇辑。假如我们不过于拘泥于形式上的限制，而更多的从审美、娱乐价值的角度着眼，我们可以发现，魏晋时代的轶事小品与《左传》有着千丝万缕的联系。

《左传》一般被认为是记叙春秋时代历史变迁的史学巨著，是先秦史传文学的典范。事实上，《左传》叙事常以细腻委曲取胜，在记叙大的历史事件时，作者惯于在行文中插入大量的逸闻趣事。这些逸闻趣事往往是一个个情节相对独立、完整的小故事，它一般用篇幅不大的小段文字来记叙，风格也比较简洁、凝练。如昭公十三年，在记叙了“楚灵王之乱”事件之后，《左传》又补叙了一则“灵王占卜”的小故事：

初，灵王卜，曰：“余尚得天下。”不吉，投龟，诟天而呼曰：“是区区者而不余畀，余必自取之。”民患王之无厌也，故从乱如归。

这一则故事是有关楚灵王这个暴君的逸事轶闻，二三十个字的一小段文字就使得一个暴躁专横的君主形象跃然纸上。又如僖公八年所记：

宋公疾，太子兹父固请曰：“目夷长且仁，君其立之。”公命子鱼，子鱼辞，曰：“能以国让，仁孰大焉？臣不及也，且又不顺。”遂走而退。

宋桓公临终之际，太子提议将君位让给“长且仁”的公子子鱼。而子鱼却谦恭的推让了，他的回答也很有说服力，既然太子都“能以国让”了，那还有谁能比他更为仁德呢？这里兄弟以君位相推让之事，可归入《世说新语》中“德行”一类。像这样的轶事，在《左传》中比比皆是。在记录这些逸闻趣事时，《左传》的作者虽然多存劝诫讽谕之心，但有时也难免有搜奇猎怪之嫌。后世的不少学者都指责《左传》有"好奇浮夸"的毛病,实则"好奇浮夸"也正是《左传》能成为杰出的文学经典的重要因素,它在一定程度上为《左传》增添了一些审美、娱乐的价值。《左传》虽然没有像《世说新语》那样分门别类地记载名士的趣闻轶事,但这些穿插在大事件中的轶事趣事彷佛碎金断玉一般,零零散散的分布在书中各处,一旦收集起来也为数不少。吴闿生指出《左传》有一种特殊的"旁溢"的写法,这种写法往往是在记叙大事之时,"假轶事小文,肆为异彩,则其旁溢而四出者也"①。可见"轶事小文"在《左传》中也占据重要的地位。

值得注意的是,《左传》中的一些琐闻轶事,与《世说新语》中的某些故事颇有类似之处。如《世说新语·忿狷》有"王蓝田食鸡子"的故事:

> 王蓝田性急。尝食鸡子,以箸刺之,不得,便大怒,举以掷地。鸡子于地圆转未止,仍下地以屐齿蹍之,又不得。瞋甚,复于地取内口中,啮破即吐之,王右军闻而大笑,曰:"使安期有此性,犹当无一豪可论,况蓝田邪!"②

这则轶事为人所熟知,它之所以归入到"忿狷"一类,是因为食鸡子这件事突出地体现了王蓝田的急躁的性格。文中"举以掷地""以屐齿蹍之""复于地取内口中,啮破即吐之"等一系列夸张的动作,生动地刻画出了他暴躁的性格。《左传》定公三年所记载的"邾庄公之死"一事,与王蓝田的故事颇有相似之处:

> 邾庄公与夷射姑饮酒,私出,阍乞肉焉,夺之杖以敲之。三年春二月辛卯,邾子在门台,临廷,阍以瓶水沃廷。邾子望见之,怒。阍曰:"夷射姑旋焉。"命执之。弗得,滋怒,自投于床,废于炉炭,烂,遂卒。先葬以车五乘,殉五人。庄公卞急而好洁,故及是。

这里邾庄公的急躁比王蓝田有过之而无不及,他愤怒发作之际,居然从床上跳了下来,结果跌入炭火炉子中,以至于烧伤过重而身亡。只不过邾庄公除了性情"卞急"之外,还有洁癖的毛病,这就比王蓝田的事迹更为有趣一些了。又如《世说新语·识鉴》记载了载"郗超识人"的故事:

> 郗超与傅瑗周旋。瑗见其二子,并总发,超观之良久,谓瑗曰:"小者才名

---

① 吴闿生:《左传微·与李右周进士论〈左传〉书》,合肥:黄山书社,1995 年,第 2 页。

② 杨勇:《世说新语校笺》,北京:中华书局,2007 年,第 795 页。

皆胜,然保卿家,终当在兄。”即傅亮兄弟也①。

而《左传》文公元年也收录了“内史叔服相人”一事:

王使内史叔服来会葬。公孙敖闻其能相人也,见其二子焉。叔服曰:“谷也食子,难也收子,谷也丰下,必有后于鲁国。”

这两则故事情节极为相似,它们所记的都是人物识鉴的事,都是一位父亲请人为两个儿子相面。文中不但某些词句相同,如“见其二子”,连故事的结局也颇有一些相似之处:兄弟二人中只有长者能保家、能“有后”。人物识鉴、品评在魏晋时代十分流行,《世说新语》专设了“识鉴”一门来收集这方面的故事。但我们不能忘了,春秋时代这一风气也很普遍。春秋时代的许多贵族士大夫都擅长于根据人的容貌、行为、言语预言人的生死祸福,《左传》和《国语》中类似的预言故事比比皆是。

《左传》一书中零零散散穿插的这些逸闻趣事,在形式、内容和审美价值上,均和魏晋的志人小说有很大的相似之处。《左传》与《世说新语》中这些相似故事的出现并非偶然的。《左传》是汉代古文经学的重要著作之一,在东汉经学大师贾逵、马融等人提倡下,它才逐渐引起了学术界的注意。三国、两晋时代,《左传》的影响也更为广泛,郑玄、服虔等许多学者为之作注,杜预的《春秋左传集解》也在这时出现,杜预本人甚至自称:“臣有《左传》癖。”②从相关的史料记载来看,《左传》在魏晋时代已日益为社会各阶层的群体所熟悉。如《世说新语·轻诋》记:

王中郎与林公绝不相得。王谓林公诡辩,林公道王云:“著腻颜帢,布单衣,挟《左传》,逐郑康成车后,问是何物尘垢囊?”③

此处所记是王坦之与支遁相互诋毁之言。值得注意的是,支遁嘲笑王坦之的短处之一,即是王每日挟《左传》研读之。支遁是魏晋时代著名高僧,对专注于儒学的士人难免有偏见。但这一则轶事也足可见当日《左传》一书在士人中之流行。

① 杨勇:《世说新语校笺》,北京:中华书局,2007 年,第 366 页。
② 房玄龄等撰:《晋书》,北京:中华书局,2008 年,第 1032 页
③ 杨勇:《世说新语校笺》,北京:中华书局,2007 年,第 752 页。

《三国志·关羽传》裴松之注引《江表传》记载:"羽好《左氏传》,讽诵略皆上口。"①《世说新语·豪爽》也载:"王大将军自目:'高郎疏率,学通左氏'。"②关羽、王敦这样的武将、军阀也都能"讽诵上口"、"学通左氏",并能以此为荣,可见《左传》在那时的流行。又,《世说新语·赏誉》载:"卞令目叔向:'朗朗如百间屋'。"③卞壶所赞誉的叔向,正是春秋时代晋国大夫叔向。《世说新语》中魏晋名士所赏誉的先秦人物仅叔向一人。叔向学识渊博、识见过人而又光明磊落、正直不阿,以"朗朗如百间屋"来形容其为人,实在是再贴切不过了。魏晋时人也必定是通过《左传》了解了叔向的事迹,他们也认定数百年前的历史人物叔向的精神气度有值得他们景仰之处。我们有足够的理由相信,六朝时代"志人小说"这一文体的出现,无疑受到了《左传》的很大启发,从这个意义上说,《左传》是"志人小说"的一个重要的源头。笔者曾认为:"《左传》中的描写鬼怪的篇章,可以说是中国最早的一批志怪类的作品。"④志人小说与志怪小说可以说明源自于《左传》,它对中国小说影响之大也可见一斑。

二、志人小品、志人小说与贵族文化

如果我们仔细探究《左传》中的志人小品和六朝时代的志人小说产生的社会文化环境,就可以发现,它们均与贵族文化有着千丝万缕的联系。春秋时期和六朝时代,虽然分属于中国历史的不同发展阶段,但是,这两个不同时代的社会,却有不少相似之处,那就是贵族世家都在社会政治、经济制度中占据着十分重要的地位,同时,他们还影响了社会教育、文化的走向。不管是《左传》中的"志人小品"还是六朝的志人小说,其实都是在整理收集贵族人物的逸闻趣事,故事中的主角绝大多数都是贵族人物。

在前文中已提过,春秋时期是中国历史上一个真正的贵族时代。它是建立周代的分封宗法制基础上的、以血缘关系为依托的一个贵族社会。在这个社会存在

① 陈寿著、(宋)裴松之注:《三国志》,北京:中华书局,1972 年,第 942 页。

② 杨勇:《世说新语校笺》,北京:中华书局,2007 年,第 540 页。

③ 文廷式、余嘉锡等一些学者认为卞壶所赞誉之叔向非春秋时代之羊舌肸,见余嘉锡《世说新语笺疏》,北京:中华书局,2007 年,第 533 页。但刘孝标注仍以叔向为羊舌肸,本文以为在证据不充分之时,仍当以刘孝标注为准。

④ 王崇任:《〈左传〉专怪篇章的艺术特色》《商洛学院学报》,2014 年第 1 期,第 32 页。

着宗法严密、等级分明的贵族制度，血统是区分贵贱的唯一标准。贵族们天生是高贵的，有自己的封地，有普通人不能占据的政治地位。但这并不是说他们就一定就是一群骄奢淫逸、傲慢贪婪的一个群体。他们的一举一动必须尽量遵循周朝的礼制，他们要学习礼乐射御书术等各方面得技能，他们既要勇敢地走上战场，还要文质彬彬的操持着种种外交辞令。有时贵族们还要参加一些高雅的文化活动，如赋诗、观乐之类。这些贵族们是这一时代舞台的中心人物，他们的言行举止无疑将会受到极大的关注。《左传》的作者花费了大量的笔墨来展现这个时代里贵族生活的方方面面，《左传》中的“志人小品”也大多都是关于这些贵族人物的轶事和传闻。虽然春秋时代是一个诸侯争霸的乱世，但是烂熟之后的贵族文化依然保持顽强的生命力，风度翩翩、气质高雅、学识渊博的贵族们依然像明星一般活跃在历史舞台上。《左传》的作者和孔子一样，哀叹着礼乐的崩坏、贵族的堕落，追思着贵族文化昔日的辉煌。

六朝时代，尤其是魏晋时代，也是中国历史上的较为特殊的一个历史时期。日本学者川胜义雄即认为自汉帝国瓦解之后，中国开始形成了一种“贵族制社会”，“它产生于分裂与战乱不断的六朝时期，此后一直延续到了唐代，具有十分鲜明的时代特色。”①这一“贵族制社会”的一大突出特点，就是世家大族在社会中占据着统治地位。一些声势显赫的大家族，如王、谢、桓、庾等，他们世代传承，垄断着社会经济、政治等各方面的资源。《世说新语》中所记叙的人物有近百分之九十以上都出自这些世家大族。如果说春秋时代的社会是一种有宗法分封制度为保障的、真正的贵族社会的话，那么魏晋时代就是一种变相的贵族社会。它是一些世家大族垄断政治、经济等社会资源后畸形发展出来的门阀贵族社会。从它产生时开始，就不断有人反对它，反思它的危害。魏晋时代的这些士族们垄断了经济、政治资源，使得社会上出现了一种“上品无寒门，下品无士族”的局面，使得他们门第高贵、不可一世。同时，他们还垄断着文化、艺术资源，使得许多文化和艺术都成为他们的“家学”，使这些文化、学术在家族内部得到世代传承，造就他们所谓的精神的高贵。

魏晋时代的士族们没有多少政治和经济上压力，因而他们也就有更多的闲暇

---

① ［日］川胜义雄：《六朝贵族制度社会研究·序》，上海：上海古籍出版社，2007 年，第 1 页。

精力来过着一种艺术化的生活。他们穿着讲究,形貌潇洒,自由地组织着各种各样的清谈或是玄谈的沙龙,有时也不妨服用五石散或者过量的饮酒,做出一些狂放不羁的举动。他们这些人往往是社会舆论关注的中心,是各种各样的轶事、趣闻的制造者。志人小说这样一种叙事文体简直就是专门为他们量身准备的。《世说新语・文学》记载着这样一件事:

裴郎作《语林》,始出,大为远近所传,时流年少无不传写,各有一通①。

同篇又载:

袁彦伯作《名士传》成,见谢公,公笑曰:"我尝与诸人道江北事,特作狡狯耳。彦伯遂以著书!"②

不管是《语林》或是《名士传》,其实都是这些魏晋贵族名士的同时代人收集这些名士的言论或是轶事,编辑成书,它们大概是《世说新语》的前驱。从"年少无不传写"的情形来看,这些书是很受时人欢迎的。鲁迅先生认为:"《世说》这部书,差不多就可以看做一部名士底教科书。"③实则名士"教科书"的编撰在《世说新语》之前就已经开始了。

《世说新语》最终成书于南朝的刘宋时代并不是偶然的。那时,像刘裕这样的中下层军官崛起于"寻常巷陌",取代了司马氏的晋朝政权,打破了魏晋世家大族垄断政治、经济的格局,贵族名士们也迫于政治压力,不能像以往那样风流潇洒了,他们开始斤斤自诩于门第的高贵,这是魏晋名士不需也不屑做的。贵族们开始走下坡路了,企羡或者说是缅怀贵族名士时代的《世说新语》就在这时诞生了。川胜义雄认为《世说新语》"站在了一种后退的、保守主义的立场上,在其深处,隐藏着对逝去时代的眷恋"④。《世说新语》从头到脚都透着股"贵族"的味道,门第的高贵,教养的高贵,甚至是精神的高贵。它是轶事小品文学的一座高峰,后世又出现了许多模仿它的作品,如《大唐新语》《唐语林》《续世说》等等,但它们都不能

---

① 杨勇:《世说新语校笺》,北京:中华书局,2007 年,第 248 页。

② 杨勇:《世说新语校笺》,北京:中华书局,2007 年,251 页。

③ 鲁迅:《中国小说的历史的变迁》,见鲁迅:《鲁迅全集》(第九卷),北京:人民文学出版社,2005 年,第 319 页。

④ [日]川胜义雄:《六朝贵族制度社会研究・序》,上海:上海古籍出版社,2007 年,第 251 页。

在艺术成就和影响上超越它，其中一个重要的原因就是它们都缺少《世说》的贵族气度。

《左传》是春秋时代贵族文化的集大成之作，六朝志人小说的代表作《语林》《世说新语》等也是魏晋贵族名士文化的结晶，这样两部都有着独特的贵族气质和贵族精神的著作，在文学特性上也必然有其相通之处。形式独特的志人小品文体正是史学、文学巨著《左传》和笔记小说《语林》《世说新语》等在文学上沟通的桥梁。正因为《左传》中的志人小品在文学史占据着如此重要的地位，我们才很有必要认真地对它作一些分析探讨。

三、《左传》志人小品的内容

六朝志人小说的代表作为《世说新语》，它全书分编为 36 个门类，全面地展现了魏晋贵族名士生活的各个方面。《左传》中零散分布的记叙贵族言行的志人小品在数量之多、门类之丰富上，尚不足与《世说新语》相提并论，但是粗略统计，总数也近百余则，内容也涉及春秋贵族生活的方方面面。《世说新语》是精心结撰之作，其艺术价值深受后世推崇。《左传》中的志人小品多数都是作者记叙大事件之余随手点染而成，常常是不加修饰，而自有一种天然朴拙之美，也有其不可替代的特殊价值。

《左传》中的志人小品凌乱地分散于全书各处，内容也丰富多彩，难以一一列举。这里我们不妨参照《世说新语》中 36 个门类，对《左传》中的志人小品也进行粗略的分类，然后对这些志人小品的内容作一简略分析。

1. 德行与政事

《世说新语》的前 4 个门类为德行、言语、政事和文学，正是取自《论语》的孔门四科①。魏晋时代虽然是一个个性张扬、行为放旷的时代，但儒家思想依然是大多人必须遵循的行为准则，看重宗法门第的六朝贵族，仍然将儒家的礼法看作是一个个体成为贵族名士的不可或缺的基本修养。春秋时代是周代礼乐文化烂熟的一个时代，对礼法、德行的推重更是无以复加。《左传》中的志人小品从内容来看，尤以德行、政事和言语这一类为多。这里先看德行和政事两类轶事。

---

① 《论语·先进》："德行：颜渊，闵子骞，冉伯牛，仲弓。言语：宰我，子贡。政事：冉有，季路。文学：子游，子夏。"见刘宝楠：《论语正义》：北京：中华书局，2009 年，第 441 页。

《左传》的作者极为重德，全书中提到“德”的文字多达三百余处，因而作者对能表现贵族德行的逸闻格外关注，这类的小品文字也最多。这些故事中所赞美的德行也多种多样。不少志人小品所记事迹，是为了称扬贵族们在处置国事时表现出的恭敬谦让、忠于职守等美德。如僖公十二年所记管仲之事：

齐侯使管夷吾平戎于王，使隰朋平戎于晋。王以上卿之礼飨管仲。管仲辞曰：“臣，贱有司也。有天子之二守国、高在。若节春秋来承命，何以礼焉？陪臣敢辞。”王曰：“舅氏，余嘉乃勋，应乃懿德，谓督不忘。往践乃职，无逆朕。”管仲受下卿之礼而还。

管仲协助齐桓公成就霸业，声名之显赫，人所共知。但是在朝拜周天子之际，他却并不居功自傲，能够谦恭知礼，实在难能可贵。《史记》所记管仲事迹，多偏重于突出管仲的政治才干，而《左传》所记的则多是他知礼、重德的一些轶事，两书的旨趣之别，也可见一斑。又如襄公五年所记“季文子卒”一篇：

季文子卒。大夫入敛，公在位，宰庀家器为葬备，无衣帛之妾，无食粟之马，无藏金玉，无重器备，君子是以知季文子之忠于公室也。相三君矣，而无私积，可不谓忠乎？

季文子出于鲁国季孙氏一族，担任鲁国执政长达数十年。对于这位鲁国的元老重臣，《左传》的作者曾多次批评他的一些举措。但是，季文子去世后、盖棺定论之际，作者仍对他的廉洁自奉、忠于国事给予了高度评价，尤其是“无衣帛之妾，无食粟之马，无藏金玉，无重器备”一节文字，其称扬、赞许之情溢于言表。又如昭公三年的“叔弓如滕”一事：

叔弓如滕，葬滕成公，子服椒为介。及郊，遇懿伯之忌，敬子不入。惠伯曰：“公事有公利，无私忌，椒请先入。”乃先受馆，敬子从之。

叔弓和子服惠伯都是鲁国大夫，两人一起出使滕国，到达滕国郊区这一天，正好是惠伯之父懿伯的逝世之日。那时的礼仪有“忌日不用”的说法，所以叔弓提议当日先不进滕国。但是惠伯却说应以国事为重，他主动先进入滕国。子服氏一族是鲁国季孙氏的一支，这一族数代人人才辈出，这里称赞的是惠伯的忠而忘私。又如哀公六年所记的楚昭王临终时的两事：

有云如众赤鸟，夹日以飞，三日。楚子使问诸周大史。周大史曰：“其当王身乎。若禜之，可移于令尹、司马。”王曰：“除腹心之疾，而置诸股肱，何益？不谷不有大过，天其夭诸？有罪受罚，又焉移之？”遂弗禜。

昭王有疾。卜曰：“河为祟。”王弗祭。大夫请祭诸郊。王曰：“三代命祀，祭不越望，江、汉、睢、漳，楚之望也，祸福之至，不是过也，不谷虽不德，河非所获罪也。”遂弗祭。

前一则故事中，楚昭王本来是可以选择禜祭将厄运转移到令尹、司马身上，但是他却没有这样做。后一则故事中，大夫们请求祭祀黄河之神，他却十分理智地拒绝了。作为一个执掌生杀大权、尽享荣华富贵的君主，面临死亡之际，他既不愿让他人替代，也不忙乱地求神祭河，丝毫没有贪生怕死之态，而是达观地看待命运，从容淡然地处之，实在难能可贵。孔子赞叹“楚昭王知大道矣”，可谓深知楚昭王的为人。

《左传》中收录的更多德行类的轶事，多是赞美贵族在齐家教子、接人待物时表现出高尚的私德。如襄公二十二年的“郑公孙黑肱有疾”一篇，表现的贵族治家教子时的场景：

郑公孙黑肱有疾，归邑于公。召室老、宗人立段，而使黜官、薄祭。祭以特羊，殷以少牢。足以共祀，尽归其余邑。曰：“吾闻之，生于乱世，贵而能贫，民无求焉，可以后亡。敬共事君与二三子。生在敬戒，不在富也。”己巳，伯张卒。

此处的公孙黑肱，是郑穆公之孙，出身于郑国“七穆”之一的印氏一族，也郑国政坛上很有影响力的人物。他在临终之际辞掉了郑国赐予印氏一族的封邑，命子孙祭祀时尽量节省，教导他们要以恭敬、谨慎的态度事君治家。春秋末期社会上骄奢淫逸的风气日益严重，公孙黑肱作为郑国世家大族的人物，能这样教导子孙，确实是难能可贵。襄公十五年的“子罕拒玉”一则故事，则表现的是贵族人物廉洁自律的美德，文中这样写：

宋人或得玉，献诸子罕。子罕弗受。献玉者曰：“以示玉人，玉人以为宝也，故敢献之。”子罕曰：“我以不贪为宝，尔以玉为宝，若以与我，皆丧宝也。不若人有其宝。”稽首而告曰：“小人怀璧，不可以越乡，纳此以请死也。”子罕置诸其里，使玉人为之攻之，富而后使复其所。

子罕是宋国执政，乐氏一族的代表人物，叔向曾称赞他和郑国贵族子皮说：曰："郑之罕，宋之乐，其后亡者也，二者其皆得国乎。民之归也，施而不德，乐氏加焉，其以宋升降乎？"能"以宋升降"，也可见乐氏一族在宋国非凡的影响力。此处的这则轶事使我们从侧面很好地了解了这个人物的品行，他所说"我以不贪为宝，尔以玉为宝，若以与我，皆丧宝也"一言，即风趣幽默，又富于哲理，使人想见其为人。他最终妥善处置献玉者的一番举措，既思虑周全又细心体贴，很有长者风范。春秋末期的著名的贤者如叔向、晏婴、子产和季札等人的事迹，《左传》中搜集的非常多，其中不少轶事都展现了这些人物高尚的德行。如晏婴的轶事，散见于各处的文字很多。如昭公三年的"景公欲更晏子之宅"一篇，前文已提到过。又如昭公五年的"郑罕虎如齐"一事：

> 郑罕虎如齐，娶于子尾氏。晏子骤见之。陈桓子问其故，对曰："能用善人，民之主也。"

罕虎即是郑国重臣子皮，出身"七穆"之一的罕氏一族，他在郑国政坛是首屈一指的人物，但是他却甘愿将郑国执政大权让给了名臣子产。罕虎访问齐国之际，晏婴多次前去拜访，以至于令陈桓子感到惊奇。此处所表现的正是晏子仰慕贤臣的殷切之心，也只有晏子这样的人物才会为求贤向善而孜孜不倦。

当然，《左传》中所记叙的德行高洁之人，并非全是贵族人物，有时一些下层人物的事迹也颇为感人。如成公三年所载晋国贵族荀罃与郑国商人的一则故事：

> 荀罃之在楚也，郑贾人有将置诸褚中以出。既谋之，未行，而楚人归之。贾人如晋，荀罃善视之，如实出己，贾人曰："吾无其功，敢有其实乎？吾小人，不可以厚诬君子。"遂适齐。

荀罃不忘他人滴水之恩固然值得称道，然而郑国贾人热心助人却又诚实厚道，当日民风之纯朴可见一斑。冯李骅感叹道："当时小人不敢厚诬君子，今则君子往往厚诬小人也。可胜慨哉！"①又如昭公二十年的"齐侯田于沛"一事：

> 齐侯田于沛，招虞人以弓，不进。公使执之。辞曰："昔我先君之田也，旃以招大夫，弓以招士，皮冠以招虞人，臣不见皮冠，故不敢进。"乃舍之。

① 冯李骅：《左绣》，台北：文海出版社，1967 年，第 846 页。

这里的虞人乃是一个掌管山林的下层官吏，但是他熟知政治典章，有强烈的职业操守，并不向齐景公的权势屈服，确实令人赞叹。

《世说新语》的“政事”一门，所载“多属厚德化民，和静致知之事，以不忠不孝为大恶置诸首，以威刑肃物为不仁附篇末”①。《左传》也有不少与“政事”有关的贵族轶事，也有“厚德化民”一类，但更多的是突出人物的政治远见和才干的。如桓公十七年所记的一则关于鲁桓公之事：

> 夏，及齐师战于奚，疆事也。于是齐人侵鲁疆，疆吏来告。公曰：“疆场之事，慎守其一，而备其不虞。姑尽所备焉，事至而战。又何谒焉？”

齐、鲁两国边境发生纠纷之际，鲁国守边官员先跑来向鲁桓公报告。鲁桓公指示说，边境平常的摩擦冲突，认真防备、自行处置就可以，不必事事上报。鲁桓公弑兄夺位，为人所不齿，但是此处的轶事，可以看出他在处置国事时还是很有些才干的。又如文公六年所记季文子出使晋国的故事：

> 季文子将聘于晋，使求遭丧之礼以行。其人曰：“将焉用之？”文子曰：“备豫不虞，古之善教也。求而无之，实难。过求，何害？”八月乙亥，晋襄公卒。

季文子在鲁国政坛活跃了数十年，文公六年左右，他的名字第一次在《左传》出现，应该刚刚二十岁出头。在这则轶事中，他出使晋国之前事先向他人请教了遭遇丧事时应当实行的礼仪，结果在到晋国时正好赶上晋襄公去世。这里所突出的当然不是事件的巧合，而是要表现季文子的虑事周详、“备豫不虞”。一个没有多少政治阅历的年轻人已经如此成熟、老练，令人十分钦佩。又如襄公十七年所载宋国执政子罕的一则轶事：

> 宋皇国父为大宰，为平公筑台，妨于农收。子罕请俟农功之毕，公弗许。筑者讴曰：“泽门之皙，实兴我役，邑中之黔，实慰我心。”子罕闻之，亲执扑，以行筑者，而抶其不勉者，曰：“吾侪小人皆有阖庐以辟燥湿寒暑，今君为一台，而不速成，何以为役？”讴者乃止。或问其故，子罕曰：“宋国区区，而有诅有祝，祸之本也。”

《晏子春秋》也收录了此事，故事的主角却换成了晏子。《左传》成书在前，史

---

① 杨勇语。见杨勇：《世说新语校笺》，北京：中华书局，2007年，第145页。

料较为可靠,应以此篇为准。这则轶事中,子罕的举动较为出人意料,他认为皇国父筑台的做法妨碍了农业生产才努力谏阻,当体恤民情、为民请命的举动得到郑国民众称颂之时,他却又亲自执鞭督促民众筑台。他的一番看似自相矛盾的举动,实则颇有深意。一方面,他是担心郑国的舆论混乱,不利于日后政令的通畅执行;但是,更为重要的是,由于民众的广泛讴歌,他谏阻筑台的举动很有可能会受到国君及同僚的猜忌,被误解为想要收买民心。所以他要一反原来谏阻举动,督促民众筑台。没有高超的政治智慧、丰富的政治阅历,很难像子罕这样行事面面俱到、滴水不漏。又如昭公二十年所记子产论政宽猛一事:

> 郑子产有疾,谓子大叔曰:"我死,子必为政。唯有德者能以宽服民,其次莫如猛。夫火烈,民望而畏之,故鲜死焉;水懦弱,民狎而玩之,则多死焉。故宽难。"疾数月而卒。大叔为政,不忍猛而宽。郑国多盗,取人于萑苻之泽,大叔悔之曰:"吾早从夫子,不及此"。兴徒兵以攻萑苻之盗,尽杀之,盗少止。

子产是春秋时代最杰出的政治家之一,他临终之际的一番嘱托精辟透彻,是数十年从政经验的结晶。子太叔虽然也是郑国政坛上一个很出色的人物,但与子产相比,就逊色不少了。此处的轶事仍是是要突出子产非凡的政治眼光和出众的才干,对他的一生做一总结。

2. 言语与识鉴

《世说新语》有"言语"一门,所载"有谈家之慧语,有文士之巧言,警句霏霏,片言入微"①。而春秋时代也是非常看重言语的,精彩的外交辞令早已为人所熟知,《左传》中睿智、隽永的言语妙品也有不少。《左传》中的言语类轶事,不像《世说新语》那样谈玄论理、高妙入微,它们大多是贵族人物间的彬彬有礼的对答。如文公十五年所记华耦来盟时的一事:

> 宋华耦来盟,其官皆从之。公与之宴,辞曰:"君之先臣督,得罪于宋殇公,名在诸侯之策。臣承其祀,其敢辱君,请承命于亚旅。"鲁人以为敏。

宋国大臣华耦访鲁之际,鲁文公要设宴款待他。华耦的曾祖华督曾亲手杀死了宋殇公,是当时轰动一时的事件,所以他以为祖先谢罪为由,委婉地推辞了鲁君

① 杨勇语。见杨勇:《世说新语校笺》,北京:中华书局,2007年,第47页。

的宴请。他一番言论颇为巧妙得体，也十分坦诚，所以得到了鲁国人的赞许。如襄公二十四年所记，鲁国大夫叔孙豹出使晋国，晋国执政范宣子向他发问："古人有言曰，'死而不朽'，何谓也？"叔孙豹回答道："豹闻之，大上有立德，其次有立功，其次有立言。虽久不废，此之谓不朽。"这"三不朽"成为后世中国无数中国士人努力追求的人生目标。又如襄公二十七年所记楚令尹子木与晋赵盾对答之言：

宋公及诸侯之大夫盟于蒙门之外。子木问于赵孟曰："范武子之德何如？"对曰："夫子之家事治，言于晋国无隐情，其祝史陈信于鬼神无愧辞。"

范武子又称士会，是与赵盾同时代的晋国名臣，德行、才干均为一时之选，去世多年之后仍为众人仰慕。在弭兵之会上，子木又向赵盾问起了士会的事迹，赵盾的回答凝练精辟，既令人想见范武子为人，又足以警策后人。又如昭公元年所载周王室贵族刘定公的一段话：

王使刘定公劳赵孟于颍，馆于洛汭。刘子曰："美哉禹功，明德远矣。微禹，吾其鱼乎。吾与子弁冕端委，以治民临诸侯，禹之力也。子盍亦远绩禹功，而大庇民乎！"对曰："老夫罪戾是惧，焉能恤远？吾侪偷食，朝不谋夕，何其长也？"

刘定公面对着汹涌奔腾的洛水，遥想起当年大禹治水的伟大功绩，不禁感慨万千。刘定公这一番感叹大有后世怀古诗文的韵味，而他借古人事迹勉励今人也令人热血沸腾、欲有所作为。而赵盾的老迈昏聩、苟且度日则令人心灰意冷。此一则轶事与《世说新语·言语》一门所载王羲之与谢安在冶城上的一番对谈颇有相似之处：

王右军与谢太傅共登冶城，谢悠然远想，有高世之志。王谓谢曰："夏禹勤王，手足胼胝，文王旰食，日不暇给。今四郊多垒，宜人人自效，而虚谈废务，浮文妨要，恐非当今所宜。"谢答曰："秦任商鞅，二世而亡，岂清言致患邪？"①

两人登高远望之际，自然感慨颇多。王羲之也以禹王、周文王事迹勉励同僚谢安，让他勿沉溺于清谈，应奋发有为。而作为清谈领袖，谢安也不得不为自己强

① 杨勇：《世说新语校笺》，北京：中华书局，2007 年，第 112 页。

辩一番。宋人刘应登评论此事说："右军之言，真当时之药石。谢安引秦喻晋，亦不类矣。"①

《世说新语》的"识鉴""赏誉"和"品藻"等门类，收集的都是关于人物识别、品评一类的轶事。《左传》中所记叙的关于人物识鉴类的轶事也有不少。一般认为人物评品的风气肇端于东汉后期，风行于魏晋时代。实则春秋时代人物识鉴的风气已经十分流行，虽然春秋时代的贵族们多根据他人的行为举止预言他人的生死祸福，而魏晋时代的人物品评多是评定人物精神气质的高下，实则两者也多有相通之处。如僖公七年所载的楚文王和申侯的事：

> 申侯，申出也，有宠于楚文王。文王将死，与之璧，使行，曰，"唯我知女。女专利而不厌，予取予求，不女疵瑕也。后之人将求多于女，女必不免。我死，女必速行。无适小国，将不女容焉。"既葬，出奔郑，又有宠于厉公。子文闻其死也，曰："古人有言曰：'知臣莫若君。'弗可改也已。"

这则轶事中楚文王临终之际对申侯的一番叮嘱，实际上就是一种对于他的识鉴和品评。他以"专利而不厌"来概括申侯这个人物，可谓见地深刻，申侯最终也是因为贪大无厌而不得善终，所以子文才评论道："知臣莫若君"。又如文公五年所载的宁嬴论阳处父之事：

> 晋阳处父聘于卫，反过宁，宁嬴从之。及温而还。其妻问之，嬴曰："以刚。《商书》曰：'沈渐刚克，高明柔克。'夫子壹之，其不没乎。天为刚德，犹不干时，况在人乎？且华而不实，怨之所聚也。犯而聚怨，不可以定身。余惧不获其利而离其难，是以去之。"

这里的宁嬴，虽然只是一个职位很卑微的"逆旅大夫"，但是却颇能识人。阳处父在晋国政界也是颇有权势的人物，但宁嬴与他相处时间不长，就看出他是一个刚愎自用、华而不实的人。宁嬴"犯而聚怨，不可以定身"的预言也十分准确，阳处父不久之后就因为性格刚狠而得罪同僚，被人暗杀身亡。又如定公十三年所记"公叔文子请享卫灵公"一事：

> 卫公叔文子朝而请享灵公，退，见史鰌而告之。史鰌曰："子必祸矣！子

---

① 刘强辑校：《世说新语会评》，南京：凤凰出版社，2007 年，第 74 页。

富而君贪,其及子乎。"文子曰:"然。吾不先告子,是吾罪也,君既许我矣,其若之何?"史鰌曰:"无害。子臣,可以免。富而能臣,必免于难,上下同之。戍也骄,其亡乎。富而不骄者鲜,吾唯子见。骄而不亡者,未之有也。戍必与焉。"

史鰌是春秋末期卫国著名的贤臣,孔子言:"直哉史鱼！邦有道,如矢;邦无道,如矢。"①孔子称赞他"直如矢",《新序·杂事》中还记载了一则"史鰌尸谏"的故事②,可见他是一个极为忠直的人物。不过这里的这则轶事则表现的是他见微知著的独到眼光,从公叔文子宴请灵公这样一件小事,他准确地预言了公叔氏一族未来的命运。他所说的"富而不骄者鲜"一言,虽是两千多年前的古语,用以描摹今日世风,却是十分恰当的。

春秋末期的著名高洁之士、吴国公子季札更是当时有名的人物识鉴专家。襄公二十九年,他出使中原各国之际,一路上结交各国贵族士大夫,"遂一一为之指点路径,而品题之高下成败,如烛照数计,日后之验,竟分毫不爽"③。在鲁国他见到叔孙豹时说:"子其不得死乎？好善而不能择人。吾闻君务在择人,吾子为鲁宗卿,而任其大政,不慎举,何以堪之？祸必及子！""好善而不能择人"一语正中叔孙豹的病根,数年之后他就因为误信小人叔孙竖牛而被愚弄至死。在齐国他见到晏子时说:"子速纳邑与政。无邑无政,乃免于难。齐国之政,将有所归,未获所归,难未歇也。"不久之后,齐国的栾、高两公族与陈氏一族争夺政权,齐国内乱不断。在郑国,他与子产一见如故,对子产说:"郑之执政侈,难将至矣。政必及子。子为政,慎之以礼。不然,郑国将败。"仅过了一年,郑国就发生了伯有之乱,之后子产也顺利地成为执政。在晋国,季札见过赵文子、韩宣子、魏献子三人后说:"晋国其萃于三族乎。"日后出现的韩、赵、魏三家分晋的结局,应验了他的预言。他即将离开晋国之际对叔向的一番言语更是意味深长,他说:"吾子勉之。君侈而多良,大夫皆富,政将在家。吾子好直,必思自免于难。"季札非常赞赏叔向的为人,但是却也为他担忧,身处"政将在家"的乱局之中,像叔向这样的善人必将是举步维艰。虽然叔向小心翼翼地躲过灾难而善终,但是羊舌氏一族在他死后不久就惨遭灭门

① 刘宝楠:《论语正义》:北京:中华书局,2009年,第617页。
② 刘向编著、石光瑛校释:《新序校释》,北京:中华书局,2009年,第41—45页。
③ 扬之水:《先秦诗文史》,北京:中华书局,2009年,第35页。

之祸。对照叔向及其一族的事迹,再来品味季札的这番言语,实在令人惊叹他的先见之明。

《左传》中类似的通过人物言行预测人物命运的事例尚有很多,不胜枚举。文公七年所载的贾季评论赵衰、赵盾父子的言论颇为有趣:

> 酆舒问于贾季曰:"赵衰、赵盾孰贤?"对曰:"赵衰,冬日之日也;赵盾,夏日之日也。"

这一则轶事与《世说新语》中的"品藻"一门中的言论颇为相似。"品藻"一语,颜师古解释为:"品藻者,定其差品及文质也。"①人物"品藻"这种活动,不但要评论人物,而且要将两个或多个人物放在一处比较其高下或不同。《世说新语》的"品藻"一门中的轶事,基本上都是人物之间的相互比较,如:

> 明帝问周伯仁:"卿自谓何如庾元规?"对曰:"萧条方外,亮不如臣;从容廊庙,臣不如亮。"②

《左传》中所记贾季对赵衰、赵盾父子二人的评论,也是将两人放在一处进行比较,也是一种"品藻"。贾季出身于晋国狐氏一族,其祖狐突、其父狐偃均是晋国有名重臣,贾季本人才干也颇为出众,只是因为与赵盾发生冲突,才出逃狄国。狄相酆舒向他询问赵衰、赵盾父子孰贤之际,才有了上文贾季的回答。贾季对赵衰、赵盾父子二人的评论可谓精妙绝伦。以日来比喻这一对父子十分得体,因为这父子二人在晋国都是才干出众、权势显赫、如日中天的人物。但是,父子二人毕竟也是有别的,赵衰较为平易和善,像冬日般可爱;赵盾则威严肃穆,像夏日一样令人畏惧。将这一则轶事置于《世说新语》中,与魏晋名士的妙语相比,也毫无逊色之处。

3. 假谲、馋险及其他

以上所举德行、政事、言语等类轶事,都是侧重于表现人物高尚的一面。但贵族人物也并非个个高尚,《左传》中的不少志人小品就是表现贵族人物狡诈奸猾、骄奢淫逸等方面事迹,其中尤以假谲、馋险和汰侈类为多。

---

① 班固著、颜师古注:《汉书》,北京:中华书局,1982年,第3582页。

② 杨勇:《世说新语校笺》,北京:中华书局,2007年,第455页。

《世说新语》的"假谲"一门所载的轶事，大都是"设诈谋以诳误于人而便其私意"。《左传》中相似的故事也甚多，如襄公二十一年所记"楚子使蒍子冯为令尹"一篇：

> 楚子庚卒，楚子使蒍子冯为令尹，访于申叔豫。叔豫曰："国多宠而王弱，国不可为也。"遂以疾辞。方暑，阙地，下冰而床焉。重茧衣裘，鲜食而寝。楚子使医视之，复曰："瘠则甚矣而血气未动。"乃使子南为令尹。

楚国内政紊乱之际，蒍子冯将被任命为令尹。为了避祸保身，蒍子冯以生病为借口推辞。为了能骗过楚王所派医生，蒍子冯颇费了一番心机来使自己身体造成身染重病的假象。他的办法也颇为新颖奇特，令人印象深刻。又如昭公七年所载的"楚子享公于新台"一事：

> 楚子享公于新台，使长鬣者相，好以大屈。既而悔之。蒍启强闻之，见公。公语之，拜贺。公曰："何贺？"对曰："齐与晋、越欲此久矣，寡君无适与也，而传诸君，君其备御三邻，慎守宝矣，敢不贺乎？"公惧，乃反之。

鲁昭公访楚之际，楚灵王将宝弓"大屈"赠予了他，事后却又后悔了。于是蒍启强便巧妙地编了一套说辞帮灵王把大屈骗回。在这套说辞中，蒍启强打出了齐、晋和越等国的幌子来恐吓鲁昭公，使得这个小国君主不得不乖乖就范。

相较而言，《左传》中"馋险"一类的轶事数量要更多一些。"馋险"，杨勇解释为"崇饰恶言以毁善害能也"①。小人以谗言"毁善害能"之事，在春秋时代频频发生，骊姬、叔孙竖牛和费无极等人都是闻名一时的奸诈小人。这些人物的事迹已为人熟知，这里不再赘述。除过这些阴谋专家的事迹之外，《左传》中尚有不少"馋险"类的志人小品。如僖公四年所记的"郑申侯谮陈辕涛涂"一事：

> 陈辕涛涂谓郑申侯曰："师出于陈、郑之间，国必甚病。若出于东方，观兵于东夷，循海而归，其可也。"申侯曰："善。"涛涂以告齐侯，许之。申侯见，曰："师老矣，若出于东方而遇敌，惧不可用也。若出于陈、郑之间，共其资粮屝屦，其可也。"齐侯说，与之虎牢。执辕涛涂。

这件事发生在齐桓公率领诸侯讨伐楚国之后率师回归之际。陈国大夫辕涛

---

① 杨勇：《世说新语校笺》，北京：中华书局，2007 年，第 801 页。

涂为了陈国、郑国利益考虑,向郑国大夫申侯建议,让他劝齐桓公率领诸侯人马从东方循海回军。申侯表面上答应,背地里却向齐桓公进谗言指责辕涛涂。申侯这一举动,是典型的两面三刀小人行径。后文僖公五年所载的“辕涛涂怨申侯”一事,正是辕涛涂以彼之道还施彼身,借机报复申侯:

陈辕宣仲怨郑申侯之反己于召陵,故劝之城其赐邑,曰:“美城之,大名也,子孙不忘,吾助子请。”乃为之请于诸侯而城之,美。遂谮诸郑伯曰:“美城其赐邑,将以叛也。”申侯由是得罪。

此处辕涛涂的一套报复策略,要比当年申侯陷害他时所用手段还要高明不少。他表面上是为申侯出谋划策修建城邑,背后却又向郑伯进谗言,暗示申侯伺机谋反。如此一来,申侯不知不觉中已落入他圈套内。春秋时代各国君主身边的不少内臣是颇有智计的人物,善于玩弄阴谋。如昭公六年所记的宋寺人柳的一则轶事:

宋寺人柳有宠,大子佐恶之。华合比曰:“我杀之。”柳闻之,乃坎、用牲、埋书,而告公曰:“合比将纳亡人之族,既盟于北郭矣。”公使视之,有焉,遂逐华合比。合比奔卫。

寺人柳是宋平公所宠信的内臣,太子佐很讨厌他。华氏一族的重要人物、大臣华合比为讨好太子,声言要除掉寺人柳。但是,寺人柳却利用宋平公的猜忌之心,略施小计就将华合比逐出了宋国。昭公十年又记载了一件与寺人柳有关之事:

冬十二月,宋平公卒。初,元公恶寺人柳,欲杀之。及丧,柳炽炭于位,将至,则去之。比葬,又有宠。

宋平公去世之后,厌恶寺人柳的太子佐即位,这对柳本来是极为不利的。但是柳却用很巧妙的办法来讨好新继位的元公,获得了新君的宠信。宋平公丧事举行之时,新君也要长时间在灵柩旁就坐。时值冬季,极为寒冷,寺人柳却别出心裁帮新君取暖。在元公未到之前,他先在君主座位之下的地面上燃烧炭火,使得地面有一定热度,新君将至时,他又把炭火悄悄撤去。如此一来,新君就座时既可享受温暖,又不会引来群臣非议。这样既新巧别致又细心体贴的办法自然能使得柳又重新获得了新君的宠信。当然,这则轶事并非“馋险”一类故事,应归入“假谲”

类一门。

《左传》中志人小品的内容十分丰富，除过以上所列几种轶事数量较多的门类外，还零零散散地存在着不少其他门类、题材的轶事。如昭公十三年所记“子产哭子皮”一事：

子产归，未至，闻子皮卒，哭，且曰“吾已，无为为善矣。唯夫子知我。”

这则轶事可以归入《世说新语》“伤逝”一门。子产虽然是春秋时代首屈一指的政治家，但是他所出身的国氏一族在郑国“七穆”家族中势力较弱，远比不上子皮的罕氏一族。子产之所以能在郑国大有作为，很大程度上是源于子皮及罕氏一族的鼎力相助，子产对子皮的感激之情是可想而知的。所以听到子皮去世后的消息他才会如此悲痛，以至于会有“无为为善矣”的感叹。子产的这份伤痛之情，既真挚又浓重，“唯父子知我”一言，是对他和子皮数十年友情的感慨，所以格外感人。又如成公九年所记的“穆姜拜谢季文子”一事：

季文子如宋致女，复命，公享之。赋《韩奕》之五章。穆姜出于房，再拜。曰：“大夫勤辱，不忘先君，以及嗣君，施及未亡人，先君犹有望也。敢拜大夫之重勤。”又赋《绿衣》之卒章而入。

这则轶事可入《世说新语》的“贤媛”一门。季文子送伯姬到宋国成婚，归来时，伯姬之母、也即鲁成公之母穆姜亲自出面答谢。穆姜答谢时，先举出“先君”之后，才谦逊地说“施及未亡人”，言语十分优雅得体。更为难能可贵的是，她还能很恰当地赋诗表达自己的意图。前文也提到过，赋诗是一种很高雅的、很复杂的贵族文化活动，赋诗者必须有很高的文化修养才能参与这样的活动。从《左传》中的记载来看，不少男性贵族士大夫如伯有、庆封等人，都未能很好地掌握赋诗的技巧。女性真正参与赋诗活动，从《左传》记载来看，仅有穆姜这一次。虽然闵公二年也记载了“许穆夫人赋《载驰》”一事，但此处许穆夫人的赋诗，确切地说应当是创作诗歌，与后来的赋诗活动关系不大。由此我们可以也看出，穆姜确实是一位文化修养极高的女性，作者此处记载这则轶事，也正是为了突出这一点。

《世说新语》的“任诞”一门多记载魏晋名士饮酒、服药等放诞的行为，《左传》也有类似的轶事。如襄公二十二年所记御叔饮酒一事：

臧武仲如晋。雨，过御叔。御叔在其邑，将饮酒，曰：“焉用圣人？我将饮酒,而已雨行,何以圣为?"穆叔闻之曰:"不可使也,而傲使人,国之蠹也。"令倍其赋。

这个故事中,御叔放旷饮酒、傲视鲁国大夫的行为已与魏晋名士的行径有几分相似。《世说新语》的"汰侈"一类,收集魏晋士族骄奢、炫富一类故事,襄公二十二年所载的"伯有嗜酒"一事,足可以归入此类。文中这样写道:

郑伯有耆酒,为窟室,而夜饮酒,击钟焉。朝至,未已。朝者曰:"公焉在?"其人曰:"吾公在壑谷。"皆自朝布路而罢。

伯有建地下室,在地下室里奏乐饮酒,想法奇特而新颖。伯有仆人的对答也十分俏皮,堪称精妙。

正如上文所说,《左传》所收录的各种轶事中主人公大多数都是春秋时代的贵族,轶事所反映的也都是贵族文化的方方面面。这些贵族士大夫们,不但有着高贵的地位,而且,许多人还有着高贵的气质和精神。比如郑国的子产、吴国的季札、晋国的叔向等人,他们有着渊博的学识、明锐的洞察力和高尚的道德修养,这一切的融合,就造就了一种令人折服、仰止的贵族气度。春秋时代的贵族们如叔孙豹、子产、季札等和魏晋风流的代表如嵇康、阮籍、王导、谢安等人,虽然处在不同的时代,但他们却有着相似的贵族风度,因为他们都是贵族文化土壤中结出的果实。《左传》中的志人小品和《世说新语》,只是贵族文化园地里的几朵小花,调皮而可爱的小花。

四、《左传》志人小品的文学特色

《世说新语》中志人小说的艺术成就受到了历代学者的推崇,胡应麟称赞它是"简约玄澹,真致不穷"①,鲁迅也说它是"记言则玄远冷峻,记行则高简瑰奇"②。与《世说新语》相比,《左传》中的志人小品只能算作是椎轮大辂,尚未形成自己的独特风格。《左传》的作者更擅长于记叙场面宏大的战争、精妙绝伦的外交辞令,有时也以闲笔偶尔插叙一些嘉言懿行、奇闻逸事,即便如此,也常常是涉笔成趣、出手不凡。

---

① 胡应麟:《少室山房笔丛》,上海:上海书店出版社,2009 年,第 285 页。
② 鲁迅:《中国小说史略》,北京:人民文学出版社,2006 年,第 61 页。

首先，志人类的作品都是以刻画人物为重心的，《左传》中的志人小品在塑造人物是已积累了一些成功的经验。作者有时通过独特的细节来描写人物，使人物活灵活现、跃然纸上。如文公十八年所记的“哀姜归齐”一事：

夫人姜氏归于齐，大归也。将行，哭而过市，曰：“天乎，仲为不道，杀嫡立庶。”市人皆哭，鲁人谓之哀姜。

此处的哀姜是鲁文公的夫人，有两个儿子恶和视。鲁文公去世之后，权臣襄仲杀死哀姜的两个儿子，改立敬嬴之子为太子，并且把哀姜赶回了齐国。上文的这一小段文字所写的正是哀姜回归齐国时的情形，虽然仅有不到四十字，却写出了哀姜的无限悲痛，正如冯李骅所说：“一行之中有多少椎胸顿足、血涌泪枯神理在。读之疑有愁云绕其笔端，悲风起于纸上也。”①文中的两处细节“哭而过市”、“市人皆哭”写得极为精彩，本来直接写哀姜之“哭”即可，但是作者却从旁忝出一个“市”字，全文也因此而为之一振，不仅哀姜哭，市场上无数人也助哀姜哭，哭声悲天动地、直上云霄。唐锡周对这段文字的评论甚好：“质言之，只一‘哭’字可了，着眼在一‘市’字，便生出无数花色、无数神情。曰‘过市’，则涕泗滂沱非一时；曰‘皆哭’，则涕零如雨非一人。更妙在哀姜口中只十字便住，宛然哽咽光景。盖十字少一字不得，亦更无第十一字可说也。”②

又如襄公十四年，卫国的孙林父将起兵驱逐卫献公之际，见到了蘧伯玉，文中这样记叙此事：

（孙文子）见蘧伯玉，曰：“君之暴虐，子所知也，大惧社稷之倾覆，将若之何？”对曰：“君制其国，臣敢奸之？虽奸之，庸知愈乎？”遂行，从近关出。

而襄公二十六年，宁喜将迎卫献公回国时，又前去见蘧伯玉，文中这样写道：

子鲜以公命与宁喜言，曰：“苟反，政由宁氏，祭则寡人。”宁喜告蘧伯玉，伯玉曰：“瑗不得闻君之出，敢闻其入？”遂行，从近关出。

蘧伯玉是春秋末期的一代大贤者，孔子极其推重此人，《史记·仲尼弟子列

① 冯李骅：《左绣》，台北：文海出版社，1967年，第676页。
② 冯李骅：《左绣》，台北：文海出版社，1967年，第676页。

传》载:“孔子之所严事,于周则老子;于卫,蘧伯玉;与齐,晏平仲”①,《论语·宪问》也记载:“蘧伯玉使人于孔子,孔子与之坐而问焉,曰:‘夫子何为’对曰:‘夫子欲寡其过而未能也。’使者出,子曰:‘使乎!使乎!’”②《左传》中提到此人仅有三次,除上文所列两次外,还有襄公二十九年季札访卫时“说蘧瑗、史狗、史鰌、公子荆、公叔发、公子朝”一事。上文的两则轶事虽甚为简略,但却能让我们很好的了解蘧伯玉这位贤者的为人。卫献公这个暴君,几次三番的得罪权臣孙林父,孙林父忍无可忍之时准备发动政变驱逐献公。身处这样的乱局之中,蘧伯玉这样无权无势的人实在是无可奈何,他既不愿帮助暴君,也不愿帮助乱臣,只好抽身而退。他拒绝帮助孙林父之后,文中写道:“遂行,从近关出”,这里特意点明“从近关出”,颇有深意。杨伯峻解释说:“国界有关,卫国四面皆邻他国,蘧伯玉欲速出国境,以免祸乱,于是则最近之国门出国。”③“从近关出”这四字,既写明了蘧伯玉急于出关避祸的心态,也刻画出了他处身乱世之中却不愿置身乱事的高洁的人格。十余年后,当宁喜欲迎回卫献公时,又来询问蘧伯玉的意见,此老故态复萌、故技重施,又抽身而逃。文中还是重复了上次的所叙的六字:“遂行,从近关出”,读者读至此处想必也将会心一笑,仿佛看到蘧老着急忙慌驾车出逃时的身影。

又如襄公十七年所记的“齐人获臧坚”一事:

> 齐人获臧坚,齐侯使夙沙卫唁之,且曰:“无死。”坚稽首曰:“拜命之辱。抑君赐不终,姑又使其刑臣礼于士。”以杙抉其伤而死。

齐庄公侵伐鲁国之时擒获了鲁国臧氏一族的臧坚,命他所宠信的内臣夙沙卫前来慰问、劝降。臧坚认为齐庄公派“刑臣”来向他表示敬意,是对他的一种侮辱,所以他就自杀而死。文中特意用“以杙抉其伤而死”七个字来交代他自杀的经过,这七个字可谓惊心动魄,臧坚死亡时的痛苦、悲壮可想而知。也正因为有了这样一个自杀的细节,臧坚这个人物勇猛刚毅的性格也表现得淋漓尽致。

其次,《左传》中的志人小品多以温厚儒雅取胜,语言文字不加修饰、天然朴拙,但细心品读,却又觉韵味悠长。春秋时代礼乐文化氛围之中成长起来的君子,

---

① 司马迁:《史记》,北京:中华书局,1982 年,第 2186 页。
② 刘宝楠:《论语正义》,北京:中华书局,2009 年,第 651—652 页。
③ 杨伯峻:《春秋左传注》,北京:中华书局,1990 年,第 1012 页。

他们最看重的是德行、礼法，德行和礼法，并非是如魏晋清谈那样的思维游戏，春秋时代的贵族们需要踏踏实实、身体力行地将德行礼法的教条实践出来。这样一种时代的风气，折射在文学中，就形成了一种温厚儒雅的文学风格。如《左传·成公二年》所记：

晋师归，范文子后入。武子曰："无为吾望尔也乎？"对曰："师有功，国人喜以逆之，先入，必耳目焉。是代帅受名也，故不敢。"武子曰："吾知免矣"。

这里补叙的是齐、晋鞌之战后，晋国大夫范文子归国时的一则轶闻。范武子和范文子均是春秋时代第一流的政治家，他们父子的一言一行均备受瞩目。这一小段文字朴实无华，没有任何装饰性的辞藻，但却意蕴深长。入手八个字便将事件的缘由交代清楚了。文中并未写范武子如何急切的盼望儿子的归来，但我们却仿佛看见一个白发苍苍的老者扶着拐杖伫立在城门边上遥望着远方，等着出征的儿子的归来。范氏父子的对话又使我们看到了春秋贵族的谦让和睿智。又如《左传·昭公二十三年》所载：

范献子求货于叔孙。使请冠焉。取其冠法，而与之两冠，曰："尽矣。"为叔孙故，申丰以货如晋。叔孙曰："见我，吾告女所行货。"见，而不出。吏人之与叔孙居于箕者，请其吠狗，弗与，及将归，杀而与之食之。叔孙所馆者，虽一日必葺其墙屋，去之如始至。

晋国的执政拘留了鲁国大夫叔孙婼，向他索要贿赂，叔孙婼却大义凛然，丝毫不让步。这里，《左传》的作者插叙了叔孙婼在晋国时的几则轶闻。仅一百字左右的一段小文，却记叙了四则轶事，平平写去，却又让人感觉波折起伏。这几则故事都是很值得仔细玩味的。如记一个晋国吏人看中叔孙昭子的一只"吠犬"。一条"吠犬"并不值钱，孔颖达即认为："狗有吠守，有主猎者。主猎者贵，吠守者贱。"①但即使是晋国吏人向他乞求的是一条贱狗，叔孙婼的答复也是"弗与"。待到他将回鲁国时，却杀掉了这只"吠犬"，请这个晋国人一起吃狗肉。不给晋国吏人吠狗，是表示不向任何晋国人行贿；杀死吠狗请吏人吃肉，又是向人说明自己绝不是吝惜一只狗。作者叙述如此简洁、冷静，但却将叔孙婼刚直不阿、棱角分明的性格渲

① 孔颖达《春秋左传正义》，十三经注疏本，北京：中华书局，2003 年，第 2101 页。

染得非常富有感染力。再如"叔孙所馆者,虽一日必葺其墙屋,去之如始至",一个"虽"字,一个"必",用在此处分外的刚劲有力,展示了叔孙婼的为人光明磊落,无丝毫苟且。这些志人小品的特点正在于它们无任何雕琢装饰,没有任何出众的辞藻,只是淡淡写来,如儒雅厚重的君子,举手投足之间处处自然有感人的力量。

第三,《左传》中的志人小品多以温厚儒雅为主,但有时也不乏新奇、警辟之处。如《左传·庄公二十二年》所记陈敬仲事:

> 饮桓公酒,乐。公曰:"以火继之。"辞曰:"臣卜其昼,未卜其夜,不敢。"

齐桓公在陈敬仲的家中饮酒,十分快乐,想要掌灯夜饮。他说:"臣在请您来之前占卜过,今天白天饮酒是吉利的,晚间我就没有占卜了,所以不敢留您夜饮。"陈敬仲的对答十分精妙,温厚之中透着几分妩媚。又如昭公二十八年所载叔向"识鬷蔑"一事:

> 昔叔向适郑,鬷蔑恶,欲观叔向,从使之收器者,而往,立于堂下,一言而善。叔向将饮酒,闻之曰:"必鬷明也。"下,执其手以上,曰:"昔贾大夫恶,娶妻而美,三年不言不笑,御以如皋,射雉,获之,其妻始笑而言。贾大夫曰,才之不可以已,我不能射,女遂不言不笑夫。今子少不飏,子若无言,吾几失子矣。言之不可以已也如是。"

这则轶事是由晋国执政魏献子讲述的,它事实上包含两个故事:叔向和然明的故事、贾大夫的故事,只不过后面的一件事又是由叔向讲述的。王源称赞这段文字"潆洄灏森"①,确实是眼光独到。叔向对然明的赏识,与魏晋时代的人物识鉴有异曲同工之妙。如《世说新语·识鉴》载:

> 武昌孟嘉作庾太尉州从事,已知名。褚太傅有知人鉴,罢豫章,还过武昌,问庾曰:"闻孟从事佳,今在此不?"庾云:"试自求之。"褚眄睐良久,指嘉曰:"此君小异,得无是乎?"庾大笑曰:"然。"于时既叹褚之默识,又欣嘉之见赏②。

这两事大有相似之处,相比而言,《左传》所记的故事更为意趣盎然、悠闲从

---

① 王源:《左传评》卷十,清康熙居业堂刻本。

② 杨勇:《世说新语校笺》,北京:中华书局,2007年,第359页。

容。叔向所讲述的贾大夫的故事更是幽默、俏皮，让人不禁莞尔。又如哀公十一年所载的“陈辕颇出亡”一事：

> 辕颇为司徒，赋封田以嫁公女，有余，以为己大器。国人逐之，故出。道渴，其族辕咺进稻醴、粱糗、腶脯焉。喜曰：“何其给也？”对曰：“器成而具。”曰：“何不吾谏？”对曰：“惧先行。”

《左传》中记陈、蔡两国之事不多，这里特意记叙了陈国司徒辕颇的这则故事，是因为它确实十分有趣。辕颇出逃之际，族人辕咺带足了干粮物资照应他，辕颇惊喜之际问他为何准备如此充足。辕咺回答道，当初你用公家钱财铸造成私家钟鼎大器时，我已经准备好逃亡时用的物品了。他的这句话，只是含蓄地表明一个意思：我早知你有今日。辕颇惊讶地问：“何不吾谏”，辕咺回答道，如果早进谏，恐怕已经被你赶走了。这时辕颇必定是哭笑不得、无话可说。这则轶事用一种轻松、幽默的笔调调侃了贪婪、刚愎的官员辕颇，可以入《世说新语》的“排调”一门。又如哀公二十五年所记鲁哀公的一则轶事：

> 公至自越。季康子、孟武伯逆于五梧。郭重仆，见二子，曰：“恶言多矣，君请尽之。”公宴于五梧。武伯为祝，恶郭重，曰：“何肥也。”季孙曰：“请饮彘也，以鲁国之密迩仇雠，臣是以不获从君，克免于大行，又谓重也肥。”公曰：“是食言多矣，能无肥乎？”饮酒不乐，公与大夫始有恶。

这则轶事中，鲁哀公与季康子君臣二人蓄怨已久，在宴会之上出语相讥。鲁哀公的言语更为老辣，指桑骂槐，让人无言以对。“食言自肥”也成为一个经典成语。

《左传》中的志人小品有时也出言警辟、锋芒出众。如叔孙豹对范宣子时所言的“三不朽”。又如襄公二十三年所记臧武仲吊孟庄子一事：

> 孟孙恶臧孙，季孙爱之。孟孙卒，臧孙入，哭甚哀，多涕。出，其御曰：“孟孙之恶子也，而哀如是。季孙若死，其若之何？”臧孙曰：“季孙之爱我，疾疢也，孟孙之恶我，药石也。美疢不如恶石。夫石犹生我，疢之美，其毒多。孟孙死，吾亡无日矣。”

臧武仲其人，前文已多次提到过，他是一个十分睿智、很有才干的人物，但是他也有较为明显的不足，就是爱出风头，做事总是锋芒毕露、不计后果，因此他才会贸然帮助季武子确立季氏一族继承人，牵涉入季氏一族内部矛盾中不能自拔。显然他也较为清楚自己的缺点，虽然孟庄子指责他、厌恶他，但是他却清醒地懂得孟庄子的举动是在帮助自己，所以当孟孙去世时他才会十分悲痛。他所说的"美疢不如恶石"一言，深刻透辟，没有经过一番人生磨难的人是很难说出这样的话的。《左传》中这些言语，不及《世说新语》中的言语超脱空灵、潇洒蕴藉，但《左传》中的话语处处显露着作者对人情世故的洞察。

结 语

春秋时期是一个风云起伏、激烈动荡的时代，但也是中国文学发展史上非常重要的一个阶段。上古时代的甲骨文、金文、《尚书》《周易》等作品尚且处于椎轮大辂状态，还十分朴拙稚嫩。到了春秋时代，中国语言文学的表现力才得到了飞跃性的发展。春秋时期的诗歌、辞令、各类文章，都达到了极高的艺术水准。没有春秋文学的开创性贡献，就不可能有后来战国时期的文学繁荣。但是，与后世文学大为不同的是，春秋文学是一种产生贵族社会中的贵族文学。这一点，使得春秋文学在中国文学史上显得格外的独特。

西周至春秋时期，是中国历史上的一个等级森严的贵族社会。尤其是到春秋时代，周王室威权的衰落，使得各诸侯国及国内的贵族势力都得到了空前的发展。这时，贵族们在垄断政治、经济资源的同时，也非常重视文化和文学。他们对诗歌、赋诗活动、辞令、各种文体的文章，都有着浓厚的兴趣。这些出身于世家大族、有着很高文化修养的贵族们，将大量的精力投入到了文学创作中，推动了文学的发展。

如果要深入了解春秋时期的文学，就必须从先从春秋时期的贵族阶层和贵族文化着手。春秋时期的贵族卿大夫，与后世的文人大为不同。他们生活于周代的分封宗法制度之下，这一制度的存在使得拥有雄厚的经济实力和崇高的政治地位。他们的思想观念也与后世知识分子有较大差异。他们大都出身世家大族，有着浓重的宗族观念；同时他们有深受礼乐文化影响，所以格外地重礼、重德。春秋时期的贵族们所处的社会环境也与后世差别极大。春秋时代是中国历史上的一个过渡期，旧有的制度文化面临崩溃危机，但新的社会模式却还在摸索当中。一方面是诸侯争霸、世家大族内斗不断,另一方面,分封宗法制度还勉强维持着社会运作,传统的礼乐文化依然影响着人们的思想观念。正是因为春秋时期的贵族阶层及他们生活的时代环境如此的独特,所以他们所创作出来的文学作品也才有了许多与众不同之处。

春秋时期的文学成就是多方面的,不管是诗歌还是辞令、文章都是引人注目的。但是,研究这些作品时,必须注意它们的贵族文学特质。春秋时期的诗歌,有许多出自贵族之手,作品内容如祭祀、宴会,都反映了他们的生活。那一时代极为繁荣的赋诗活动,也是一种贵族阶层的一种独有的文化活动。他们把诗当成了一种人际沟通的语言工具,借赋诗来展现他们优雅从容的风度。春秋时期艺术水平高超的外交辞令,也是贵族们在外交折冲之际的智慧结晶。这一时代激烈的争霸战争,使得国与国之间的外交关系日趋紧张,外交活动也日渐频繁起来。在外交活动之时,贵族们为了捍卫国家的利益和尊严,不得不格外重视外交辞令的运用。正是在这样一种形势之下,经过贵族们不断地潜心摸索,外交辞令才达到了极高的水平。春秋时期在中国文体发展上也是一个非常重要的阶段,后世所常用的诏令、盟誓、书信、哀诔、箴铭等,在此时都已出现。不是,这些文体在那时都是政府公文,服务于贵族政治。如《左传》中收录的几封中国历史上最早的书信,创作者都是贵族,探讨的都是政治问题。

毋庸讳言,春秋时期的贵族政治制度是一种落后的社会制度,那一时代也是一个"血而优则仕"的等级森严的社会。贵族们之所以那么重视文化、文学,很大程度上也是因为文化、文学是一种修饰身份的有效工具,能够满足他们身份上、精神上的优越感。但是,贵族阶层对文化、文学高度重视,他们将大量精力投入文学创作中,客观上推动了中国文学的发展,其贡献是值得肯定的。

参考文献

基本典籍

1. 杜预:《春秋左传集解》,上海:上海古籍出版社,1981年。

2. 孔颖达:《春秋左传正义》,北京:北京大学出版社,2000年。

3. 杨伯峻:《春秋左传注》,北京:中华书局,1981年。

4. 竹添光鸿:《左氏会笺》,成都:巴蜀书社,2008年。

5. 吕祖谦:《东莱博议》,北京:中国书店,1986年。

6. 吕祖谦:《春秋左氏传说　左氏传续说》,影印文渊阁《四库全书》本,第146册,台北:台湾商务印书馆,1983年。

7. 马骕:《左传事纬》,济南:齐鲁书社,1992年。

8. 马骕:《绎史》,北京:中华书局,2002年。

9. 顾栋高:《春秋大事表》,北京:中华书局,1993年。

10. 高士奇:《左传纪事本末》,北京:中华书局,1979年。

11. 魏禧:《左传经世钞》,《续修四库全书》本,第120册,上海:上海古籍出版社,2002年。

12. 王源:《左传评》,清康熙居业堂刻本。

13. 方苞:《左传义法举要》,台北:广文书局,1977年。

14. 冯李骅、陆浩:《左绣》,台北:文海出版社,1967年。

15. [日]贯名苞校订增加:《翻刻左绣》,嘉永甲寅须静堂课本。

16. 李文渊:《左传评》,贷园丛书初集本。

17. 韩菼:《春秋左传句解》,上海:上海鸿文书局,1941年。

18. 林纾:《左传撷华》,上海:商务印书馆,1935年。

19. 林纾:《左孟庄骚精华录》,上海:商务印书馆,1925年。

20. 吴曾祺:《左传菁华录》,上海:商务印书馆,1933 年。
21. 吴闿生:《左传微》,合肥:黄山书社,1995 年。
22. 何溆霜:《左传文法研究》,上海:商务印书馆,1940 年。
23. 韩席筹:《左传分国集注》,南京:江苏人民出版社,1963 年。
24. 孙星衍:《尚书今古文注疏》,北京:中华书局,2007 年。
25. 程俊英、蒋见元:《诗经注析》,北京:中华书局,2005 年。
26. 徐彦:《春秋公羊传注疏》,北京:北京大学出版社,2000 年。
27. 杨士勋:《春秋谷梁传注疏》,北京:北京大学出版社,2000 年。
28. 徐元诰:《国语集解》,北京:中华书局,2002 年。
29. 刘宝楠:《论语正义》,北京:中华书局,1990 年。
30. 李泽厚:《论语今读》,北京:生活·读书·新知三联书店,2008 年。
31. 焦循:《孟子正义》,北京:中华书局,1987 年。
32. 吴毓江:《墨子校注》,北京:中华书局,2006 年。
33. 朱彬:《礼记训纂》,北京:中华书局,2007 年。
34. 何建章:《战国策注释》,北京:中华书局,2010 年。
35. 秦嘉谟等辑:《世本八种》,北京:中华书局,2008 年。
36. 司马迁:《史记》,北京:中华书局,1982 年。
37. 班固:《汉书》,北京:中华书局,1982 年。
38. 黄晖:《论衡校释》,北京:中华书局,2006 年。
39. 余嘉锡:《世说新语笺疏》,北京:中华书局,2007 年。
40. 杨勇:《世说新语校笺》,北京:中华书局,2007 年。
41. 刘知几撰、浦起龙释:《史通通释》,上海:上海古籍出版社,1978 年。
42. 章学诚著、叶瑛校注:《文史通义校注》,北京:中华书局,1985 年。
43. 顾炎武著、黄汝成集释:《日知录集释》,上海:上海古籍出版社,2010 年。
44. 汪中:《新编汪中集》,扬州:广陵书社,2005 年。
45. 王引之:《经义述闻》,南京:江苏古籍出版社,2000 年。
46. 劳孝舆:《春秋诗话》,《丛书集成初编》本,上海:商务印书馆,1936 年。
47. 刘勰著、范文澜注:《文心雕龙注》,北京:人民文学出版社,2006 年。
48. 真德秀:《文章正宗》,影印文渊阁四库全书本,台北:台湾商务印书馆,1986 年。
49. 陈骙、李涂:《文则　文章精义》,北京:人民文学出版社,1962 年。
50. 吴楚材、吴调侯编:《古文观止》,北京:中华书局,2006 年。
51. 金圣叹编:《金圣叹批才子古文》,武汉:湖北人民出版社,1986 年。

52. 余诚编:《古文释义》,长沙:岳麓书社,2003 年。

53. 曾国藩编:《古文四象》,北京:中国书店,2010 年。

54. 吴纳、徐师曾:《文章辨体序说 文体明辨序说》,北京:人民文学出版社,1982 年。

55. 刘熙载:《艺概》,上海:上海古籍出版社,1978 年。

56. 林纾:《春觉斋论文》,北京:人民文学出版社,1959 年。

学术专著

1. 方朝晖:《春秋左传人物谱》,济南:齐鲁书社,2001 年。

2. 郭沫若:《十批判书》,北京:东方出版社,1996 年。

3. 王贵民、杨志清:《春秋会要》,北京:中华书局,2009 年。

4. 童书业:《春秋左传研究》,北京:中华书局,2006 年。

5. 洪顺隆:《左传论评选析新编》,台北:中国文化大学出版部,1982 年。

6. 顾立三:《左传与国语之比较研究》,台北:文史哲出版社,1982 年。

7. 张高评:《左传导读》,台北:文史哲出版社,1982 年。

8. 张高评:《左传之文学价值》,台北:文史哲出版社,1982 年。

9. 张高评:《左传文章义法撢微》,台北:文史哲出版社,1982 年。

10. 周次吉:《左传杂考》,台北:文津出版社,1986 年。

11. 简宗梧:《镕裁文史的经典——左传》,台北:黎明文化事业公司,1999 年。

12. 陈致宏:《语用学与〈左传〉外交赋诗》,台北:万卷楼图书有限公司,2000 年。

13. 陈致宏:《语用学与〈左传〉外交辞令》,台北:万卷楼图书有限公司,2000 年。

14. 沈玉成、刘宁:《春秋左传学史稿》,南京:江苏古籍出版社,1992 年。

15. 孙绿怡:《〈左传〉与中国古典小说》,北京:北京大学出版社,1992 年。

16. 郭丹:《左传国策研究》,北京:人民文学出版社,2004 年。

17. 何新文:《〈左传〉人物论稿》,北京:中国社会科学出版社,2004 年。

18. 邵炳文、梅军:《左氏春秋文系年注析》,桂林:广西师范大学出版社,2008 年。

19. 张以仁:《张以仁先秦史论集》,上海:上海古籍出版社,2010 年。

20. 王靖宇:《中国早期叙事文研究》,上海:上海古籍出版社,2006 年。

21. 黄鸣:《左传与春秋时代的文学》,北京:中央民族大学出版社,2009 年。

22. 朱维德:《春秋左传隐含研究》,长沙:岳麓书社,1998 年。

23. 张树国:《春秋贵族社会衰亡期的历史叙事——以〈左传〉为例》,北京:中国社会出版社,2008 年。

24. 潘万木:《〈左传〉叙述模式论》,武汉:华中师范大学出版社,2004 年。

25. 陈才训:《源远流长——论〈春秋〉〈左传〉对中国古典小说的影响》,北京:中国社会出版社,2008 年。

26. 陈彦辉:《春秋辞令研究》,北京:中华书局,2006 年。

27. 孙曜:《春秋时代之世族》,上海:中华书局,1931 年。

28. 朱凤瀚:《商周家族形态研究》,天津:天津古籍出版社,2004 年。

29. 杨向奎:《宗族社会与礼乐文明》,北京:人民出版社,1992 年。

30. 晁福林:《夏商西周的社会变迁》,北京:北京师范大学出版社,2006 年。

31. 杨宽:《西周史》,上海:上海人民出版社,2003 年。

32. 顾德融、朱顺龙:《春秋史》,上海:上海人民出版社,2003 年。

33. 童书业:《春秋史》,上海:上海古籍出版社,2003 年。

34. 程发轫:《春秋人谱》,台北:台湾商务印书馆,1995 年。

35. 钱穆:《国史大纲》,北京:商务印书馆,2002 年。

36. 何怀宏:《世袭社会及其解体——中国历史上的春秋时代》,北京:生活·读书·新知三联书店,1996 年。

37. 赵鼎新:《东周战争与儒法国家的诞生》,上海:华东师范大学出版社、上海三联书店,2006 年。

38. 李山:《先秦文化史讲义》,北京:中华书局,2008 年。

39. 李泽厚:《中国古代思想史论》,天津:天津社会科学出版社,2003 年。

40. 张岩:《从部落文明到礼乐制度》,上海:上海三联书店,2004 年。

41. 马承源主编:《商周青铜器铭文选》,北京:文物出版社,1990 年。

42. 于省吾:《双剑誃吉金文选》,北京:中华书局,2009 年。

43. 王水照编:《历代文话》,上海:复旦大学出版社,2007 年。

44. 钱钟书:《管锥编》,北京:生活·读书·新知三联书店,2008 年。

45. 王希杰:《汉语修辞学》,北京:商务印书馆,2010 年。

46. 李山:《诗经的文化精神》,北京:东方出版社,1997 年。

47. 谭家健:《先秦散文艺术新探》,济南:齐鲁书社,2007 年。

48. 过常宝:《先秦散文研究——早期文体及话语方式的生成》,北京:人民出版社,2009 年。

49. 褚斌杰、谭家健主编:《先秦文学史》,北京:人民文学出版社,1998 年。

50. 褚斌杰:《中国古代文体概论》,北京:北京大学出版社,2003 年。

51. 吴承学:《中国古代文体形态研究》,广州:中山大学出版社,2000 年。

52. 李长之:《司马迁之人格与风格》,北京:生活·读书·新知三联书店,1984 年。

53. 朱自清:《朱自清古典文学论文集》,上海:上海古籍出版社,2009 年。

54. 过常宝:《原史文化及文献研究》,北京:北京大学出版社,2008 年。

55. 陈桐生:《中国史官文化与〈史记〉》,台北:文津出版社,1993 年。

56. [日]高木智见:《先秦社会与思想——试论中国文化的核心》,上海:上海古籍出版社,2011 年。

57. 王崇任:《〈左传〉中的专人小品与春秋时代的贵族文化》,《中南大学学报》(社科版),2011 年第 4 期。

58. 王崇任:《从鲁国臧氏家族看春秋时代的文化与文学》,《求索》,2011 年第 11 期。

59. 王崇任:《从“谏”到“说”——中国早期论说文功能的转变》,《东南学术》,2012 年第 4 期。

后　记

在这本小书完成之际，感谢我的导师魏耕原、刘生良两位老师多年对我的指导和帮助，感谢我的父母、妻子和孩子对我的大力支持。

这本小书是我多年来研读《左传》的一点心得。第一次接触到《左传》，是十年前大学读书时。在宿舍昏暗的灯光下如饥似渴地阅读四大册《春秋左传注》的情形，仿佛还是昨天的事。自那时起，我就被这部博大精深的大书吸引了。这部书中所描绘的是两千多年前的时代，读这部书时，我总感觉是穿越到另外一个世界。那时的人让人感觉是那样的文质彬彬、优雅从容但又执着坚定，不像我们这般肤浅而躁动。直到后来读书渐多，才慢慢明白那个时代是一个与后世大为不同的贵族时代。所以，我的这本小书选择“贵族文化”这个视角，对春秋文学提出了一些不成熟的看法，希望得到大家指正。

王崇任

2016 年 6 月